D1719687

La voluntad de ser feliz
y otros relatos

Thomas Mann

La voluntad de ser feliz

y otros relatos

Traducción y notas
Rosa Sala

Alba Editorial

SOCIEDAD LIMITADA

 Clásicos Modernos

Títulos originales:
Gefallen
Der Wille zum Glück
Der Tod
Der kleine Herr Friedemann
Der Bajazzo
Tobias Mindernickel
Luischen
Der Kleiderschrank
Der Weg zum Friedhof
Gladius Dei
Die Hungernden
Ein Glück
Beim Propheten
Schwere Stunde
Wälsungenblut
Anekdote
Das Eisenbahnunglück

© de la traducción: Rosa Sala Rose

© de esta edición: **ALBA EDITORIAL, S.L.**
Camps i Fabrés, 3-11, 4.º
08006 Barcelona

Diseño: PEPE MOLL

Primera edición: septiembre de 2000

ISBN: 84-8428-049-7
Depósito legal: B-31 831-00

Impresión: Liberdúplex, s.l.
Constitución, 19
08014 Barcelona

Impreso en España

Índice

NOTA EDITORIAL

Todos los relatos cuya antología presentamos a continuación fueron escritos durante la juventud y primera madurez de su autor, entre 1894 y 1909. Algunos son meros «preludios» literarios, como él gustaba de llamarlos (*La caída, La voluntad de ser feliz, La muerte*), otros son recreaciones autobiográficas (*En casa del profeta, El accidente ferroviario*) y muchos fueron escritos por encargo y obligaron al autor, a menudo a regañadientes y por motivos económicos, a interrumpir el avance de alguna gran novela. No obstante, todos ellos nos presentan a un Thomas Mann de extraordinaria versatilidad, finísima ironía y gran capacidad de síntesis, alejado de la imagen convencional que se ha impuesto del escritor a partir de algunas de sus novelas. Ello no impide que muchos de los grandes temas que Thomas Mann desarrollaría en su narrativa de mayor alcance encuentren ya un genial reflejo en estos breves relatos: la vida alemana de provincias, la crueldad social frente al marginado, el conflicto entre arte y vida o las dificultades de la creación artística, entre otros, constituyendo así una excelente introducción al autor. Al elegir los relatos que componen la presente antología se ha tratado de ofrecer una representación significativa y lo más variada posible de estos grandes temas. También se ha preferido optar por los relatos menos conocidos del autor en detrimento de los más populares y asequibles.

LA CAÍDA

(1894)

Los cuatro volvíamos a estar juntos. Esta vez el anfitrión era el pequeño Meysenberg. Las cenas en su taller siempre tenían un encanto especial. Era una habitación extraña, decorada en un estilo único: el de las extravagancias de artista. Jarrones etruscos y japoneses, abanicos y dagas españoles, sombrillas chinas y mandolinas italianas, conchas africanas y pequeñas estatuas antiguas, abigarradas figurillas rococó y vírgenes cerosas, viejos grabados y trabajos surgidos del propio pincel de Meysenberg: todo ello diseminado por la habitación sobre mesas, estanterías, consolas y paredes; por si fuera poco, estas últimas, al igual que el suelo, estaban cubiertas por gruesas alfombras orientales y descoloridas sedas bordadas, dispuestas en combinaciones tan estridentes que parecían señalarse unas a otras con el dedo.

Nosotros cuatro —es decir, el pequeño e inquieto Meysenberg con sus rizos castaños, Laube, un economista jovencísimo, rubio e idealista que no cesaba de pontificar dondequiera que estuviese sobre la incuestionable legitimi-

11

dad de la emancipación femenina, el doctor en medicina Selten y yo–, nosotros cuatro, pues, nos habíamos acomodado en asientos de lo más variopinto en torno a la pesada mesa de caoba que ocupaba el centro del taller y llevábamos un buen rato haciendo los honores al excelente menú que el genial anfitrión había compuesto para nosotros... Aunque hay que decir que tal vez prestábamos una atención aún mayor a los vinos. Una vez más, Meysenberg no había querido reparar en gastos.

El doctor estaba sentado en una gran silla de coro tallada a la antigua de la que, con su habitual agudeza, no cesaba de burlarse. Era el irónico del grupo. Cada uno de sus gestos despectivos estaba cargado de experiencia vital y de desdén por el mundo. Era el mayor de los cuatro y rondaría la treintena. También era el que más había «vivido» de todos.

–Un tanto libertino –decía Meysenberg–, pero divertido.

Es verdad que al doctor se le podía apreciar cierto «libertinaje» en la cara. Tenía un peculiar brillo borroso en los ojos y su negra y corta cabellera ya delataba un pequeño claro en la coronilla. El rostro, rematado por una perilla, mostraba unos rasgos burlescos que descendían de la nariz a las comisuras de la boca y que a veces incluso le procuraban cierto aire de amargura.

Como solía suceder, para cuando llegó el roquefort ya nos hallábamos sumidos en las «conversaciones profundas». Selten las llamaba así, con el desdeñoso sarcasmo de un hombre que, como él decía, hacía tiempo que había decidido convertir en su única filosofía el disfrute, sin preguntas ni escrúpulos, de esta vida terrenal que con tan poca consideración nos ha montado ese director de escena de ahí arriba, para terminar encogiéndose de hombros y preguntar:

—¿Y eso es todo?

Pero Laube, que a través de hábiles rodeos había conseguido meterse de nuevo en su elemento, ya estaba otra vez fuera de sí y gesticulaba desesperadamente en el aire desde su profunda butaca tapizada.

—¡De eso se trata! ¡De eso se trata! ¡La ignominiosa posición social de la hembra –(Laube nunca decía «mujer», sino «hembra», que le sonaba más científico)– hunde sus raíces en los prejuicios, en los estúpidos prejuicios de la sociedad!

—¡Salud! –dijo Selten en tono suave y compasivo mientras vaciaba una copa de vino tinto.

Su reacción hizo que el buen muchacho perdiera lo que le quedaba de paciencia.

—¡Ah, tú! –dijo, poniéndose en pie de un salto–. ¡Viejo cínico! ¡Contigo no se puede hablar! Pero vosotros –añadió dirigiéndose desafiante a Meysenberg y a mí–, ¡vosotros tenéis que darme la razón! ¡¿Sí o no?!

Meysenberg estaba pelando una naranja.

—Pues sí y no –dijo con convicción.

—Bien, ¡continúa! –dije animando al orador, que una vez más necesitaba desahogarse y no iba a dejarnos en paz hasta conseguirlo.

—¡Hunde sus raíces en los estúpidos prejuicios y en la obtusa injusticia de la sociedad, eso es lo que digo! Todas esas nimiedades... Por el amor de Dios, ¡pero si son ridículas! Eso de que construyan institutos para chicas o que contraten a las hembras como telegrafistas o algo así, finalmente, ¿qué significa? A un nivel más alto, sin embargo, ¡menudos puntos de vista! Con relación a lo erótico, a la sexualidad, por ejemplo, ¡qué crueldad tan corta de miras!

–Ajá –dijo el doctor muy aliviado, poniendo a un lado la servilleta–. Parece que ahora, al menos, la cosa se pone interesante...

Laube no se dignó mirarlo.

–Fijaos –prosiguió con vehemencia, gesticulando con un gran bombón del postre que a continuación se metió en la boca con un ademán solemne–, fijaos, cuando dos se aman y el seductor es el hombre, no por eso dejará de ser un caballero. Incluso habrá actuado con arrojo, ¡maldito miserable! Pero la hembra será la perdida, la repudiada por la sociedad, la proscrita, la caída. ¡Sí, la ca-í-da! ¡¿Dónde reside el sostén moral de una mentalidad semejante?! ¿Es que el hombre no ha caído también? ¡¿Acaso no ha actuado con deshonra aún mayor que la hembra?!... ¡Pues bien, hablad! ¡Decid algo!

Pensativo, Meysenberg siguió el humo de su cigarrillo con la mirada.

–En realidad tienes razón... –dijo con benevolencia.

El rostro de Laube resplandeció triunfante.

–¿La tengo? ¿La tengo? –repetía continuamente–. Y es que, ¿dónde está la justificación ética de un juicio semejante?

Miré al doctor Selten. Se había quedado muy callado. Había bajado silenciosamente esa mirada suya de expresión amarga mientras le daba vueltas a una bolita de pan entre los dedos.

–Levantémonos –dijo serenamente a continuación–. Quiero contaros una historia.

Habíamos apartado la mesa de la cena y nos habíamos acomodado al fondo, en un rincón alfombrado y provisto de pequeños sillones que lo hacían muy agradable para charlar. Una lámpara cenital dejaba la habitación sumida en una tenue luz azulada. Bajo el techo ya empezaba a flotar una ligera capa de humo.

–Bien, empieza –dijo Meysenberg mientras llenaba cuatro pequeñas copas de benedictino francés.

–Sí, con mucho gusto voy a contaros esta historia, ya que nos viene a cuento –dijo el doctor– y voy a hacerlo directamente en forma de relato. Ya sabéis que hubo un tiempo en que me entretenía con esta clase de cosas.

No podía verle bien la cara. Estaba sentado, con las piernas cruzadas, las manos en los bolsillos laterales de la chaqueta, reclinado en el sillón y mirando sosegadamente la lámpara azul del techo.

«El héroe de mi historia –empezó a decir al cabo de un rato–, había aprobado el bachillerato en su pequeña localidad natal del norte de Alemania. A los diecinueve o veinte años ingresó en la Universidad de P., una ciudad bastante grande del sur.

Era la manifestación perfecta del "buen tipo". Nadie podía guardarle rencor por mucho tiempo. Alegre, benévolo y conciliador, enseguida se convirtió en el favorito de todos sus compañeros. Era un joven apuesto y delgado de rasgos suaves, vivaces ojos castaños y labios delicados sobre los que empezaba a apuntar el primer bigote. Cuando deambulaba por las calles mirando con curiosidad a su alrededor, las manos en los bolsillos y el claro sombrero redondo echado hacia atrás sobre sus rizos negros, las muchachas le lanzaban miradas enamoradas.

Sin embargo, era inocente, tan puro en las cuestiones de la carne como en las del espíritu. Podía decir, con el general Tilly, que aún no había perdido una batalla ni tocado a una mujer. Lo primero porque aún no había tenido oportunidad y lo segundo por exactamente la misma razón.

Apenas llevaba catorce días en P. cuando, como es natural, se enamoró. No de una camarera, que es lo más habitual, sino de una joven actriz, una tal señorita Weltner, que cubría los papeles de enamorada ingenua en el teatro Goethe.

Si bien es cierto que, como observa tan acertadamente el poeta, quien ha tomado el elixir de la juventud ve a una Elena en cada hembra*, la muchacha era realmente guapa. Una figura de infantil delicadeza: el cabello rubio mate, los ojos gris-azulados crédulos y alegres, la nariz delicada, la boca de inocente dulzura y la barbilla suave y redondeada.

Primero se enamoró de su rostro, después de sus manos, después de sus brazos, que tuvo ocasión de ver desnudos durante la representación de una obra ambientada en la

---

* «*Du siehst, mit diesem Trank im Leibe, / Bald Helena in jedem Weibe.*» Versos 2603-2604 del *Fausto I* de Goethe (Mefistófeles). *[Esta nota, como las siguientes, es de la traductora.]*

antigüedad... y un buen día llegó a amarla por completo. Incluso se enamoró de su alma, que en realidad aún no conocía.

Su amor le costó una fortuna. Al menos una noche de cada dos ocupaba un asiento de platea en el teatro Goethe. Tenía que pedirle dinero continuamente por carta a su mamá, para lo que pergeñaba las excusas más extravagantes. Pero al fin y al cabo, mentía sólo por ella, y eso lo disculpaba todo.

Cuando supo que la amaba, lo primero que hizo fue ponerse a escribir poesías: la célebre "lírica silenciosa" alemana.

De este modo muchas veces se quedó sepultado bajo los libros hasta altas horas de la madrugada, acompañado únicamente por el monótono tic-tac del pequeño despertador de la cómoda y por algunos pasos solitarios que resonaban de vez en cuando en el exterior. Muy arriba en el pecho, en el arranque del cuello, se le había asentado un dolor blando, tibio y líquido que muchas veces pugnaba por subir hasta sus fatigados ojos. Pero como le daba vergüenza llorar de verdad, se limitaba a descargar sus lágrimas sobre el paciente papel en forma de palabras.

Así, con mórbidos versos de tonalidad melancólica, se decía a sí mismo lo dulce y encantadora que era ella y lo enfermo y fatigado que estaba él, y hablaba de esa gran agitación que había en su pecho y que le incitaba a viajar a lo desconocido, lejos, muy lejos, allí donde bajo cientos de rosas y violetas dormita una dulce felicidad; y que no podía hacerlo porque estaba atrapado...

En efecto, resultaba ridículo. Cualquiera se habría reído. Y es que todas esas palabras eran tan tontas, tan vanamente desvalidas... Sin embargo, él ¡la amaba! ¡La amaba! Naturalmente, tras habérselo confesado a sí mismo se sintió avergonzado. Y es que su amor era tan miserable, estaba tan lleno de humillación, que se hubiera conformado con besar en silencio el diminuto pie de su encantadora dama, o su blanca mano, y después hubiera estado dispuesto a morir. En cuanto a su boca, ni siquiera se atrevía a pensar en ella.

En una ocasión en que despertó en plena noche, se la imaginó acostada a su lado, la amada cabeza apoyada en la blanca almohada, la dulce boca ligeramente entreabierta y las manos, esas manos indescriptibles de venas levemente azuladas, plegadas sobre la manta. Entonces se dio súbitamente la vuelta, apretó la cara contra la almohada y lloró largo rato en la oscuridad.

Con eso había alcanzado el punto culminante. Había llegado a una situación en la que ya era incapaz de seguir escribiendo poemas y había perdido el apetito. Evitaba a sus conocidos, apenas salía y sus ojos mostraban unas ojeras profundas y oscuras. Además, tampoco trabajaba y no le apetecía leer nada. Sólo quería seguir vegetando, adormecido frente a su fotografía, que hacía tiempo que se había comprado, sumido en lágrimas y amor.

Una noche estaba sentado frente a una apetecible jarra de cerveza en el rincón de una taberna en compañía de su amigo Rölling, a quien ya conocía del colegio y que estudiaba medicina como él, si bien le llevaba algunos semestres de ventaja.

Rölling dejó la jarra sobre la mesa con un golpe resuelto.

–Muy bien, pequeño. Y ahora cuéntame lo que te pasa.

–¿A mí?

Pero el joven acabó cediendo y se desahogó hablándole de ella y de sí mismo.

Rölling sacudió disgustado la cabeza.

–Mal asunto, pequeño. No hay nada que hacer. No eres el primero. Completamente inaccesible. Hasta hace poco vivía con su madre, y aunque ya hace algún tiempo que ésta se ha muerto... no hay absolutamente nada que hacer. Se trata de una joven terriblemente decente.

–Pero ¿es que pensabas que yo...?

–Bueno, yo pensaba que esperarías...

–¡Ay, Rölling!...

–¿Ah, no? Bueno. Pues perdona, ahora lo entiendo. No imaginaba que el asunto fuera tan sentimental... En fin, entonces envíale un ramo de flores, acompáñalo de una carta casta y respetuosa e implórale que te dé permiso por escrito para ir a visitarla y expresarle verbalmente tu admiración.

El muchacho se puso pálido y le temblaba todo el cuerpo.

–Pero... ¡eso no puede ser!

–¿Por qué no? Cualquier criado le llevará el recado por cuarenta centavos.

Se puso a temblar aún más.

–¡Dios mío...! ¡Si eso fuera posible!

–A ver, ¿dónde vive?

–Yo... Pues no sé.

–¡¿Pero ni siquiera sabes eso?! ¡Camarero! Tráigame la guía.

Rölling lo encontró enseguida.

–¿Lo ves? Durante todo este tiempo has tenido a tu dama viviendo en un mundo superior y ahora resulta que vive en la Heustrasse 6a, tercer piso. ¿Lo ves? Aquí lo pone: Irma Weltner, miembro del teatro Goethe... Por cierto, se trata de un barrio bastante malo. ¡Así es como se premia la virtud!

–¡Por favor, Rölling...!

–De acuerdo, está bien. Pues vas a hacer eso. Con un poco de suerte te dejará que le beses la mano... ¡bendito! Esta vez emplearás lo que te cueste la butaca en primera fila para comprarle el ramo.

–¡Dios, qué me importa a mí el dichoso dinero!

–¡Qué maravilloso es haber perdido el sentido! –declamó Rölling.

Ya a la mañana siguiente una carta conmovedoramente ingenua acompañada de un precioso ramo de flores salió en dirección a la Heustrasse. Si recibiera una respuesta suya... ¡cualquier respuesta! ¡Con qué dicha besaría las líneas!

A los ocho días ya había roto la portezuela del buzón del portal de tanto abrirla y cerrarla, causando el enojo de la casera.

Las ojeras se le habían vuelto aún más profundas. Ciertamente, el pobre ofrecía un aspecto miserable. Cada vez que se miraba en el espejo se llevaba un buen susto y después lloraba de autocompasión.

–¡Tú, pequeño! –dijo un día Rölling con determinación–, esto no puede seguir así. Te estás viniendo abajo por momentos. Hay que hacer algo. Mañana vas a ir a verla.

El joven abrió desmesuradamente sus ojos enfermizos.

–A verla... ¿Así, sin más...?

–Sí.

–Pero no puedo. No me ha dado permiso.

–Es que eso de la cartita fue una tontería. Ya nos podríamos haber imaginado que no te iba a invitar por escrito si ni siquiera te conoce. Simplemente tienes que ir a verla. Si ya basta con que te dé los buenos días para que te sientas embriagado de felicidad... Además, tú tampoco eres un monstruo, precisamente... Ya verás como no te echa de casa. Irás mañana mismo.

El joven se sintió mareado.

–No voy a poder –dijo en voz baja.

–¡En ese caso, no hay nada que hacer! –replicó Rölling, que empezaba a sentirse molesto–. ¡Vas a tener que ver cómo lo superas tú solito!

Entonces, al igual que el mes de mayo pugnaba por librar un último combate con el invierno en el seno de la naturaleza, se sucedieron días de dura lucha en su interior.

Pero una mañana, cuando el muchacho se levantó y abrió la ventana al despertar de un sueño profundo en que la había visto, resultó que había llegado la primavera.

El cielo resplandeciente le sonreía benigno en un azul intenso y un singular olor a especias dulces flotaba en el aire.

El joven sintió, olió, saboreó, vio y escuchó la primavera. Todos sus sentidos estaban henchidos de ella. Y era como si aquella franja de sol que reposaba sobre la casa de enfrente fluyera hasta su corazón en palpitantes oscilaciones, aclarándolo y fortaleciéndolo.

Entonces besó en silencio el retrato de su dama, se puso una camisa limpia y su mejor traje, se afeitó el vello incipiente de la barbilla y se encaminó a la Heustrasse.

Se sentía dominado por un extraño sosiego que casi le daba miedo. Aun así, no lo abandonaba. Era un sosiego de ensueño, como si no fuera él aquel muchacho que en ese momento estaba subiendo las escaleras para encontrarse de pronto frente a la puerta en que se podía leer el letrero: Irma Weltner.

Entonces, como una exhalación, le sobrevino la sensación de estar loco. Se preguntó qué diantre estaba buscando allí y se dijo que tenía que dar media vuelta enseguida antes de que lo viera alguien.

Pero tan sólo fue como si a través de este último estertor de timidez se hubiera visto definitivamente liberado de su anterior estado de desvarío y diera paso en su ánimo a una confianza intensa, segura y alegre, y si hasta ese momento había estado sometido a una especie de presión, a una necesidad que pesaba sobre él como en un estado de hipnosis, ahora actuaba movido por una voluntad libre, decidida y eufórica.

Al fin y al cabo, ¡era primavera!

La campanilla resonó metálicamente por todo el piso. Una joven acudió a abrir.

—¿La señorita se encuentra en casa? —preguntó jovial.

—En casa... Sí... Pero ¿a quién tengo el...?

—Aquí tiene.

El joven le entregó su tarjeta de visita y, mientras la muchacha se disponía a llevársela, la siguió sin más con una risa temeraria en el corazón, de modo que cuando ella le entregó la tarjeta a su joven señora, él ya estaba en la habitación, muy derecho, con el sombrero en la mano.

Era una habitación de dimensiones moderadas y con muebles sencillos y oscuros. La joven dama ya se había incorporado del asiento que ocupaba junto a la ventana. El libro que había sobre la mesita junto a ella parecía haber sido apartado hacía sólo un instante. Nunca, en ninguno de sus papeles, le había parecido tan encantadora como era en realidad. El vestido gris que, con una aplicación más oscura en el pecho, ceñía su delicada figura era de sobria elegancia. En el pelo encrespado de su frente centelleaba el sol de mayo.

La sangre del joven palpitaba y zumbaba de deleite, y cuando ella lanzó una mirada de asombro a su tarjeta seguida de otra, de sorpresa aún mayor, a su persona, la cálida añoranza que lo embargaba prorrumpió en dos palabras temerosas y vehementes al tiempo que avanzaba hacia ella con un par de rápidas zancadas:

–¡Oh, no...! ¡Sobre todo, no se me enfade!

–¿Qué clase de asalto es éste? –preguntó ella, divertida.

–Es que yo, aunque usted no me lo haya permitido, yo... ¡Por una vez tenía que decirle de viva voz cuánto la admiro, señorita!

Ella le señaló cordialmente una butaca y el joven continuó hablando al sentarse, un poco a trompicones:

–Verá, yo soy de esos que siempre tiene que decirlo todo y que no... no puede dejar que las cosas le corroan por dentro, así que le pedí... ¿Por qué no me respondió usted, señorita? –espetó con franqueza, interrumpiéndose a sí mismo.

–Bien... No puedo decirle hasta qué punto –respondió la joven con una sonrisa– me alegraron sinceramente sus palabras de reconocimiento y el bonito ramo que me envió, pero... No podía ser que yo, sin más... Al fin y al cabo, no podía saber...

–No, no, si puedo imaginármelo perfectamente, pero ¿verdad que no está disgustada conmigo porque haya venido así, sin permiso...?

–¡Oh, no, cómo podría...! ¿Hace poco que está usted en P.? –añadió rápidamente, evitando con delicadeza lo que prometía ser una pausa embarazosa.

–Ya hace unas seis o siete semanas, señorita.

–¿Tanto tiempo? Pensaba que me habría visto actuar por primera vez hace una semana y media, cuando recibí sus amables líneas...

–¡¡Se lo ruego, señorita!! ¡Durante todo este tiempo he estado viéndola casi cada noche! ¡En todos sus papeles!

–En ese caso, ¿cómo es que no ha venido a verme antes? –preguntó, ingenuamente sorprendida.

–¿Debería haberlo hecho...? –repuso él con coquetería.

Se sentía tan indeciblemente feliz sentado en la butaca frente a ella, en íntima conversación, y la situación le resultaba tan inconcebible, que casi tenía miedo de que, como en otras ocasiones, a tan dulce sueño sucediera un triste despertar. Se sentía alegre y a gusto hasta el punto que le faltó poco para cruzar relajadamente las piernas, pero también tan desmesuradamente feliz que habría podido lanzarse de inmediato a sus pies, diciéndole con una exclamación de júbilo: «¡Pero si todo esto no es más que una estúpida comedia! ¡Si yo te quiero tanto...!, ¡tanto...!».

Ella se ruborizó un poco, pero recibió su graciosa réplica con una risa cordial.

–Disculpe... Me ha interpretado usted mal. Es verdad que me he expresado con cierta torpeza, pero no creo que le resulte tan difícil comprender...

–A partir de ahora, señorita, haré un esfuerzo para comprenderla aún mejor.

Estaba completamente fuera de sí. Tras esta réplica se lo dijo para sus adentros una vez más: ¡Irma Weltner estaba allí! ¡Allí mismo! ¡Y él, con ella! Una y otra vez tenía que hacer acopio de toda su lucidez para cerciorarse de que quien estaba ahí sentado era él, y no cesaba de repasar con mirada incrédula y dichosa el rostro y la figura de su dama... Sí, aquél era su cabello de un rubio apagado, aquélla era su dulce boca, su suave barbilla con leve tendencia a formarse un repliegue, aquélla era su nítida voz de niña, su encantadora dicción que fuera del escenario dejaba traslucir un poco el dialecto del sur. Y cuando ella, sin hacer mayor caso a su respuesta, cogió una vez más la tarjeta de visita que había dejado encima de la mesa para adquirir mayor constancia del nombre de su visitante, resultó que también eran aquéllas las amadas manos que él había besado tantas veces en sueños, aquellas manos indescriptibles, mientras que esos ojos que ahora volvían a dirigirse a él... ¡Con una expresión que denotaba una interesada cordialidad en constante aumento...! Entonces las palabras de la joven volvieron a estarle destinadas, dando continuidad a la charla con una alternancia de preguntas y respuestas, que, interrumpiéndose de vez en cuando, volvía a entretejerse después con fluidez, partiendo de la procedencia de los dos y prosiguiendo con sus respectivas ocupaciones y con los distintos papeles de Irma Weltner, a cuya "concepción" él, naturalmente, dedicó unas alabanzas y una admiración sin límites, por mucho que en realidad, como ella misma admitía entre risas, había bien poco que "concebir" en ellos.

En su graciosa risa siempre resonaba también una leve nota teatral, como si un gordo papá de comedia acabara de soltarle un chiste moseriano* a la platea. Sin embargo, en esos instantes, al contemplar el rostro de la joven con devoción cándidamente manifiesta, la risa que le brotaba de la boca le fascinaba de tal modo que tuvo que reprimir varias veces la tentación de caer de inmediato a sus pies y confesarle con franqueza su gran, su grandísimo amor.

Debió de haber transcurrido más de una hora cuando, por fin, el joven miró consternado su reloj y se levantó a toda prisa.

–Pero ¡cuánto la estoy entreteniendo, señorita Weltner! ¡Debería haberme despedido usted hace rato! A estas alturas ya tendría que saber que el tiempo, a su lado...

Había sido muy hábil sin saberlo. Ya casi se había apartado por completo de su manifiesta admiración por la joven como artista. Ahora, de forma instintiva, los cumplidos que

---

* Gustav von Moser (1825-1903) fue un celebrado autor alemán de comedias triviales, actualmente caído en el olvido.

le expresaba generosamente empezaban a adquirir una naturaleza paulatinamente más personal.

–Pero ¿qué hora es? ¿Por qué quiere irse ya? –inquirió la joven con un ademán de apenada sorpresa que, si se trataba de una actuación, resultó más realista y convincente de lo que había sido nunca sobre un escenario.

–¡Por Dios, ya la he aburrido bastante! ¡Toda una hora!

–¿De veras? ¡Qué rápido se me ha pasado el tiempo! –exclamó entonces con un asombro que sin la menor duda era auténtico–. ¿¡Ya ha pasado una hora!? Pues en ese caso voy a tener que darme prisa para meterme algo de mi nuevo papel en la cabeza... ¡Y para esta misma noche! ¿Vendrá usted al teatro? Durante el ensayo aún no me sabía nada. ¡El director casi me pega!

–¿Cuándo me da usted su permiso para que lo asesine? –preguntó él solemnemente.

–¡Cuanto antes, mejor! –rió ella, ofreciéndole la mano para despedirse.

En un arrebato de pasión, se inclinó sobre la mano que le tendía y apretó los labios contra ella en un beso largo e insaciable al que, a pesar de que una voz interior le reclamaba moderación, fue incapaz de poner fin. No podía alejarse del dulce perfume de aquella mano ni de aquel dichoso desvarío amoroso.

Ella la retiró con cierta brusquedad y, cuando él volvió a mirarla, creyó reconocer en su rostro cierta expresión de confusión, cosa que debería haber constituido un motivo para que se alegrara de todo corazón; sin embargo, la interpretó como una muestra de disgusto por su comporta-

miento indecoroso, del que por unos instantes se avergon-
zó terriblemente.

—Mi más sincero agradecimiento, señorita Weltner —dijo
apresuradamente y en un tono más formal que el anterior—,
por la gran amabilidad que me ha dispensado.

—¡Se lo ruego! Estoy encantada de haberle conocido.

—¿Verdad que... —solicitó, recuperando el tono de franqueza— ...que no me va a negar un favor, señorita? ¿Verdad
que me va a permitir que vuelva a verla?

—¡Naturalmente!... Es decir... Claro, ¿por qué no?

Irma se sentía un tanto incómoda. Tras haberle besado
la mano de aquella forma tan extraña, la petición de aquel
joven parecía un poco intempestiva. Sin embargo, le ofreció la mano una vez más y añadió, con serena cordialidad:

—Estaría encantada de poder volver a charlar un rato con
usted.

—¡Mil gracias!

Una pequeña inclinación y el muchacho estaba fuera.
De pronto, en cuanto dejó de verla, volvió a creer que todo
había sido un sueño.

Pero entonces sintió de nuevo en sus labios y en su mano
el calor de la de ella y supo una vez más que todo era real y
que sus sueños «descabellados» y dichosos se habían vuelto
realidad. Bajó las escaleras a trompicones como si estuviera
borracho, ladeado sobre la barandilla que sus dulces manos
tenían que haber rozado tantas veces y que besó, con besos
jubilosos, de arriba abajo.

Y una vez abajo, delante de aquella casa un poco retirada de las demás, había una pequeña plazuela semejante a

un patio o a un jardín en el que un matojo de lilas lucía sus primeras flores. Allí se detuvo para sumergir su ardiente rostro en aquel macizo refrescante y, con el corazón palpitante, sorbió largo rato aquel aroma juvenil y delicado.

¡Oh, cuánto la amaba!

Hacía un rato que Rölling y un par de jóvenes más habían terminado de comer cuando el muchacho entró en el restaurante y, acalorado, se sentó con ellos tras saludarlos fugazmente. Durante unos minutos permaneció completamente inmóvil y se limitó a mirarlos de uno en uno con una sonrisa de superioridad que parecía estarse burlando secretamente de ellos porque, sentados ahí sin más, no sabían nada.

–¡¡Chicos!! –exclamó de repente, inclinándose sobre la mesa–. ¿Queréis saber una cosa? ¡¡Soy feliz!!

–¿De veras? –dijo Rölling mirándolo muy expresivamente a la cara. Entonces, con un movimiento ceremonioso, le tendió la mano por encima de la mesa.

–Mis más sinceras felicitaciones, pequeño.

–¿Por qué?

–Pero ¿qué pasa?

–Es verdad, aún no lo sabéis. Hoy es su cumpleaños. Celebra su cumpleaños. Miradle. ¿No os parece acabado de nacer?

–¡Pues sí!

–¡Caramba!

–¡Felicidades!

–Oye, pues entonces nos tendrías que...

–¡Pues claro que sí! ¡Ca-ma-re-ro!

Desde luego, había que reconocer que aquel muchacho sabía cómo celebrar su cumpleaños...

Más adelante, tras ocho días aguardados con ansiosa impaciencia, repitió su visita. Al fin y al cabo, ella le había dado permiso. Todos aquellos exaltados estados de ánimo que la timidez amorosa había despertado en él la primera vez ya empezaban a ser abolidos.

Pues bien, el caso es que a partir de entonces empezó a verla y a hablarle con más frecuencia. Al fin y al cabo, ella volvía a darle permiso una y otra vez.

Los dos charlaban desenfadadamente y su trato casi podría haberse calificado de amistoso si de vez en cuando no se hiciera perceptible cierta sensación repentina de embarazo y cohibición, una especie de vago temor, que solía manifestarse en los dos al mismo tiempo. En tales momentos la conversación podía quedar interrumpida de pronto y disolverse en una mirada silenciosa de varios segundos que, al igual que cuando le besó la mano aquella primera vez, terminaba motivando instantáneamente una mayor rigidez en el trato posterior.

Algunas veces la joven le permitió que la acompañara a casa después de la función. ¡Qué plenitud y felicidad albergaban para él aquellas noches de primavera, cuando paseaba a su lado por las calles! Entonces, frente a la puerta de su casa, ella le daba cordialmente las gracias por la molestia, él le besaba la mano y, con un agradecimiento jubiloso en el corazón, seguía su camino.

Fue una de estas noches cuando, tras haberse despedido y habiéndose alejado ya algunos pasos de ella, se le ocurrió volverse. Entonces vio que ella seguía en el umbral y parecía buscar algo en el suelo. Sin embargo, al joven le había dado la impresión de que no se había puesto en actitud de buscar hasta después de que él se hubiera dado la vuelta inesperadamente.

–Anoche os vi –le dijo Rölling en una ocasión–. Pequeño, permíteme que te manifieste todos mis respetos. Desde luego, no hay nadie que haya llegado tan lejos con ella como tú. Eres un tipo de mucho cuidado. Claro que también eres tonto. Me parece que la pobre ya no puede hacerte más insinuaciones. ¡Menudo dechado de virtudes! ¡Pero si debe de estar loca por ti! ¡Y que tú no aproveches y vayas a por todas de una vez...!

Él lo miró unos instantes sin comprender. Entonces cayó en la cuenta y dijo:

–¡Bah, cállate!

Pero estaba temblando.

Entonces maduró la primavera. A finales de ese mismo mes de mayo ya empezaron a sucederse varios días calurosos en los que no cayó ni una gota de lluvia. Con un azul desvaído y turbio, el cielo bajaba su mirada fija hacia la tierra sedienta, y por la noche, el imperturbable y espantoso calor del día daba paso a un bochorno sofocante y pesado que las corrientes de aire no hacían sino más perceptible.

En uno de estos crepúsculos, nuestro bravo muchacho deambulaba solitario por las colinas de uno de los parques que rodeaban la ciudad.

No había podido soportar quedarse más tiempo en casa. Volvía a estar enfermo. Una vez más, se movía impulsado por aquella sedienta nostalgia que ya había creído más que saciada con tanta felicidad. Sin embargo, de nuevo se veía impelido a suspirar por ella. Pero ¿qué más quería?

¡La culpa era de Rölling, ese Mefistófeles! (Aunque Rölling era más benévolo y menos ingenioso.)

Para entonces rematar –no puedo decir cómo– tan elevada intuición...*

El muchacho sacudió la cabeza con un lamento y fijó la mirada a lo lejos, en la oscuridad.

¡La culpa era de Rölling! Fue él quien, cuando lo vio palidecer de nuevo, empezó a nombrarle con palabras brutales y a presentarle desnudamente lo que hasta entonces sólo había visto envuelto en la niebla de una melancolía mórbida y vaga.

El muchacho seguía caminando, con paso fatigado y, sin embargo, resuelto, en pleno bochorno.

No acertaba a dar con el matojo de jazmines cuyo perfume percibía desde hacía rato. Después de todo, era imposible que por aquella época del año hubiera florecido ya algún jazmín. No obstante, cada vez que salía al exterior sentía ese olor dulce y aturdidor por doquier.

En un recodo del camino, contra una acusada pendien-

---

* «*Und dann die hohe Intuition –/ Ich darf nicht sagen wie– zu schliessen.*» Versos 3292-3293 del *Fausto I* de Goethe (Mefistófeles).

te poblada de árboles dispersos, había un banco. Se sentó en él y miró al frente.

Al otro lado del camino el césped reseco declinaba en dirección al río, que se deslizaba cansinamente. Más allá circulaba la avenida, impecablemente recta, entre dos hileras de álamos. Y aún más allá, si se seguía con cierto esfuerzo la línea del pálido y violáceo horizonte, podía reconocerse el carro de un granjero que se arrastraba solitario.

El muchacho se quedó allí, mirando fijamente y sin atreverse a hacer ningún movimiento, pues tampoco a su alrededor parecía moverse nada.

¡Ese sofocante olor a jazmín que no cesaba!

Y en el mundo, esa sorda carga, ese silencio templado e incubador, sediento y anhelante. Sentía que de algún modo tenía que llegarle una liberación, una salvación desde algún sitio, una satisfacción que aliviara como una tormenta toda esa sed que había en él y en la naturaleza...

Y entonces la muchacha volvió a aparecer ante su vista, vestida con aquella túnica clara de dama antigua que dejaba al descubierto un brazo delgado y blanco que sin duda sería suave y fresco...

En ese momento se puso en pie impulsado por una vaga decisión tomada a medias y recorrió cada vez más aprisa el camino a la ciudad.

Cuando al fin se detuvo, con la confusa sensación de haber llegado a la meta, un gran susto le sobrevino de repente.

Ya se había hecho de noche. A su alrededor todo estaba silencioso y oscuro. Sólo muy de vez en cuando se dejaba ver alguien a esas horas en aquella zona todavía suburbial.

La luna, casi llena, lucía en el firmamento bajo cientos de estrellas levemente veladas. Muy a lo lejos se percibía la luz cansina de una farola de gas.

Y él estaba ahí de pie, frente a la casa de Irma.

¡No, él no había querido ir! Pero había algo en él que sí había querido sin que él lo supiera.

Y ahora, estando ahí de pie y alzando inmóvil la mirada hacia la luna, todo parecía estar en orden y aquél parecía ser su sitio.

Entonces vino un nuevo resplandor de alguna parte.

Procedía de arriba, del tercer piso, de su habitación, en la que había una ventana abierta. Así pues, aquella noche Irma no había tenido que actuar. Estaba en casa y aún no se había retirado a dormir.

El joven se puso a llorar. Se apoyó contra la valla y lloró. Todo era tan triste... El mundo estaba tan mudo y sediento, y la luna tan pálida...

Estuvo llorando durante mucho tiempo, porque por un momento las lágrimas le parecieron la solución, la liberación y el alivio que tanto ansiaba. Pero después se notó los ojos aún más secos y ardientes que antes.

Y esa árida opresión volvió a apoderarse de todo su cuerpo hasta el punto de verse forzado a gemir, a gemir por... por...

¡Ceder! Ceder...

¡No! ¡No debía ceder, sino...!

Se enderezó. Los músculos se le tensaron por un instante. Pero entonces un dolor tibio y quedo volvió a arrasar con todas sus fuerzas.

No obstante, si es que tenía que ceder era mejor que lo hiciera fatigado. Presionó débilmente el picaporte y subió las escaleras lentamente y arrastrando los pies.

La criada lo miró con cierta sorpresa, dada la hora. Pero sí, la señorita estaba en casa.

Hacía tiempo que ya no lo anunciaban. Tras una breve llamada, él mismo abrió la puerta que daba a la sala de estar de Irma.

No era consciente de estar realizando ninguna acción. En vez de caminar hacia la puerta, se dejaba llevar hacia ella. Se sentía como si por debilidad hubiera soltado algún tipo de asidero y ahora una callada necesidad lo estuviera empujando con ademán serio y casi entristecido. Notaba que cualquier acto autónomo y meditado de su voluntad en contra de esta orden tan quedamente poderosa no hubiera hecho sino sumir su interior en una dolorosa disyuntiva. Ceder... Tenía que ceder. Lo que entonces sucediera sería lo que de todos modos tenía que pasar, lo necesario.

Como respuesta a su llamada percibió un leve carraspeo, como de quien se prepara la garganta para hablar. A continuación sonó un "adelante" fatigado e interrogativo.

Al entrar, el muchacho la sorprendió sentada en la penumbra en el sillón que había al fondo de la habitación, tras la mesa redonda. Una lámpara encendida y cubierta por un paño emitía su luz frente a la ventana abierta, sobre el pequeño aparador. Irma no lo miró, sino que, creyendo seguramente que se trataba de la doncella, permaneció inmóvil en su postura de fatiga, con la mejilla apoyada en el respaldo.

—Buenas noches, señorita Weltner —dijo él en voz baja.

Al oírlo la joven alzó bruscamente la cabeza y lo miró un instante con profundo temor.

Estaba pálida y tenía los ojos enrojecidos. Una expresión de sufrimiento y de silenciosa entrega rodeaba su boca y una fatiga de indecible dulzura parecía estarle implorando en aquella mirada levantada hacia él y en el tono de su voz cuando preguntó:

—¿Tan tarde?

Entonces el muchacho sintió que estaba saliendo a la superficie todo aquello que no había sentido nunca porque nunca antes se había abandonado a sí mismo, una congoja cálida e íntima causada por el dolor que reflejaba ese rostro tan infinitamente dulce y esos amados ojos que hasta ese momento habían estado flotando sobre su vida bajo la apariencia de una felicidad benigna y alegre. En efecto, si hasta ese instante únicamente había sentido compasión por sí mismo, ahora era por ella por quien sentía una compasión profunda y de infinita entrega.

El muchacho se quedó inmóvil en la misma posición que tenía en el momento de verla y se limitó a dirigirse a ella en voz tímida y baja, si bien todo lo que estaba sintiendo procuraba a sus palabras una intensa sonoridad:

—¿Por qué llora, señorita Irma?

Enmudecida, Irma bajó la mirada hacia su regazo, hacia el trapillo blanco que estrujaba con la mano.

El muchacho fue a su encuentro y, sentándose a su lado, tomó entre las suyas las dos manos delgadas y de mate blancura de la joven, ahora frías y húmedas, y las besó tiernamente una tras otra, y mientras sus ojos se llenaban de ardientes lágrimas que procedían de lo más hondo de su pecho, repitió con voz temblorosa:

–Porque... Usted ha estado llorando...

Pero ella dejó caer aún más la cabeza contra el pecho, de modo que el tenue perfume de su cabello flotó hacia él, y mientras parecía estar luchando contra un sufrimiento denso, temeroso y callado y los delicados dedos se estremecían convulsivamente entre sus manos, el joven vio cómo, de sus largas y sedosas pestañas, se desprendían lenta y pesadamente dos lágrimas.

Él apretó atemorizado las manos de la joven contra el pecho y, con un nudo en la garganta, gimió sonoramente de tanto dolor desesperado:

–¡No puedo! No puedo verte... ¡llorar! ¡No lo soporto!

Y la joven alzó la pálida cabecita hacia él de manera que pudieron mirarse a los ojos, hondamente, hasta las profundidades del alma, y con esa mirada se dijeron el uno al otro que se amaban. Y entonces, una exclamación de amor jubilosamente aliviadora y desesperadamente feliz acabó con el último residuo de contención, y mientras sus jóvenes cuerpos se entrelazaban en una tensión convulsiva que les dotaba de nuevo vigor, juntaron con fuerza sus temblorosos labios, y este primer y prolongado beso, en torno al cual el mundo entero parecía hundirse, recibía a través de la ventana abierta el aflujo del aroma de las lilas, que ahora se había vuelto bochornoso y anhelante.

El muchacho levantó del asiento la figura delgada, casi enflaquecida, de Irma y los dos susurraron en los labios abiertos del otro, balbuceando, lo mucho que se amaban.

Entonces sintió un extraño estremecimiento al ver cómo ella, que en su timidez de enamorado había sido la más elevada diosa, frente a la que siempre se había sentido débil, torpe y pequeño, empezaba a flaquear ahora bajo el influjo de sus besos...

Durante aquella noche se despertó una vez. La luz de la luna jugaba en el cabello de Irma, cuya mano reposaba en su pecho. Entonces alzó la mirada a Dios, besó sus ojos dormidos y se sintió mejor tipo que nunca.

Una lluvia tormentosa había caído durante la noche. La naturaleza se había visto liberada de su fiebre sofocante. Todo el mundo respiraba un aire más fresco.

Bajo el frío sol de la mañana los lanceros desfilaban por la ciudad y la gente los veía pasar frente a sus puertas, aspirando aquel aire puro y sintiéndose feliz.

Mientras el muchacho paseaba bajo la primavera rejuvenecida de camino a casa, los miembros aquejados por un debilitamiento soñador y feliz, habría podido gritar sin cesar, mirando el luminoso azul del cielo: ¡oh, dulce, dulce, dulcísima!

Después, de nuevo en casa, frente a su mesa de trabajo, frente a la fotografía de su amada, volvió en sí y procedió a realizar un escrupuloso examen de conciencia sobre lo que había hecho y sobre si, aun con toda su felicidad, no había sido un sinvergüenza. Eso le hubiera sabido muy mal.

Pero no, todo había estado bien.

Su ánimo era tan festivo y campanero como el día de su confirmación, y cuando miró por la ventana y vio aquella primavera gorjeante y la dulce sonrisa del cielo, se sintió de nuevo como se había sentido aquella noche, como si, lleno de un agradecimiento silencioso y grave, mirara al buen Dios directamente a los ojos; sus manos se unieron y con fervorosa ternura, a modo de devota oración matutina, le susurró a la primavera el nombre de Irma.

En cuanto a Rölling... No, era mejor que él no lo supiera. En realidad era un buen muchacho, pero seguro que volvería a hacer sus típicos juegos de palabras y trataría el asunto de esa forma suya tan... cómica. Pero algún día, cuando volviera a su casa... Sí, entonces se lo contaría alguna noche a su mamá, junto a la lámpara encendida. Le contaría toda, toda su felicidad...

Y al pensarlo se abandonó de nuevo a ella.

Naturalmente, ocho días después Rölling ya se había enterado de todo.

—¡Eh, pequeño! —dijo—. ¿Crees que soy tonto? Lo sé todo. Y por mí bien que me lo podrías contar con un poco más de detalle...

—No sé de qué me hablas. Pero aunque supiera de qué me hablas, no te hablaría de lo que sabes —repuso el muchacho gravemente, al tiempo que, gesticulando con el índice en ademán profesoral, guiaba a su interlocutor a través del ingenioso entresijo de su frase.

—¡Mira por dónde! ¡Se ha vuelto muy gracioso el pequeño! ¡Un diamante tan puro como él! En fin, que seas muy feliz, muchacho.

–Lo soy, Rölling –repuso con seriedad y firmeza, estrechando afectuosamente la mano de su amigo.

Pero para entonces a éste las cosas ya se le habían puesto demasiado sentimentales.

–Oye –preguntó–, ahora la pequeña Irma no se pondrá a jugar a la joven esposa, ¿verdad? ¡Seguro que una cofia de puntilla le quedaría que ni pintada! Por cierto... ¿No me podrías infiltrar como amigo de la casa?

–¡Rölling, no hay quien te aguante!

Quizá se debiera a que Rölling se fue de la lengua. O quizá fuera porque el asunto de nuestro héroe, por cuya causa se había apartado por completo de todos sus viejos conocidos y de sus costumbres habituales, no podía pasar inadvertido por mucho tiempo. El caso es que entre los habitantes de la ciudad pronto corrió la voz de que "la Weltner del teatro Goethe" estaba teniendo un "lío" con un estudiante jovencísimo, y ya aseguraban que, en realidad, nunca se habían acabado de creer la decencia de «esa persona».

Sí, el joven se había trastornado por completo. El mundo se había hundido a su alrededor y ahora, entre cientos de nubecitas rosas y de amorcillos rococó tocando el violín, él vivía flotando el paso de las semanas. ¡Feliz, feliz, feliz! Sólo con que le permitieran quedarse tendido a los pies de Irma mientras las horas volaban imperceptiblemente y, la cabeza echada hacia atrás, pudiera sorber el aliento de su boca... El resto de la vida dejaba de existir, definitivamente.

Lo único que existía todavía era eso que en los libros recibe el feo nombre de "amor".

La citada posición a sus pies, por cierto, era característica de la relación que mantenían los dos jóvenes. En ella se puso muy pronto de manifiesto el mayor peso social que tiene la mujer de veinte años frente al hombre de la misma edad. En su instintivo afán por agradarla, siempre era él quien se veía impelido a contener sus palabras y movimientos para salirle al encuentro como era debido. Dejando a un lado la completa libertad de su entrega en las escenas de amor propiamente dichas, era él quien se mostraba incapaz de actuar con total naturalidad durante sus sencillas relaciones sociales y quien carecía de auténtica desenvoltura. En parte por lo entregado de su amor, pero quizá aún más por ser socialmente el más pequeño y débil, el muchacho dejaba que ella lo riñera como a un niño para después pedirle perdón dolorida y sumisamente hasta que le volviera a permitir apoyar la cabeza en su regazo para acariciarle cariñosamente el pelo con una ternura maternal, casi compasiva. Sí, tendido a sus pies, él alzaba la vista hacia ella, iba y venía cuando ella lo deseaba y atendía a todos y cada uno de sus caprichos... ¡Y a fe mía que los tenía!

–Pequeño –dijo Rölling–, creo que esta mujer se te ha puesto los pantalones. ¡Mucho me temo que eres demasiado dócil para vivir amancebado!

–Rölling, eres un asno. No tienes ni idea. No sabes lo que es. La quiero. Eso es todo. No la quiero sólo así, a medias, sino que yo... la quiero como..., yo... ¡Bah, no se puede expresar con palabras...!

–Lo que pasa es que eres muy buen tipo.

–¡Bah, tonterías!

¡Bah, tonterías! Expresiones tan estúpidas como "ponerse los pantalones" o ser "demasiado dócil" no podía pronunciarlas nadie más que Rölling. Desde luego, el pobre no tenía ni idea de lo que estaba diciendo. Al fin y al cabo, ¿él qué era? ¿Qué diantre era? Su relación con Irma era tan sencilla y estaba tan bien... El muchacho podía pasarse la vida tomando las manos de ella entre las suyas y decirle una y otra vez: "¡Ah, cuánto te agradezco que me quieras, que me quieras siquiera un poco...!".

En una ocasión, durante una noche hermosa y suave, mientras paseaba solo por las calles, el muchacho le compuso a Irma un nuevo poema que lo conmovió mucho. Decía más o menos así:

Si al extinguirse el día en silencio,
y apagarse las luces de la tarde,
juntas las manos, devoto y serio,
y alzas la mirada hacia el Padre,

¿no es como si nuestro ingente gozo
él contemplara con mirada afligida,
como si nos dijeran sus quedos ojos
que un día expirará nuestra dicha?

¿Que algún día, tras la primavera
vendrá un invierno sombrío;
que de la vida la mano severa
separará nuestros caminos?

¡No, no apoyes aún tu dulce cabeza
temblorosa contra la mía,
que la radiante luz de primavera
nos sonríe todavía!

¡No llores, no! Que la pena duerme lejos.
¡Ven, mi amor, apóyate en mi pecho!
¡Contempla cómo el amor nuestro
resplandece todavía en este cielo!

Que este poema lo conmoviera no se debía a que se hubiera imaginado seriamente la posibilidad de un final. ¡Vaya idea tan delirante! En realidad, lo único que había escrito de corazón eran los últimos versos, en los que la cadencia doliente y monótona se veía interrumpida por unos ritmos rápidos y libres al evocar la alegre excitación de la felicidad del presente. Lo demás no era sino una especie de atmósfera musical con la que provocar un par de lágrimas vagas.

Después volvió a escribir cartas a su familia, a su localidad natal, cartas que seguro que nadie entendía. En realidad, en ellas no les decía nada. Eso sí, su puntuación denotaba una enorme excitación y en sus líneas proliferaba una cantidad ingente de signos de exclamación que parecían completamente inmotivados. Pero de alguna manera tenía que poder transmitir toda su felicidad y desahogarse de ella, y dado que, pensándolo bien, no le era posible ser totalmente franco en este asunto, optaba por atenerse a esos signos de exclamación de múltiples significados posibles. Muchas veces se reía calladamente para sus adentros al pensar que ni siquiera su instruido papá iba a ser capaz de descifrar aquellos jeroglíficos, que en el fondo lo único que querían decir era "¡soy desmedidamente feliz!".

Hasta mediados de julio, para él el tiempo siguió transcurriendo en medio de esta felicidad tan querida, tonta, dulce y burbujeante, y esta historia empezaría a volverse aburrida si no fuera porque llegó un día que vino introducido por una alegre y prometedora mañana.

Sí, era una mañana realmente espléndida. Aún era bastante temprano: debían de ser las nueve. El sol aún no representaba más que una agradable caricia en la piel. Y el aire volvía a oler tan bien... Igual que aquel día, pensó el muchacho. Igual que la mañana que siguió a aquella maravillosa noche.

El muchacho estaba de un humor excelente y caminaba golpeando alegremente la resplandeciente acera con su bastón. Se disponía a ir a verla.

Pero ella no lo esperaba, y allí estaba precisamente la gracia. En principio tenía pensado ir a clase esa mañana, pero, naturalmente, había decidido dejarlo estar, al menos por hoy. ¡Sólo faltaría! ¡Pasarse un día tan maravilloso encerrado en un aula! En los días de lluvia, aún. Pero en aque-

llas circunstancias, con un cielo que le sonreía tan luminoso y agradable... ¡Había que estar con ella! ¡Con ella! Su
decisión le había puesto de un humor inmejorable. Mientras bajaba por la Heustrasse iba silbando los poderosos ritmos de la canción del brindis de *Cavalleria rusticana*.
Una vez frente a la casa de Irma se detuvo a aspirar un
rato el aroma de las lilas. Con el tiempo había llegado a
entablar una íntima amistad con aquel arbusto. Siempre
que acudía se detenía un momento frente a él y le hablaba
silenciosamente con el mayor afecto. Las lilas le contesta-
ban dándole calladas y tiernas promesas sobre toda la ternura que, una vez más, le estaba esperando y, al igual que
nos pasa cuando estamos inmersos en una felicidad o una
desgracia tan grande que somos incapaces de comunicár-
sela a un ser humano y preferimos desahogarnos de nuestro exceso de sentimiento con la inmensa y muda naturaleza (que a veces, realmente, nos da la impresión de saber lo
que le estamos diciendo), así hace tiempo que el muchacho veía las lilas como un elemento que formaba parte de
su aventura, un miembro de su confianza que participaba
de ella, y su estado permanente de arrobamiento lírico le
hacía ver en aquellas flores mucho más que un mero adita-
mento escénico en una novela.
   Cuando aquel aroma dulce y querido ya le hubo susu-
rrado promesas suficientes, el muchacho dejó el bastón en
el corredor y subió, las manos embutidas con exultante alegría en los bolsillos del pantalón de su claro traje de verano
y el bombín encasquetado hacia atrás –pues así le gustaba a
ella que lo llevara–, y entró en la salita sin llamar.

—¡¡Buenos días, Irma!! ¡Qué, menuda...! —«sorpresa», iba a añadir, pero resultó que el sorprendido era él.

Al entrar vio levantarse bruscamente de la mesa a la joven, como si quisiera ir a buscar algo a toda prisa, pero no supiera bien el qué. Ahora no dejaba de pasarse una servilleta por la boca sin saber qué hacer, de pie y mirándolo con los ojos extrañamente abiertos. En la mesa había café y pastas. Un señor mayor y respetable de blanquísimo bigote y muy bien vestido seguía sentado a ella, mirándolo con gran asombro mientras continuaba masticando.

El muchacho se quitó inmediatamente el sombrero y, azorado, le dio vueltas entre los dedos.

—Oh, disculpen —dijo—. No sabía que tuvieras visita.

Al ver que la tuteaba, el señor dejó de masticar y miró a la joven a la cara.

El muchacho se llevó un buen susto al ver lo pálida que estaba sin haberse movido del sitio. ¡Pero el aspecto del señor era mucho peor! ¡Parecía un cadáver! Y los pocos pelos que le quedaban no parecía habérselos peinado... ¿Quién sería? El muchacho se devanó los sesos a toda prisa tratando de responder a eso. ¿Un pariente? Pero si Irma no le había dicho nada... Bueno, en cualquier caso, era evidente que estaba siendo inoportuno. ¡Qué lástima! ¡Con la ilusión que le hacía...! Ahora ya podía irse como había venido. ¡Terrible!... Pero ¿por qué nadie decía nada? Y ¿cómo debía comportarse ahora con ellos?

—¿Por qué? —dijo de repente el señor mayor, mirándolo con sus pequeños ojos hundidos, relucientes y grises, como si esperara en serio que le diera una respuesta a una pregunta tan enigmática. Debía de tener la cabeza algo confusa. De hecho, la cara que ponía era de la más absoluta estupidez. El labio inferior le caía con laxitud y le daba expresión de imbécil.

En ese momento a nuestro héroe se le ocurrió presentarse. Lo hizo con mucho decoro.

–Me llamo ***. Sólo quería... quería ofrecerle mis respetos...

–¡¿Y a mí qué más me da?! –farfulló de pronto el respetable caballero–. ¡¿Y qué diantre quiere?!

–Perdone usted, yo...

–¡Bah! Lárguese ya de una vez. Aquí está de más. ¿Verdad, ratoncito?

Al decir esto le guiñó cariñosamente el ojo a Irma.

En fin, no es que nuestro héroe fuera un héroe propiamente dicho, pero el tono del anciano caballero había sido tan descaradamente ofensivo –dejando a un lado el hecho de que el chasco que se había llevado había terminado con todo su buen humor–, que cambió de inmediato su actitud.

–Permítame, caballero –dijo con calma y determinación–, desde luego soy incapaz de comprender qué le autoriza a hablarme en ese tono, especialmente dado que me tengo por alguien que tiene tanto derecho a permanecer en esta habitación como pueda tenerlo usted, si no más.

Eso había sido demasiado para el anciano caballero, que no estaba acostumbrado a esta clase de cosas. Su excitación era tan grande que el labio inferior le temblaba de un lado a otro. Se golpeó tres veces la rodilla con la servilleta mientras, haciendo acopio de sus precarios medios bucales, espetó:

–¡Muchacho estúpido! Usted... ¡muchacho estúpido!

De manera que, si durante su última réplica el furioso interpelado todavía había sido capaz de mantener la calma y no había perdido de vista la posibilidad de que el anciano caballero pudiera ser un pariente de Irma, ahora había perdido definitivamente la paciencia. La conciencia de la posición que ocupaba respecto a la joven hizo orgulloso acto de presencia en su interior. Ahora ya le daba igual quién pudiera ser el otro. Estaba profundamente ofendido y sintió que hacía un buen uso de sus "derechos" cuando señaló la puerta con un rápido ademán y, con airada aspereza, exigió al respetable anciano que abandonara de inmediato la vivienda.

Por un momento el anciano caballero se quedó sin habla. Entonces, a medio camino entre la risa y el llanto, balbuceó, mientras sus ojos recorrían desorientados la habitación:

–Pero, esto... yo... ¡no me lo puedo creer! ¡No me lo puedo creer! Dios Santo, ¡¿qué dices tú a eso?!

Dicho esto imploró con la mirada a Irma, quien le había dado la espalda y no emitía sonido alguno.

Cuando el desafortunado anciano reconoció que no cabía esperar ningún apoyo de la joven, y como tampoco se le había pasado por alto la amenazadora impaciencia con la que su rival había repetido aquel ademán en dirección a la puerta, decidió dar la batalla por perdida.

–Me iré –proclamó con noble resignación–. Me iré enseguida. ¡Pero usted y yo nos volveremos a hablar, muchacho estúpido!

–¡Seguro que nos volveremos a hablar! –gritó nuestro héroe–. ¡No le quepa duda! ¿O acaso cree, señor mío, que me ha insultado en vano? Pero de momento ¡lárguese de aquí!

Entre temblores y gemidos, el anciano caballero se incorporó de la silla y se puso en pie. Los holgados pantalones le bamboleaban en torno a las flacas piernas. Se apoyó en las caderas y estuvo a punto de caerse de nuevo en el asiento. Eso lo puso sentimental.

–¡Yo, un pobre viejo! –gimoteó, mientras daba traspiés en dirección a la puerta–, ¡yo, un pobre, pobre viejo! ¡Esta grosería juvenil!... Oh... ay... –y entonces una solemne furia despertó de nuevo en él–. ¡Pero volveremos... volveremos a hablarnos! ¡Ya verá como sí! ¡Ya verá!

–¡Pues sí, lo veremos! –aseguró desde el corredor, ya más regocijado, su cruel torturador, mientras el anciano caballero se encasquetaba el sombrero de copa con manos temblorosas, se colgaba del brazo un grueso gabán y de esta guisa, con paso inseguro, alcanzaba la escalera–. ¡Lo veremos! –repitió el buen muchacho con mucha suavidad, pues el patético aspecto del anciano caballero empezaba a suscitar su compasión–. Quedo a su disposición en todo momento –prosiguió con cortesía–, pero dada la actitud que ha tenido hacia mí, no puede sorprenderse de la que he adoptado yo.

Dicho esto hizo una cortés inclinación y abandonó a su suerte al anciano caballero, al que aún oyó gemir desde abajo mientras llamaba a un coche.

No fue hasta ese momento cuando volvió a caer en la

cuenta de que seguía sin saber quién podía haber sido aquel caballero anciano y delirante. ¡¿Y no sería un pariente de Irma, después de todo?! ¿Su tío, su abuelo o algo así? Dios Santo, en ese caso no hay duda de que se había comportado con excesiva vehemencia. A lo mejor aquel anciano caballero era así por naturaleza, sin más... Pero de haber sido ése el caso, ella se lo habría hecho notar. En cambio, todo el asunto parecía haberla dejado sin cuidado. Sólo entonces el muchacho empezó a darse cuenta de ese detalle. Hasta ese momento toda su atención se había visto absorbida por aquel anciano desvergonzado. Pero ¿quién diantre sería? Empezó a sentirse realmente incómodo y vaciló unos instantes antes de entrar otra vez, temeroso de haberse comportado de forma poco educada.

Cuando hubo cerrado una vez más la puerta de la habitación tras de sí, Irma ya estaba sentada en el sofá, con la punta de su pañuelito de batista entre los dientes y la mirada en el vacío. No se dio la vuelta cuando él entró.

El muchacho permaneció inmóvil unos instantes sin saber qué hacer. Entonces cruzó los dedos frente a sí y exclamó, casi llorando de desamparo:

–¡Pero dime de una vez quién era, por el amor de Dios!

Ni un movimiento. Ni una palabra.

Sintió una oleada de calor seguida de un escalofrío. Empezó a invadirle una vaga sensación de horror. Pero la interrumpió diciéndose enérgicamente a sí mismo que todo eso era sencillamente ridículo, se sentó a su lado y le cogió la mano con actitud paternal.

–Vamos, Irma, sé razonable. ¿No estarás enfadada conmigo? Piensa que fue él quien empezó... Fue ese anciano caballero. Dime, ¿quién era?

Silencio absoluto.

Él se puso en pie y se alejó unos pasos de ella, desconcertado.

La puerta que había junto al sofá y que conducía a su dormitorio estaba semiabierta. El joven entró de repente. Había visto algo en la mesita de noche, en la cabecera de la cama que estaba sin hacer, que había llamado su atención. Cuando entró otra vez lo hizo llevando un par de papeles azules en la mano, unos billetes de banco.

Se alegró de poder cambiar de tema por un momento, así que dejó los billetes sobre la mesa y dijo:

–Será mejor que pongas esto a buen recaudo. Lo tenías ahí encima.

Pero tras decir esto se puso pálido como la cera, se le abrieron desmesuradamente los ojos y sus labios se separaron con un temblor.

Y es que en el momento de entrar con los billetes en la mano, ella lo había mirado y él había podido ver sus ojos.

Un ser espantoso estaba alargando unos dedos huesudos y grises en su interior, atenazándole con fuerza la garganta.

Desde luego, constituía un espectáculo de lo más lamentable ver cómo el pobre muchacho alargaba los brazos y, con la voz lastimera de un niño al que han roto su juguete, era incapaz de farfullar nada más que:

–¡Oh, no!... Ay... ¡No!

Entonces, acorralado por el miedo, se lanzó hacia Irma, le agarró las manos como para salvarla a ella entre sus brazos y a él mismo entre los suyos y espetó, con implorante desesperación en la voz:

—¡No, por favor....! ¡¡Por favor, por favor, no!! ¡¡¡Tú no sabes cuánto... cuánto...!!! ¡¡¡Dime que no!!!

Entonces se apartó otra vez de ella y, con un sonoro gemido, se abalanzó hacia la ventana, donde cayó de rodillas y se golpeó duramente la cabeza contra la pared.

Con un movimiento obstinado, la joven se hundió con más firmeza en el sofá.

—Al fin y al cabo, trabajo en el teatro. No sé a qué viene esta escena. Después de todo, todas lo hacen. Estoy harta de hacerme la santa. Ya he visto adónde me lleva eso. No puede ser. Entre nosotras, no puede ser. Eso tenemos que dejárselo a los ricos. Nosotras tenemos que mirar cómo nos las apañamos. Hay que pagar los vestidos y... y todo eso. —Y entonces, por fin, soltó—: ¡Al fin y al cabo, todo el mundo se había enterado ya de que yo...!

Entonces el joven se lanzó sobre ella y la cubrió con besos enloquecidos, atroces, flagelantes, y parecía como si en su titubeante "Oh, tú... ¡tú!" su amor entero luchara desesperadamente contra unos sentimientos terribles que le estaban ofreciendo resistencia.

Tal vez ya estuviera aprendiendo con aquellos besos que, a partir de ese momento, para él el amor iba a residir únicamente en el odio, y la concupiscencia en la crueldad de la venganza. O quizá para que eso llegara aún hacía falta que el tiempo le fuera sumando otras experiencias. Ni siquiera él lo sabía.

Poco después se encontró abajo, a las puertas de la

casa, bajo el cielo sonriente y blanco y frente al matojo de lilas.

Permaneció así largo rato, sin inmutarse, rígido, los brazos colgándole del cuerpo. Pero de pronto percibió el dulce y amoroso aliento de las lilas que salía de nuevo a su encuentro, tan delicado, puro y encantador.

Y entonces, con un súbito movimiento de aflicción y rabia, levantó el puño hacia el cielo sonriente y metió cruelmente la mano en aquel perfume engañoso, justo en su centro, de manera que se dobló y partió el ramaje y las delicadas flores quedaron pulverizadas.

Minutos después encontramos al muchacho en casa, sentado al escritorio, callado y débil.

Mientras tanto, fuera, en luminosa majestad, seguía rigiendo el encanto de aquel día veraniego.

Pero él no lograba apartar la vista del retrato de Irma, viendo cómo en él seguía tan dulce y pura como antes...

Sobre su cabeza, bajo el suave fluir de unos arpegios de piano, un violoncelo gemía de un modo muy extraño y, mientras aquellos tonos profundos y suaves que se inflaban y elevaban se iban depositando en torno a su alma, un par de versos sueltos, tiernamente dolientes, ascendieron en su interior como una pena vieja, silenciosa y largo tiempo olvidada...

...Que algún día, tras la primavera
vendrá un invierno sombrío;
que de la vida la mano severa
separará nuestros caminos...

Y lo más conciliador que puedo deciros para ponerle punto y final a esta historia es que, entonces, aquel estúpido muchacho se puso a llorar.»

Durante unos instantes nuestro rincón quedó en silencio absoluto. Tampoco los dos amigos que tenía a mi lado parecieron verse libres de la leve melancolía que el relato del doctor había suscitado en mí.

—¿Ya está? —preguntó finalmente el pequeño Meysenberg.

—¡A Dios gracias! —dijo Selten con una dureza que me pareció algo fingida, poniéndose en pie para aproximarse a un jarrón con lilas frescas que había al fondo de la habitación, en su rincón más extremo, sobre una pequeña repisa tallada.

Entonces pude averiguar por fin de dónde procedía la singular intensidad de la impresión que me había causado su relato: de esas lilas, cuyo aroma había desempeñado un papel tan significativo en él y no había dejado de flotar en el aire a lo largo de toda la narración. Sin duda había sido ese aroma el que había motivado al doctor a contarnos aquel suceso y había tenido un efecto casi sugestivo para mí.

—Conmovedor —dijo Meysenberg, encendiéndose un nuevo cigarrillo con un profundo suspiro—. Una historia muy conmovedora. Y sin embargo, tan enormemente sencilla.

—Sí —dije, sumándome a él—, y es precisamente esta sencillez la que corrobora que fue real.

El doctor soltó una carcajada fugaz mientras acercaba aún más su rostro a las lilas.

El joven y rubio idealista aún no había dicho nada. Mantenía su mecedora en constante movimiento y seguía comiéndose los bombones del postre.

–Laube parece terriblemente afectado –observó Meysenberg.

–¡No hay duda de que se trata de una historia conmovedora! –respondió diligentemente el interpelado, deteniendo su balanceo e incorporándose–. Pero lo que Selten se había propuesto en realidad era llevarme la contraria, y no me parece que lo haya conseguido. ¿Dónde está, incluso en vistas de esta historia, la justificación moral de juzgar a la hembra...?

–¡Bah, calla de una vez con tus rancias expresiones! –le interrumpió bruscamente el doctor, con una inexplicable excitación en la voz–. Si todavía no me has comprendido, no puedo por menos que compadecerte. Cuando una mujer cae hoy por amor, mañana lo hará por dinero. Eso es lo que he querido contarte. Nada más. Y quizá ahí tengas la justificación moral que tanto reclamas.

–Pero, dime una cosa –preguntó de pronto Meysenberg–, si la historia es real... ¿cómo es que la conoces en todos sus detalles, y por qué te estás poniendo tan nervioso?

El doctor calló unos instantes. Entonces, de repente, con un movimiento breve, brusco, casi espasmódico, su mano derecha se hundió en pleno ramo de lilas, las mismas cuyo aroma aún había estado aspirando lenta y profundamente un momento antes.

–Qué demonios –dijo–, ¡porque ese «buen tipo» de la historia era yo! Si no, todo esto me traería sin cuidado.

Desde luego, viendo cómo lo decía mientras agarraba las lilas con esa brutalidad amargada y triste..., igual que debió de hacer entonces... Desde luego, bien se podía decir que de aquel «buen tipo» ya no quedaba ni rastro.

LA VOLUNTAD DE SER FELIZ
(1896)

El viejo Hofmann había hecho su fortuna como propietario de una plantación en Sudamérica. Allí se había casado con una nativa de buena familia con la que poco tiempo después se trasladó al norte de Alemania. Vivían en mi ciudad natal, de donde también era oriundo el resto de su familia. Aquí es donde nació Paolo.

A sus padres, por cierto, nunca llegué a conocerlos de cerca. De todos modos, Paolo era la viva imagen de su madre. Cuando lo vi por primera vez, es decir, cuando nuestros padres nos llevaron a la escuela por primera vez, era un muchachito flaco de rostro amarillento. Aún me parece estar viéndolo. Por entonces llevaba el negro cabello en largos rizos que caían desordenadamente sobre el cuello de su traje de marinero y enmarcaban su delgada carita.

Como a los dos nos había ido muy bien en casa, no estábamos en absoluto conformes con el nuevo entorno, ni con la sobria aula escolar ni, sobre todo, con esa persona fea y de barba pelirroja que se empeñaba en enseñarnos el abecedario. Cuando mi padre ya se disponía a marcharse, lo agarré del abrigo llorando; Paolo, en cambio, adoptó una actitud totalmente pasiva. Apoyado contra la pared en total inmovilidad, apretaba los finos labios mientras, con sus grandes ojos llenos de lágrimas, miraba al resto de aquella prometedora juventud que se estaba dando codazos mutuamente y se reía sin la menor compasión.

De tal modo rodeados de máscaras sardónicas, enseguida nos sentimos atraídos el uno por el otro y nos alegramos de que aquel pedagogo pelirrojo dejara que nos sentáramos juntos. Desde entonces ya no nos separamos, afianzando conjuntamente la base de nuestra formación e intercambiando nuestros bocadillos a diario.

Por cierto que, si mal no recuerdo, ya por entonces Paolo era un chico enfermizo. De vez en cuando tenía que perderse la escuela por un tiempo considerable y, cuando regresaba, sus sienes y mejillas mostraban, con mayor claridad que de ordinario, esas venitas azul pálido que muchas veces pueden apreciarse precisamente en las personas delicadas de pelo castaño. Siempre las conservó. Eso fue lo primero que me llamó la atención al reencontrarnos en Múnich y también después, en Roma.

Durante todos los años escolares mantuvimos nuestra camaradería más o menos por la misma causa que le había dado origen. Se trataba de ese «*pathos* de la distancia» frente a la mayoría de los compañeros, tan familiar para todo aquel que a los quince años haya leído a Heine a escondidas y en tercero de bachillerato ya dicte firmes sentencias sobre el mundo y los hombres.

También compartíamos la clase de baile –creo que por

entonces tendríamos unos dieciséis años–, por lo que también vivimos juntos nuestro primer amor. A la pequeña muchacha que le había caído en gracia, una criatura rubia y alegre, Paolo la veneraba con un ardor melancólico notable para su edad y que a veces incluso me parecía algo siniestro.

Recuerdo sobre todo un baile. La muchacha le llevó a otro chico dos placas de cotillón seguidas mientras que a él no le llevó ninguna. Yo observaba con miedo su reacción. Estaba de pie junto a mí, apoyado contra la pared, mirándose impávido los zapatos de charol y, de repente, se desplomó en un desmayo. Lo llevaron a casa y pasó enfermo ocho días. Fue por aquel entonces cuando se supo –creo que incluso con motivo de esta ocasión– que la salud de su corazón no era precisamente la mejor.

Ya antes de aquellas fechas Paolo había empezado a dibujar, actividad en la que desarrolló un gran talento. Conservo un dibujo al carbón que refleja, con un parecido considerable, los rasgos de aquella muchacha, con una leyenda al pie que reza: «¡Eres como una flor! – *Paolo Hofmann fecit*».

No sé exactamente cuándo fue, pero ya nos hallábamos en los cursos superiores cuando los padres de Paolo abandonaron la ciudad para establecerse en Karlsruhe, ciudad en la que el viejo Hofmann mantenía buenos contactos. No se quiso que Paolo cambiara de escuela, por lo que fue alojado en régimen de pensión en casa de un anciano profesor.

Sin embargo, tampoco esta situación duró mucho tiempo. Puede que lo que voy a contar a continuación no fuera precisamente la causa de que un buen día Paolo decidiera seguir a sus padres a Karlsruhe, pero no hay duda de que contribuyó a ello.

Sucedió que durante una clase de religión, el profesor se encaminó de pronto a la mesa de Paolo y extrajo de debajo del Antiguo Testamento que éste tenía delante un papel en el que se ofrecía impúdicamente a la mirada una figura en extremo femenina y prácticamente terminada, a excepción del pie izquierdo.

Así pues, Paolo se mudó a Karlsruhe y de vez en cuando intercambiábamos postales, una correspondencia que, poco a poco, terminó por quedar interrumpida.

Habían transcurrido unos cinco años desde nuestra separación cuando volví a encontrarlo en Múnich. Fue una hermosa mañana de primavera; mientras descendía por la Amalienstrasse vi bajar la escalinata de la Academia a alguien que, de lejos, casi parecía un modelo italiano. Cuando me acerqué, en efecto, resultó ser él.

De mediana estatura, delgado, el sombrero retirado sobre la espesa cabellera negra, el cutis amarillento y atravesado por venitas azules, vestido con descuidada elegancia —el chaleco, por ejemplo, tenía dos botones sin abrochar— y el pequeño bigote levemente revuelto: así fue como me salió al encuentro con su paso flexible e indolente.

Nos reconocimos prácticamente al unísono y nuestro saludo fue muy cordial. Mientras nos interrogábamos alternativamente en el café Minerva sobre el transcurso de los últimos años, me pareció que estaba de un humor positivo, casi exaltado. Le brillaban los ojos y sus movimientos eran generosos y amplios. Con todo, tenía mal aspecto. Parecía estar verdaderamente enfermo. Cierto que decirlo ahora resulta fácil. Con todo, es verdad que me llamó la atención e incluso se lo dije sin miramientos.

–¿Ah, sí? ¿Todavía? –preguntó–. Sí, me lo puedo imaginar. He pasado mucho tiempo enfermo. En los últimos años incluso gravemente. El problema está aquí.

Al decir esto, me señaló el pecho con la mano izquierda.

–El corazón. Siempre ha sido lo mismo. Pero en los últimos tiempos me encuentro muy bien, estupendamente. Es más, puedo decir que estoy completamente sano. Por otra parte, a mis veintitrés años... Sería muy triste...

Su humor era verdaderamente excelente. Me habló con alegría y viveza de lo que había sido su vida desde nuestra separación. Poco después de que ésta se produjera había logrado convencer a sus padres de que le permitieran ser pintor. Hacía casi un año que había terminado su formación en la Academia –que hubiera salido de ella hacía unos instantes era mera casualidad–, había estado de viaje durante algún tiempo, sobre todo en París, y llevaba unos cinco meses establecido aquí, en Múnich...

–Seguramente por mucho tiempo. ¿Quién sabe? Quizá para siempre...

–¿Ah, sí? –pregunté.

–Pues sí. Mejor dicho, ¿por qué no? ¡La ciudad me gusta, me gusta mucho! Toda su atmósfera..., ¿no? ¡La gente! Y además (y esto también es importante), aquí la posición social que se tiene como pintor, incluso como pintor desconocido, es excelente. Mejor que en cualquier otro lugar...

–¿Has conocido a gente agradable?

–Sí. A poca gente, pero muy selecta. Por ejemplo, te tengo que recomendar a una familia... La conocí en el carnaval... ¡Aquí el carnaval tiene mucho encanto! Se llaman Stein. La familia del barón Von Stein.

–¿Y qué clase de aristocracia es ésa?

–Es la que llaman «aristocracia del dinero». En sus tiempos el barón especulaba en la bolsa, en Viena. Su papel había sido colosal: se relacionaba con toda la nobleza, etcétera... Entonces, de pronto, entró en decadencia, logró salir del paso (según dicen, con un millón) y ahora vive aquí, sin mucho boato, pero con dignidad.

–¿Es judío?

–Creo que él no. Su mujer seguramente sí. Por lo demás no puedo sino decir que es gente extremadamente agradable y refinada.

–¿Y tienen... niños?

–No. Es decir... Una hija de diecinueve años. Los padres son encantadores...

Pareció sentirse incomodado unos instantes y después añadió:

–Te propongo muy seriamente que me permitas que te introduzca en el círculo de la familia. Para mí sería un placer. ¿No estás de acuerdo?

–Claro que sí. Te estaré muy agradecido. Aunque sólo sea por poder conocer a esa hija de diecinueve años...

Él me miró de soslayo y repuso, un instante después:

–Muy bien. Entonces no lo atrasemos más. Si te parece bien, pasaré mañana hacia la una o la una y media y te vendré a buscar. Viven en la Theresienstrasse, 25, primer piso. Me alegro de poder presentarles a un amigo del colegio. Quedamos así.

Efectivamente, al día siguiente, hacia el mediodía, los dos estábamos llamando al timbre del primer piso de una casa elegante en la Theresienstrasse. Junto a la campanilla se podía leer, en tipos anchos y negros, el nombre del barón Von Stein.

Durante todo el camino, Paolo se mostró excitado y casi relajadamente contento. Ahora, en cambio, mientras esperábamos a que nos abrieran la puerta, percibí en él una extraña transformación. A excepción de un tic nervioso en los párpados, parecía completamente sereno mientras estaba a mi lado: una serenidad violenta y tensa. Tenía la cabeza algo echada hacia delante. La piel de su frente estaba muy tirante. Casi parecía un animal aguzando convulsivamente las orejas y tensando todos los músculos al acecho.

El criado que se había llevado nuestras tarjetas de visita regresó para invitarnos a tomar asiento por unos instantes, pues la señora baronesa aparecería enseguida, y nos abrió la puerta que conducía a una habitación moderadamente grande y de muebles oscuros.

Cuando entramos en la casa, vimos incorporarse en la galería que da a la calle a una joven dama con un vestido claro de primavera que permaneció de pie un instante con ademán escrutador. «La hija de diecinueve años», pensé, mirando de reojo sin querer a mi acompañante. Él, por su parte, me susurró:

−¡La baronesa Ada!

Era de figura elegante, pero de formas maduras para su edad. Con sus movimientos extremadamente suaves y casi indolentes apenas daba la impresión de ser tan joven. El cabello, que llevaba peinado en dos rizos sobre las sienes, era de un negro brillante y generaba un efectivo contraste con su cutis sedoso y blanco. Por mucho que su rostro, de labios gruesos y húmedos, nariz carnosa y ojos negros y almendrados sobre los que se arqueaban cejas oscuras y suaves, no permitía el menor asomo de duda sobre su ascendencia al menos parcialmente semítica, era de una belleza muy poco habitual.

–¡Ah!, ¿visitas? –preguntó, saliendo unos pasos a nuestro encuentro.

Tenía la voz algo velada. Se llevó una mano a la frente, como para poder vernos mejor, mientras con la otra se apoyaba en el piano de cola que había frente a la pared.

–¡Y además, unas visitas muy bienvenidas! –añadió con la misma entonación, como si no hubiera reconocido a mi amigo hasta ese momento.

Entonces me dedicó a mí una mirada inquisitiva.

Paolo salió a su encuentro y, con la lentitud casi adormecida con la que uno se entrega a un placer exquisito, se inclinó sin mediar palabra sobre la mano que ella le ofrecía.

–Baronesa –dijo entonces–, me voy a permitir la libertad de presentarle a un amigo mío, a un compañero de colegio con el que aprendí el abecedario...

La joven me tendió la mano también a mí, una mano sin joyas, blanda y que parecía no tener huesos.

–Encantada –repuso ella mientras posaba en mí su mirada oscura, caracterizada por un leve temblor–. Y también mis padres lo estarán... Espero que ya hayan sido avisados.

Tomó asiento en la otomana mientras nosotros ocupamos sendas sillas frente a ella. Sus manos blancas y exánimes reposaban en su regazo mientras charlaba. Las mangas abullonadas le llegaban casi hasta el codo. Me llamó la atención la suavidad del arranque de la articulación de sus manos.

Unos minutos después se abrió la puerta que daba a la habitación contigua y entraron sus padres. El barón era un señor elegante, de baja estatura, con calva y perilla gris. Tenía una manera inimitable de devolver a su sitio, bajo el puño de la camisa, una gruesa pulsera de oro con un solo ademán del brazo. No se podía distinguir a ciencia cierta si algún día, con el fin de ser ascendido a barón, tuvo que renunciar a unas cuantas sílabas de su nombre*. Su esposa, por el contrario, no era sino una judía pequeña y fea ataviada con un vestido gris de pésimo gusto. Grandes brillantes centelleaban en sus orejas.

Después de haber intercambiado algunas preguntas y respuestas relativas a mi procedencia y a los motivos de mi estancia en Múnich, se empezó a hablar de una exposición en la que se exhibía un cuadro de Paolo, un desnudo femenino.

–¡Un trabajo verdaderamente excelente! –dijo el barón–. Hace poco pasé media hora de pie frente a él. El tono

---

* A quienes profesaban la religión judía les estaban vedados los títulos nobiliarios; por otra parte, la terminación -stein era característica de los apellidos judíos.

de la carne sobre la alfombra roja es de un gran efecto. Sí, sí, ¡el bueno del señor Hofmann! –Al decir esto le dio a Paolo una palmadita condescendiente en el hombro–. ¡Pero no trabaje demasiado, joven amigo! ¡De ninguna manera! Necesita usted con urgencia cuidarse un poco. ¿Cómo está de salud?

Mientras yo daba las informaciones pertinentes sobre mi persona a los señores de la casa, Paolo aprovechó para intercambiar unas palabras en voz baja con la baronesa, que tenía sentada delante y muy cerca de él. Aquella serenidad extrañamente tensa que había podido observar en él unos momentos antes estaba lejos de haberlo abandonado. Sin que yo hubiera sido capaz de estimar a ciencia cierta a qué se debía, su actitud hacía pensar en una pantera presta a saltar. Los ojos oscuros en el rostro amarillento y delgado tenían un brillo tan enfermizo que me conmovió casi funestamente la confianza con que respondió a la pregunta del barón:

–¡Oh, excelente! ¡Muchas gracias! ¡Me encuentro muy bien!

Al cabo de un cuarto de hora aproximadamente, cuando nos pusimos en pie para despedirnos, la baronesa le recordó a mi amigo que dos días después ya sería jueves y que no se olvidara de tomar con ellos el té de las cinco. Aprovechó la ocasión para invitarme cordialmente también a mí a que retuviera este día de la semana en la memoria...

Ya en la calle, Paolo se encendió un cigarrillo.

–¿Y bien? –me preguntó–. ¿Qué me dices?

–¡Oh, parece gente muy agradable! –me apresuré a responder–. La hija de diecinueve años incluso me ha impresionado.

–¿Impresionado?

Paolo soltó una breve carcajada y volvió la cabeza.

–¡Sí, tú ríete! –dije yo–. En cambio, ahí arriba, en algún momento, me ha parecido como si... un secreto anhelo te enturbiara la mirada. ¿Me equivoco?

Guardó silencio unos instantes. Después negó lentamente con la cabeza.

–Si supiera cómo has...

–¡Qué más da eso! Por lo que a mí respecta, ya sólo me queda preguntar si también la baronesa Ada...

Paolo volvió a quedarse un momento ensimismado, mirando al suelo. Al cabo de un rato dijo en voz baja y confiada:

–Creo que voy a ser feliz.

Me separé de él estrechándole cordialmente la mano, aunque interiormente no pude reprimir cierto reparo.

A partir de entonces transcurrieron un par de semanas en las que, de vez en cuando, acompañaba a Paolo a tomar el té de la tarde en el salón del barón. Solía reunirse allí un círculo reducido, pero muy agradable: una joven actriz de la corte, un médico, un oficial... Ya no puedo recordarlos a todos.

No logré apreciar nada nuevo en la conducta de Paolo. Normalmente, a pesar de su preocupante aspecto, solía estar de muy buen humor, aunque en la proximidad de la baronesa siempre volvía a mostrar aquella siniestra serenidad que ya había percibido en él la primera vez.

Entonces, un día –casualmente hacía dos que no veía a Paolo– me encontré con el barón Von Stein en la Ludwigstrasse. Iba a caballo y me tendió la mano desde la silla.

–¡Me alegro de verle! Espero que se deje caer en casa mañana por la tarde...

–Si usted me lo permite, no le quepa duda, señor barón. Incluso aunque, por algún motivo, mi amigo Hofmann no pudiera venir a buscarme como cada jueves...

–¿Hofmann? Pero... ¿no lo sabe? ¡Se ha ido de viaje! Creí que al menos a usted se lo habría dicho.

–¡Pues no me ha dicho ni una palabra!

–Se ha ido así, de bote pronto... Debe de ser eso que llaman «extravagancia de artista»... En fin, entonces, ¡hasta mañana por la tarde!

Dicho esto espoleó a su montura y me dejó atrás, totalmente perplejo.

Fui corriendo a casa de Paolo. Sí, así era. Desgraciadamente, el señor Hofmann había salido de viaje. No había dejado ninguna dirección.

Estaba claro que el barón estaba al corriente de algo que iba más allá de una mera «extravagancia de artista». Su propia hija terminó por confirmarme lo que yo ya había supuesto.

Fue durante un paseo organizado por el valle del Isar al que yo también fui invitado. No salimos hasta entrada la tarde y, de regreso a casa, a primera hora de la noche, se dio la circunstancia de que la baronesa y yo quedamos rezagados en el seguimiento de la comitiva.

Desde la desaparición de Paolo no había logrado perci-

bir en ella ninguna transformación. La joven parecía conservar la calma por completo y ni siquiera mencionó a mi
amigo cuando sus padres se deshicieron en expresiones de
condolencia por su repentina partida. Aquel día caminába-
mos uno junto a otro por la zona más agradable de los alrededores de Múnich. La luz de la luna centelleaba entre las
hojas y nos quedamos un rato escuchando en silencio el
parloteo del resto del grupo, monótono como el fluir de las
aguas que se deslizaban junto a nosotros.

Entonces, de pronto, empezó a hablar de Paolo; lo hizo
con un tono de voz muy sereno y firme.

–¿Es usted amigo suyo desde la infancia? –me preguntó.

–Sí, baronesa.

–¿Comparte usted sus secretos?

–Creo que compartía su secreto más importante, incluso sin necesidad de que él me lo comunicara.

–Y yo, ¿puedo confiar en usted?

–Espero que no le quepa ninguna duda, señorita.

–Pues bien –dijo, alzando la cabeza con ademán decidido–. Ha pedido mi mano y mis padres se la han negado.
Está enfermo, me dijeron, muy enfermo. Pero me da igual:
le amo. Puedo hablar con usted en este tono, ¿verdad? Yo...

Se mostró confusa unos instantes y después prosiguió
con la misma determinación:

–No sé dónde se encuentra. Pero le doy a usted mi permiso para repetirle, en cuanto vuelva a verlo, las siguientes
palabras que él ya ha oído pronunciar de mi boca, o bien de
escribírselas cuando haya dado con su dirección: no le daré
nunca mi mano a ningún otro hombre. Y ahora, ¡veremos!

Además de terquedad y determinación, en esta última exclamación se reflejaba un dolor tan desamparado que no pude por menos de tomar su mano y estrechársela en silencio.

Por aquel entonces me dirigí por carta a los padres de Hofmann con el ruego de que me informaran sobre el paradero de su hijo. Obtuve una dirección del sur del Tirol, aunque la carta que le envié allí me llegó devuelta con la observación de que el destinatario ya había abandonado el lugar sin haber dejado indicado su nuevo destino.

No quería que nadie lo molestara. Había salido huyendo de todo para poder morir en algún lugar en la más completa soledad. Sí, sin duda para morir, pues después de todo aquello yo ya había asumido la triste probabilidad de que no fuera a volver a verlo.

¿No había quedado claro que esta persona enferma sin remedio amaba a aquella joven muchacha con esa pasión silenciosa, volcánica y ardientemente sensual equivalente a las primeras agitaciones de este tipo que había sentido en su adolescencia? El instinto egoísta del enfermo había desarrollado en él el ansia de unirse con la salud más floreciente. ¿Y acaso no era forzoso que este ardor, al quedar insatisfecho, consumiera rápidamente la energía vital que todavía le quedaba?

Y así transcurrieron cinco años sin que obtuviera señales de vida de Paolo... ¡Pero también sin que me llegara la noticia de su muerte!

El caso es que este último año pasé un tiempo en Italia, particularmente en Roma y sus alrededores. Había aguardado en la montaña a que transcurrieran los meses de calor y a finales de septiembre regresé a la ciudad. Así, una tarde calurosa me hallaba sentado frente a una taza de té en el café Aranjo. Mientras hojeaba el periódico me quedé ensimismado contemplando la febril actividad que imperaba en aquel espacio amplio y lleno de luz. Los clientes iban y venían, los camareros corrían de un lado a otro y, de vez en cuando, en el interior de la sala resonaban los interminables voceos de los repartidores de periódicos que llegaban a través de las puertas abiertas de par en par.

De pronto veo a un caballero de mi edad que avanza despacio entre las mesas en dirección a la salida. Esa forma de andar... Pero en ese mismo instante él ya vuelve la cabeza hacia mí, enarca las cejas y me sale al encuentro con un «¡ah!» de jubilosa sorpresa.

–¿Tú aquí? –exclamamos los dos al unísono, y él añadió:

–¡Así que los dos seguimos vivos!

Sus ojos se desviaron un poco al decir esto. Prácticamente no había cambiado en estos cinco años, sólo que tal vez se le había alargado un poco la cara y los ojos se le habían hundido más profundamente en las órbitas. De vez en cuando necesitaba tomar aliento.

–¿Hace tiempo que estás en Roma? –preguntó.

–No, en la ciudad aún no llevo mucho. Pasé un par de meses en el campo. ¿Y tú?

–Hasta hace una semana estaba en la costa. Ya sabes, siempre he preferido el mar a la montaña... Sí, desde la última vez que nos vimos he podido conocer una buena porción del mundo.

Y, mientras se tomaba conmigo una copa de Sorbetto, empezó a contarme cómo habían transcurrido para él todos aquellos años: de viaje, siempre de viaje. Había estado vagando por las montañas del Tirol para después recorrer poco a poco toda Italia, partiendo después a África desde Sicilia; también me habló de Argelia, Túnez y Egipto.

–Finalmente pasé algún tiempo en Alemania –siguió diciendo–, en Karlsruhe. Mis padres querían verme urgentemente y sólo me han dejado partir de nuevo a regañadientes. Ahora ya hace tres meses que estoy otra vez en Italia. En el sur me siento como en casa, ¿sabes? ¡Roma me gusta por encima de todo!...

Yo, por mi parte, aún no había mediado palabra para preguntarle cómo se encontraba. Pero llegado este momento le dije:

–De todo esto puedo deducir que tu estado de salud ha mejorado significativamente.

Me miró interrogativamente unos instantes. Después repuso:

–¿Lo dices porque viajo tan alegremente de un lado para otro? Mira, te diré: se trata de una necesidad muy natural. ¿Qué quieres que haga? Me han prohibido beber, fumar y amar. Necesito algún tipo de narcótico, ¿entiendes?

Como yo guardaba silencio, añadió:

–Y desde hace cinco años... lo necesito especialmente.

Habíamos llegado por fin al punto que hasta entonces habíamos estado evitando, y la pausa que se produjo fue una manifestación elocuente de que ninguno de los dos sabía cómo continuar. Paolo estaba apoyado contra el respaldo de terciopelo, con la vista alzada hacia la araña de cristal. Entonces dijo de pronto:

–Sobre todo... me perdonarás que no haya dado noticias mías en tanto tiempo, ¿verdad?... ¿Puedes entenderlo?

–Claro que sí.

–¿Estás al corriente de mis vivencias en Múnich? –prosiguió en un tono que casi se podía considerar duro.

–Con todo detalle. ¿Y sabes que durante todo este tiempo he estado cargando con un recado para ti? ¿Un recado de parte de una dama?

Sus cansados ojos se encendieron por un instante. Después dijo, en el mismo tono seco y áspero de antes:

–Pues a ver si me cuentas algo nuevo...

–Probablemente no. Sólo una confirmación de lo que ya has oído de sus labios...

Y, en medio de aquella multitud charlatana y gesticulante, le repetí las palabras que aquella noche me había dicho la baronesa.

Me escuchó atentamente mientras se pasaba la mano por el pelo con lentitud. Después dijo, sin la menor señal de emoción:

–Te lo agradezco.

Su tono empezaba a ponerme nervioso.

–Claro que desde que pronunció estas palabras han transcurrido muchos años –dije yo–, cinco largos años que habéis vivido ella y tú, los dos... Miles de nuevas impresiones, sentimientos, ideas, deseos...

Me interrumpí, pues Paolo se incorporó y me dijo, con

una voz en la que volvía a temblar la pasión que yo, por un momento, había creído extinguida:

–Sin embargo, yo... ¡Mantengo esas palabras!

Y en ese instante pude reconocer en su rostro y en toda su postura esa expresión que había observado antaño en él, cuando vi a la baronesa por primera vez: esa serenidad violenta, convulsivamente tensa que muestra el depredador momentos antes del ataque.

Cambié de tema y volvimos a hablar de viajes y de los estudios artísticos que había hecho a lo largo del trayecto, que no debían de ser muchos, pues se expresó al respecto con bastante indiferencia.

Poco después de medianoche se puso en pie.

–Querría irme a dormir o estar un rato solo... Me encontrarás mañana en la galería Doria. Estoy copiando a Saraceni. Me he enamorado de su ángel músico. Sé buen chico y pásate por ahí. Me alegro mucho de que estés aquí. Buenas noches.

Y se fue: lentamente, sereno, con movimientos laxos y cansinos.

Durante todo el mes siguiente recorrí la ciudad con él. Roma, este museo de todas las artes de rebosante riqueza, esta moderna metrópoli del sur, esta ciudad pletórica de una vida ruidosa, acelerada y sensual y a la que, aun así, los vientos cálidos llevan la sofocante indolencia de Oriente.

El comportamiento de Paolo siempre era el mismo. La mayor parte del tiempo permanecía serio y callado. A veces podía caer en un desmayado cansancio para, de pronto, con un repentino centelleo en los ojos, reponerse enseguida y proseguir con vehemencia una conversación que se había ido apagando.

Debo recordar un día en el que mencionó unas palabras que hasta hoy no habían adquirido para mí su auténtico significado.

Era domingo. Habíamos empleado aquella espléndida mañana de finales de verano para dar un paseo por la Via Apia y, tras haber seguido un largo trecho aquella antigua calzada, descansábamos por fin en esa pequeña colina flanqueada de cipreses desde la que se disfruta de una vista encantadora sobre toda la soleada campaña, con su gran acueducto y los montes Albanos, inmersos en una tenue neblina.

Prácticamente tumbado, la barbilla apoyada en la mano, Paolo descansaba junto a mí sobre la cálida hierba mientras miraba el horizonte con ojos fatigados y turbios. De pronto se dirigió a mí en una de esas recuperaciones repentinas de la apatía absoluta:

–¡Esta atmósfera...! ¡La atmósfera lo es todo!

Yo respondí vagamente dándole la razón y volvió a hacerse el silencio. Y entonces, de repente, sin transición alguna, me dijo, volviendo la cara hacia mí de forma algo penetrante:

–Dime, ¿es que aún no te ha llamado la atención el hecho de que siga vivo?

Callé, afectado, y Paolo volvió a mirar a lo lejos con expresión meditabunda.

–A mí, sí –prosiguió lentamente–. En el fondo es algo que me sorprende todos los días. ¿Sabes en qué estado me encuentro? El médico francés de Argelia me dijo: «¡Sólo el diablo entiende cómo puede usted seguir viajando por ahí! ¡Le recomiendo que vuelva a casa enseguida y se meta en la cama!». Siempre era así de directo conmigo porque todas las noches jugábamos juntos al dominó.

»Pero yo sigo vivo. Casi todos los días estoy en las últimas. Por la noche me quedo tumbado en la cama –en la posición adecuada, claro está–, a oscuras, y siento cómo el corazón me late hasta querer salírseme por la garganta. Entonces me mareo hasta romper a sudar de puro miedo y, de pronto, noto como si la muerte me rozara. Por un instante es como si todo se quedara quieto en mi interior; mi corazón deja de latir, me falla la respiración. Entonces me incorporo, enciendo la luz, aspiro profundamente, miro a mi alrededor y devoro las cosas con la mirada. Después tomo un sorbo de agua y me tumbo otra vez, ¡siempre en la posición adecuada!, y poco a poco consigo dormir.

»Duermo muy profundamente y durante mucho tiempo, pues en realidad siempre estoy muerto de sueño. ¿No crees que, si quisiera, podría tumbarme aquí mismo y morir?

»Creo que este año ya he visto a la muerte cara a cara unas mil veces. Sin embargo, no me he muerto. Hay algo que me sostiene. De pronto me incorporo, pienso en algo, me agarro a una frase que me repito a mí mismo veinte veces mientras mis ojos absorben ansiosos toda la luz y la vida que hay a mi alrededor... ¿Me comprendes?

Yacía inmóvil y no parecía estar esperando realmente una respuesta. Ya no recuerdo lo que le dije, pero jamás olvidaré la impresión que me causaron sus palabras.

Y entonces llegó aquel día. ¡Parece como si fuera ayer!

Era uno de los primeros días de otoño, uno de esos días grises, terriblemente calurosos, en los que el viento húmedo y asfixiante que procede de África atraviesa las calles y por la noche hace que el firmamento entero se estremezca continuamente con sus relámpagos.

Por la mañana fui a buscar a Paolo a su habitación para salir a hacer una excursión juntos. Tenía la enorme maleta en medio de la habitación y el armario y la cómoda estaban abiertos de par en par. Los bocetos a la acuarela traídos de Oriente y el vaciado en yeso de la Juno vaticana seguían en su sitio.

Él estaba de pie, muy derecho, frente a la ventana, y ni siquiera dejó de mirar impertérrito el exterior cuando yo me detuve tras él con una exclamación de asombro. Un instante después se volvió un momento, me tendió una carta y lo único que me dijo fue:

—¡Lee!

Me lo quedé mirando. En aquel rostro delgado y amarillento propio de un enfermo, con sus ojos negros y febriles, había una expresión de esas que, por lo común, sólo es capaz de suscitar la muerte, una seriedad monstruosa que me obligó a bajar la mirada hacia la carta que le había tomado de la mano. Y leí:

«Honorable señor Hofmann:

»Debo a la amabilidad de sus señores padres, a quienes me he dirigido con este fin, el conocimiento de su dirección. Ya sólo me queda esperar que tenga Usted a bien recibir de buen grado las presentes líneas.

»Espero que acepte, estimadísimo señor Hofmann, la garantía de que durante estos cinco años le he recordado siempre movido por el sentimiento de la más sincera amistad. Si tuviera que suponer que su repentina partida tras aquel día tan doloroso tanto para Usted como para mí no fue sino una manifestación de su ira para con nosotros, la aflicción que esto me causaría sería aún mayor que el espanto y el profundo asombro que sentí en el momento en que me solicitó la mano de mi hija.

»Por aquel entonces hablé con Usted de hombre a hombre y le expuse de forma franca y sincera, a riesgo de parecer brutal, el motivo por el que me veía obligado a negarle la mano de mi hija a un hombre al que –y no puedo insistir en ello lo suficiente– tanto aprecio y valoro en todos los aspectos. Pero también hablé con Usted en calidad de padre que tiene a la vista la felicidad a largo plazo de su única hija y que habría impedido en buena conciencia el nacimiento de cualquier deseo de esta índole por ambas partes de habérsele ocurrido en algún momento que éstos pudieran llegar a producirse.

»Y de esa misma manera, estimado señor Hofmann, me dirijo también a Usted en el día de hoy: en calidad de amigo y de padre. Han transcurrido cinco años desde su partida, y si hasta hace poco aún no había dispuesto de tiempo suficiente para constatar en toda su amplitud lo profunda que es la inclinación que logró Usted despertar en mi hija, recientemente ha tenido lugar un suceso que me ha obligado a abrir los ojos al respecto. ¿Para qué voy a ocultarle que mi hija, por el recuerdo de Usted, ha rechazado la mano de un hombre extraordinario cuya pretensión, como padre, yo no podía por menos de aprobar con insistencia?

»Los años han transcurrido en vano sobre los sentimientos y los deseos de mi hija y (se lo planteo con total franqueza y humildad) si se diera el caso de que Usted, mi estimado señor Hofmann, todavía sintiera lo mismo, le declaro por medio de la presente que nosotros, sus padres, ya no tenemos intención de seguir constituyendo un obstáculo para su felicidad.

»Quedo a la espera de su respuesta, por la que le estaré sinceramente agradecido, independientemente de cuál sea la postura que tenga a bien adoptar al respecto. Sin nada más que añadir salvo la expresión de mis más sinceros respetos, se despide humildemente

»Oskar, barón Von Stein.»

Entonces alcé la mirada. Paolo tenía las manos cogidas a la espalda y volvía a mirar por la ventana. Mi única pregunta fue:

–¿Te vas?

Y, sin mirarme, respondió:

–Mis cosas tienen que estar listas antes de mañana por la mañana.

El día transcurrió con recados diversos y llenando maletas, tarea en la que le presté mi ayuda. Por la noche, a propuesta mía, dimos un último paseo por las calles de la ciudad.

Todavía hacía un bochorno casi insoportable y el cielo se estremecía a cada segundo con súbitos resplandores fosfo rescentes. Paolo parecía tranquilo y cansado, pero respiraba profunda y pesadamente.

Debíamos de llevar una hora deambulando en silencio o sumidos en conversaciones triviales cuando nos detuvimos frente a la Fontana de Trevi, esa famosa fuente que muestra el tiro galopante del dios del mar.

Una vez más, contemplamos admirados durante mucho rato ese grupo dotado de un brío magnífico y que, sumido de continuo en la luz hiriente y azul de los relámpagos, causaba una impresión casi mágica. Mi acompañante me dijo:

–Sin duda, Bernini sigue fascinándome a través de las obras de sus discípulos. No acierto a comprender a sus enemigos. Es verdad eso de que, si el Juicio Final está más esculpido que pintado, todas las obras de Bernini están más pintadas que esculpidas. Pero ¿acaso existe mejor decorador que él?

–¿Sabes qué es lo que cuentan de esta fuente? –le pregunté–. Dicen que quien bebe de ella al despedirse de Roma, regresará algún día. Aquí tienes mi vaso de viaje –dije, llenándolo con uno de los chorros de agua–. ¡Quiero que vuelvas a ver Roma!

Paolo tomó el vaso y se lo llevó a los labios. En ese instante, el cielo entero se inflamó en un resplandor incandescente y prolongado y el fino recipiente se hizo añicos sonoramente contra el borde del estanque.

Paolo se secó con un pañuelo el agua que se le había derramado sobre el traje.

–Estoy muy nervioso y torpe –dijo–. Sigamos andando. Espero que el vaso no valiera demasiado.

A la mañana siguiente el tiempo se había despejado. Un cielo estival azul y luminoso nos sonreía mientras nos dirigíamos a la estación.

La despedida fue breve. Paolo me estrechó la mano en silencio y yo le deseé suerte, mucha suerte.

Me quedé un buen rato viéndolo partir, de pie tras el ventanal del mirador del vagón. En sus ojos había una profunda seriedad... y una expresión triunfante.

¿Qué más me queda por decir? Paolo ha muerto. Murió la mañana que siguió a su noche de bodas... Casi en la noche de bodas misma.

Tenía que ser así. ¿No fue la voluntad, la simple voluntad de ser feliz, la que le había permitido mantener durante tanto tiempo a la muerte bajo dominio? Era forzoso que muriera, que muriera sin lucha ni resistencia en el momento en que su voluntad de ser feliz se hubiera visto suficientemente satisfecha. Ya no le quedaba ningún pretexto para seguir viviendo.

Muchas veces me he preguntado si obró mal, mal de una forma consciente, para con la mujer a la que se unió en matrimonio. Sin embargo, tuve ocasión de verla durante el entierro, de pie a la cabeza de su ataúd. Y también en ella pude reconocer la expresión que había visto en el rostro de mi amigo: la seriedad solemne e intensa del triunfo.

LA MUERTE
(1897)

10 de septiembre

El otoño ha llegado y el verano no va a regresar. Ya no voy a verlo nunca más...

El mar está gris y tranquilo y cae una lluvia fina y triste. Al verlo esta mañana, me he despedido del verano y he saludado al otoño, mi cuadragésimo otoño, que finalmente se ha cernido implacable sobre mí. Tan implacablemente como va a traer también ese día cuya fecha murmuro a veces para mis adentros sumido en la devoción y en el mudo horror...

12 de septiembre

He salido a pasear un poco con la pequeña Asunción. Es una buena acompañante que guarda silencio y tan sólo levanta hacia mí de vez en cuando sus grandes ojos llenos de amor.

Hemos seguido el camino de la playa hasta Kronshafen, pero hemos regresado a tiempo, antes de que pudiéramos encontrarnos con más de una o dos personas.

Durante el camino de regreso me ha alegrado ver mi casa. ¡Qué bien la he escogido! Sobria y gris, sus ventanas miran hacia el gris del mar desde la colina, cuya hierba está ahora marchita y húmeda y cuyo camino se ha reblandecido. Por su parte posterior transcurre la carretera y detrás se extienden los campos. Pero a eso no le presto atención. Sólo me fijo en el mar.

15 de septiembre

Esta casa solitaria bajo el cielo gris, sobre la colina que hay junto al mar, es como un cuento de hadas sombrío y misterioso; y así quiero que sea durante este último otoño mío. Sin embargo, esta tarde, mientras estaba sentado frente a la ventana de mi estudio, vino un coche a traer provisiones. El viejo Frank ayudó a descargar, se hizo ruido y sonaron varias voces. No puedo expresar hasta qué punto me ha molestado. Temblaba de reprobación: he dado orden de que estas cosas únicamente se hagan por la mañana temprano, mientras yo esté durmiendo. El viejo Frank se ha limitado a decir: «A la orden, señor conde». Pero me ha mirado atemorizado y dubitativo con sus enrojecidos ojos.

¿Cómo iba a comprenderme? Al fin y al cabo, él no lo sabe. No quiero que la rutina y el aburrimiento rocen mis últimos días. Me da miedo que la muerte pudiera tener algo burgués y rutinario. Quiero que a mi alrededor todo sea extraño y raro cuando llegue ese día grande, grave y enigmático: el doce de octubre...

18 de septiembre

Durante los últimos días no he salido, sino que he pasado la mayor parte del tiempo tumbado en el diván. Tampoco he podido leer mucho, pues me han estado atormentando los nervios. Me he quedado inmóvil, sin más, mientras por la ventana veía caer la lluvia lenta e incansable.

Asunción ha venido a verme a menudo y en una de sus visitas me trajo flores, un par de plantas resecas y empapadas que había encontrado en la playa. Cuando besé a la niña para darle las gracias, se echó a llorar porque estoy «enfermo». ¡Qué indeciblemente doloroso me ha resultado su amor tierno y entristecido!

21 de septiembre

He permanecido mucho rato sentado junto a la ventana de mi estudio, con Asunción en las rodillas. Juntos hemos contemplado el mar ancho y gris, mientras a nuestra espalda, en la gran habitación de puerta alta y blanca y rígidas butacas, reinaba un profundo silencio. Mientras acariciaba lentamente el cabello de la niña que caía negro y lacio sobre sus delicados hombros, me he remontado en mis pensamientos a la diversidad y confusión de mi vida. He pensado en mi juventud, tranquila y protegida, en mis peregrinajes por todo el mundo y en el período breve y luminoso de mi felicidad.

¿Recuerdas aquella criatura encantadora y de ardiente ternura bajo el cielo aterciopelado de Lisboa? Hace ya doce años que te regaló a la niña y murió, con su delgado brazo en torno a tu cuello.

Tiene los ojos oscuros de su madre, la pequeña Asunción: sólo que más cansados y reflexivos. Pero sobre todo tiene su boca, esa boca de infinita blandura y, no obstante, de trazado algo amargo, que luce su máxima belleza cuando calla y se limita a sonreír muy levemente.

¡Mi pequeña Asunción! Si supieras que voy a tener que abandonarte... ¿Llorabas porque estoy «enfermo»? ¡Ah, y eso qué tendrá que ver! ¡Qué tendrá que ver con el doce de octubre!...

23 de septiembre

Son pocos los días a los que puedo remitir mis pensamientos, perdiéndome en los recuerdos. ¡Cuántos años han transcurrido durante los cuales sólo he sido capaz de mirar hacia delante, de esperar la llegada de este día grande y aterrador, el doce de octubre de mi cuadragésimo año de vida!

¿Cómo será? ¡Si supiera cómo va a ser! No tengo miedo, pero tengo la impresión de que ese doce de octubre se aproxima con una lentitud atormentadora.

27 de septiembre

El viejo doctor Gudehus vino desde Kronshafen. Acudió en coche por la carretera y almorzó con Asunción y conmigo.

«Es necesario», dijo mientras se comía medio pollo, «que haga usted ejercicio, señor conde, mucho ejercicio al aire libre. ¡Nada de leer! ¡Nada de pensar! ¡Nada de cavilaciones!... Porque yo lo tengo a usted por un filósofo, ¡ja, ja!»

En fin, yo me he limitado a encogerme de hombros y a

darle cordialmente las gracias por sus molestias. También me dio consejos para la pequeña Asunción, a quien observaba con su sonrisa forzada y apocada. Ha tenido que aumentar mi dosis de bromuro; quizá a partir de ahora pueda dormir un poco más.

30 de septiembre
¡El último septiembre! Ya no falta mucho, ya no. Son las tres de la tarde y he calculado cuántos minutos restan todavía para que comience el doce de octubre. Son 8.460.

Esta noche no he podido dormir, pues se ha levantado algo de viento y tanto el mar como la lluvia están bramando. Me he quedado en la cama y he dejado correr el tiempo. ¿Pensar y cavilar? ¡Qué va! El doctor Gudehus me tiene por un filósofo, pero mi cabeza está muy débil y mi único pensamiento es: ¡la muerte, la muerte!

2 de octubre
Estoy muy emocionado y a mis movimientos se añade una sensación de triunfo. A veces, al pensar en ello y ver que la gente me mira con duda y temor, he podido percatarme de que me toman por loco, hasta el punto de que yo mismo he terminado examinándome con recelo. ¡De ninguna manera! No estoy loco.

Hoy he leído la historia de aquel emperador Federico al que profetizaron que moriría *sub flore*. Por lo tanto, evitó las ciudades de Florencia y de Florentinum, aunque en una ocasión fue a parar a Florentinum de todos modos y murió. ¿Por qué murió?

Por sí misma, una profecía es irrelevante. Lo único que importa es si logra dominarte. Pero si lo consigue, estará demostrada y terminará por cumplirse. ¿Cómo? ¿Y acaso una profecía que surge y se afianza en mi propio interior no tendrá más valor que una que provenga de fuera? ¿Es que la constatación inquebrantable del instante en que uno va a morir ha de resultar más dudosa que la certeza del lugar?

¡Existe una vinculación constante entre el hombre y la muerte! Con tu voluntad y tu convicción puedes sorber de su esfera, puedes atraerla para que venga a ti, a la hora en que creas que...

3 de octubre

A menudo, cuando mis pensamientos se extienden ante mí como aguas grises que me parecen infinitas por estar cubiertas de niebla, me parece vislumbrar la relación que las cosas mantienen entre sí y entonces creo reconocer la nulidad de los conceptos.

¿Qué es suicidio? ¿La muerte voluntaria? Pero nadie muere voluntariamente. La renuncia a la vida y la entrega a la muerte se produce por debilidad en todos los casos, y tal debilidad siempre es la consecuencia de una enfermedad del cuerpo o del alma, o de ambas cosas. Uno no muere si no está conforme con ello...

Y yo, ¿estoy conforme? Debo de estarlo, pues creo que si no me muriera el doce de octubre podría volverme loco...

5 de octubre

Pienso en ello constantemente y eso me tiene ocupado

por completo. Trato de pensar cuándo y de dónde me ha sobrevenido esta certeza, y ¡no sabría decirlo! A los diecinueve o veinte años ya sabía que tendría que morir a los cuarenta, y un día cualquiera, tras haberme preguntado insistentemente en qué fecha sucedería, lo supe también.

Y ahora ya se ha aproximado tanto, tanto, que incluso me parece sentir el frío aliento de la muerte.

7 de octubre

El viento ha arreciado, el mar está bramando y la lluvia repica en el tejado. Esta noche no he dormido, sino que he bajado a la playa con mi impermeable y me he sentado sobre una roca.

Tras de mí, en la oscuridad y en la lluvia, estaba la colina con la casa gris en la que dormía la pequeña Asunción, ¡mi pequeña Asunción! Y ante mí el mar descargaba su turbia espuma ante mis pies.

He pasado toda la noche mirando por la ventana y se me ha antojado que así debe de ser la muerte o el después-de-la-muerte. Allí delante, en el exterior, una oscuridad infinita que brama sordamente. Y en ella, ¿seguirá viviendo y actuando un pensamiento, una intuición de mí mismo que atienda eternamente a ese bramido incomprensible?

8 de octubre

Quiero darle las gracias a la muerte cuando venga, pues ahora el plazo se vencerá demasiado pronto como para que me sienta capaz de seguir esperando. Sólo tres cortos días de otoño más y sucederá. ¡Qué ansioso estoy de que llegue el último instante, el último de todos! ¿No debería ser un instante de dicha y de indecible dulzura? ¿Un instante de máxima sensualidad?

Tres cortos días de otoño y la muerte entrará aquí, en mi habitación. ¿Cómo se comportará? ¿Me tratará como a un gusano? ¿Me agarrará del cuello y me estrangulará? ¿O meterá su mano en mi cerebro? Sin embargo, ¡yo me la imagino grande y bella, de una majestuosidad salvaje!

9 de octubre

Hoy, mientras tenía a Asunción en las rodillas, le he preguntado: «¿Y si pronto, de algún modo, me fuera de tu lado? ¿Te pondrías muy triste?».

Entonces apretó su cabecita contra mi pecho y lloró amargamente. Siento un nudo de dolor en la garganta.

Por cierto, tengo fiebre. Me arde la cabeza y tiemblo de frío.

10 de octubre

¡Estuvo conmigo, esta noche estuvo conmigo! No he podido verla ni oírla, y sin embargo he hablado con ella. ¡Resulta ridículo, pero se comportó como un dentista! «Será mejor que lo liquidemos ya», me dijo. Pero yo no quería y me resistí. La eché sin miramientos.

«¡Será mejor que lo liquidemos ya!» ¡Cómo me han sonado estas palabras! Me han penetrado hasta los tuétanos. ¡Tan escuetas, tan aburridas, tan burguesas! Nunca había experimentado una sensación tan fría y sarcástica de desengaño.

11 de octubre (a las once de la noche)

¿Lo comprendo? ¡Oh, a fe mía que lo comprendo!

Hace hora y media, mientras estaba sentado en mi habitación, vino a verme el viejo Franz. Sollozaba y estaba temblando. «¡La señorita!», exclamó, «¡la niña! ¡Ay, venga enseguida!» Y yo acudí de inmediato.

No he llorado; sólo he sentido un escalofrío. Estaba tendida en su camita, con el cabello negro enmarcándole la carita pálida y dolorida. Me he arrodillado junto a ella, sin hacer ni pensar nada. Entonces vino el doctor Gudehus.

«Ha sido un ataque al corazón», me ha dicho, asintiendo como quien no se sorprende. ¡Este chapucero e ignorante ha actuado como si lo hubiera sabido siempre!

Pero yo, ¿lo he comprendido? Ay, al quedarme a solas con ella (fuera se agitaban la lluvia y el mar, y el viento aullaba por el cañón de la estufa) he golpeado la mesa con el puño, ¡tan claro lo he visto de repente! Durante veinte años he atraído a la muerte hacia este día que dentro de una hora va a dar comienzo, mientras en mi interior, en lo más profundo, había algo secretamente consciente de que yo no podía abandonar a esta niña. No me era posible morir pasada la medianoche y, sin embargo, ¡tenía que suceder! De haber venido, la hubiera echado de mi lado: sin embargo, fue primero a ver a la niña porque tenía que obedecer a mi certeza y a mi fe. ¿He sido yo quien ha atraído a la muerte hasta tu cama? ¿Te he matado yo, mi pequeña Asunción? ¡Ay! Palabras rudas y mezquinas para nombrar algo delicado y misterioso.

¡Adiós, adiós! Quizá, ahí fuera, vaya a encontrar un pen-

samiento, una intuición de tu persona. Pues mira: la mane-
cilla avanza y la lámpara que ilumina tu dulce rostro se apa-
gará pronto. Estoy a la espera mientras sostengo tu mano
pequeña y fría. Pronto vendrá y yo me limitaré a asentir y a
cerrar los ojos cuando la oiga decir: «Será mejor que lo
liquidemos ya»...

EL PEQUEÑO SEÑOR FRIEDEMANN
(1897)

1

La nodriza tenía la culpa. ¿De qué había servido que, a la primera sospecha, la señora del cónsul Friedemann la instara muy seriamente a reprimir ese vicio? ¿De qué había servido que le diera cada día un vaso de vino tinto además de la nutritiva cerveza? De pronto salió a la luz que la muchacha estaba dispuesta incluso a beberse el alcohol de quemar que se empleaba para el hornillo de la cocina y, antes de que llegara su sustituta, antes de que hubieran podido echarla, sucedió la desgracia. Un día, cuando la madre y las tres hijas adolescentes regresaron de una salida, el pequeño Johannes, que apenas tenía un mes, yacía en el suelo gimiendo en un estremecedor hilo de voz tras haberse caído de la mesa de cambiar los pañales, junto a la alelada nodriza.

El médico, que examinó con precavida firmeza los miembros de la pequeña criatura deformada y temblorosa, puso una expresión seria, muy seria, mientras las tres hijas sollozaban en un rincón y la señora Friedemann rezaba en voz alta con el corazón aterrorizado.

Aquella pobre mujer había tenido que soportar que, incluso antes de nacer el pequeño, su esposo, cónsul de los Países Bajos, le fuera arrebatado por una enfermedad tan repentina como intensa y todavía estaba demasiado conmocionada como para albergar siquiera la esperanza de que le fuera dado conservar a su pequeño Johannes. No obstante, a los dos días el médico, con un alentador apretón de manos, le declaró que el niño estaba fuera de peligro por el momento y, sobre todo, que su leve afección cerebral estaba plenamente superada, algo apreciable ya en su mirada, que había dejado de mostrar la rígida expresión del principio... Ciertamente, había que permanecer a la espera de la evolución posterior del paciente y... esperar lo mejor. Lo dicho: esperar lo mejor.

2

La gran casa con frontón en la que creció Johannes Friedemann estaba situada en la entrada septentrional de aquella antigua ciudad comercial de tamaño medio. Por la puerta de la casa se accedía a un vestíbulo amplio y empedrado desde el que una escalera con barandillas de madera pintadas de blanco conducía hasta los pisos. El papel de las paredes de la sala del primero mostraba paisajes deslucidos y la pesada mesa de caoba cubierta con un mantel granate de felpa estaba rodeada por asientos de respaldo rígido.

Durante su infancia, Johannes pasó mucho tiempo en

esta estancia, frente a la ventana que siempre tenía hermosas flores en el alféizar, sentado en un banquillo a los pies de su madre. A veces, mientras contemplaba su cabellera lisa y gris y su rostro bondadoso y dulce y aspiraba el leve aroma que emanaba de ella, escuchaba atentamente algún cuento maravilloso. Otras se hacía mostrar el retrato de su padre, un caballero de aspecto amable y patillas grises. Su madre le decía que estaba en el cielo, donde los estaría esperando a todos.

Detrás de la casa había un pequeño jardín en el que en verano solían pasar buena parte del día, a pesar del vaho dulzón que llegaba con frecuencia desde una cercana fábrica de azúcar. En él se erigía un viejo y nudoso nogal, a cuya sombra se sentaba el pequeño Johannes en un asiento bajo de madera para cascar nueces, mientras la señora Friedemann y las tres hermanas ya crecidas se acomodaban juntas bajo un toldo de lona gris. No obstante, la madre alzaba muchas veces la mirada de su labor para dirigirla al niño con una cordialidad no exenta de aflicción.

Desde luego, el pequeño Johannes no era nada hermoso, y verlo así, sentado sobre el banquillo con el pecho puntiagudo y elevado, la espalda profundamente encorvada y los brazos demasiado largos y flacos cascando nueces con ágil afán, constituía una visión singular en extremo. En cambio, sus manos y pies eran delgados y de formación delicada y tenía grandes ojos castaños de rebeco, la boca amplia y el cabello fino y rubio oscuro. A pesar de tenerlo tan lastimosamente encasquetado entre los hombros, casi podía decirse que su rostro era bello.

3

A los siete años de edad lo enviaron a la escuela. A partir de entonces los años transcurrieron de forma rápida y regular. Todos los días, con ese paso cómicamente solemne que caracteriza a veces a los contrahechos, Johannes caminaba entre las fachadas con frontones y las tiendas en dirección al viejo edificio de la escuela con sus bóvedas góticas. Una vez en casa, después de haber hecho los deberes, leía alguno de sus libros de bonitas cubiertas de colores o se distraía en el jardín mientras sus hermanas se ocupaban de la administración doméstica que la madre enfermiza apenas podía asumir. También hacían visitas de sociedad, pues los Friedemann eran una de las mejores familias de la ciudad. No obstante, por desgracia las hijas aún no habían podido casarse, pues su fortuna no era precisamente elevada y eran bastante feas.

También Johannes recibía alguna que otra invitación de otros compañeros de su edad, pero el trato con ellos no le resultaba demasiado agradable. No podía participar en sus juegos y, como en su presencia los chicos siempre se mostraban inhibidos y reservados, nunca llegaba a producirse una auténtica camaradería.

Llegó la época en que Johannes les oyó hablar de ciertas experiencias en el patio de la escuela. Él escuchaba atentamente y con los ojos muy abiertos su pasión por tal o cual jovencita, pero nunca decía nada. Estas cosas que, al parecer, tanto llenaban a los demás –se dijo– formaban parte de todas esas experiencias para las que él no estaba capacitado, como la gimnasia y el juego de pelota. A veces esto lo ponía un poco triste. Pero de todos modos ya estaba acostumbrado desde siempre a vivir por su cuenta y a no compartir los intereses de los demás.

Aun así, Johannes debía de tener unos dieciséis años cuando sintió una repentina inclinación por una muchacha de su misma edad. Era la hermana de uno de sus compañeros de clase, una criatura rubia y desenvuelta a la que conoció a través de su hermano. Cuando estaba cerca de ella sentía un extraño embarazo, mientras que la manera inhibida y artificialmente amistosa en que también ella lo trataba lo sumía en una profunda tristeza.

Una tarde de verano, al pasear en solitario por las murallas de la ciudad, percibió un susurro tras un matojo de jazmines y espió cuidadosamente entre las ramas. En el banco que había en aquel lugar halló a la muchacha sentada junto a un joven alto y pelirrojo al que conocía muy bien. El joven le había pasado el brazo por los hombros y le estaba estampando un beso en los labios al que ella respondió entre risitas. Tras haber asistido a esta escena, Johannes Friedemann se dio la vuelta y se marchó en silencio.

Tenía la cabeza más encasquetada que nunca entre los hombros, las manos le temblaban y un dolor agudo y apremiante le subía del pecho a la garganta, pero hizo un esfuerzo por tragárselo y se incorporó con decisión, lo mejor que pudo. «Muy bien», se dijo a sí mismo, «se ha terminado. No quiero volver a preocuparme nunca más por este tipo de cosas. Puede que a los demás les procure felicidad y alegría, pero a mí no va a traerme sino aflicción y dolor. Se acabó. No voy a darle más vueltas. Nunca más.»

La decisión le sentó bien. Había renunciado, renunciado para siempre. Se fue a casa y cogió un libro o tocó el violín, actividad que había aprendido a pesar de la deformación de su pecho.

4

A los diecisiete años dejó la escuela para hacerse comerciante, profesión que ejercía todo el mundo en su círculo, y entró como aprendiz en el gran comercio de maderas del señor Schlievogt, allá abajo, junto al río. Lo trataban con consideración mientras él, por su parte, era cordial y voluntarioso. Así fue pasando el tiempo, pacífico y ordenado. Sin embargo, al cumplir los veintiún años, murió su madre tras una larga agonía.

Eso causó un gran dolor a Johannes Friedemann, dolor que no dejó de sentir en mucho tiempo. Era un dolor del que disfrutaba, al que se entregaba como quien se somete a una gran felicidad, lo preservaba a base de miles de recuerdos de su infancia y lo explotaba como el primer acontecimiento intenso de su vida.

¿Acaso la vida no es un bien por sí mismo, aunque no se desarrolle precisamente de un modo que podamos considerar «feliz»? Johannes Friedemann lo sentía así y amaba la vida. Nadie es capaz de comprender con qué íntimo detalle precisamente él, que había renunciado a la máxima felicidad que la vida puede brindarnos, sabía disfrutar de los placeres que ésta ponía a su alcance. Un paseo en primavera por los parques de las afueras de la ciudad, el perfume de una flor, el canto de un pájaro... ¿No podía uno sentirse agradecido por tales cosas?

Y que para la voluptuosidad hacía falta cultura; es más, que la cultura era una forma de voluptuosidad por sí misma: también eso supo comprenderlo. Así que se cultivó. Amaba la música y acudía a todos los conciertos que se celebraran en la ciudad. Con el tiempo aprendió a tocar bastante bien el violín, aunque ofreciera un aspecto de lo más extraño con el instrumento en las manos, y disfrutaba de todos y cada uno de los tonos bellos y dulces que lograba emitir. Con el tiempo, a base de muchas lecturas, también logró desarrollar un buen gusto literario, aunque en aquella ciudad no pudiera compartirlo con nadie. Estaba informado de las últimas publicaciones tanto nacionales como extranjeras, sabía paladear el encanto rítmico de un poema, dejar que actuara sobre él la atmósfera íntima de un relato escrito con habilidad... ¡Oh, si casi se podía decir que era un epicúreo...!

Aprendió a comprender que todo era digno de ser disfrutado y que resultaba poco menos que estúpido distinguir entre experiencias felices e infelices. Absorbía con la mejor disposición todos los sentimientos y estados de ánimo y los cuidaba, tanto si eran tristes como alegres. También cultivaba los deseos incumplidos: la nostalgia. Amaba la nostalgia por sí misma y se decía que, una vez cumplido el deseo, lo mejor de ella habría pasado ya. ¿Acaso esa nostalgia y esa esperanza dulce, dolorosa y vaga de las tranquilas tardes de primavera no causaba mayor placer que todas las consumaciones que pudiera traer el verano? ¡Efectivamente, el pequeño señor Friedemann era un epicúreo!

Seguramente la gente que lo saludaba por la calle con aquella amabilidad compasiva a la que estaba acostumbrado desde siempre no lo supiera. No sabía que ese infeliz jorobado que se paseaba por la calle con su superioridad amanerada, su abrigo claro y su reluciente sombrero de copa (curiosamente, era un poco vanidoso) amaba tiernamente esa vida que transcurría dulcemente, sin grandes afectos, pero llena de una felicidad serena y delicada que él sabía procurarse a sí mismo.

5

Sin embargo, la afición principal del señor Friedemann, su pasión propiamente dicha, era el teatro. Poseía un sentido dramático inusualmente intenso y, frente a un imponente golpe de efecto escénico o frente a la catástrofe de una tragedia, todo su diminuto cuerpo podía ponerse a temblar. Tenía asignada una butaca en un palco del primer piso del teatro municipal que ocupaba regularmente, acompañado de vez en cuando por sus tres hermanas. Desde la muerte de la madre las tres llevaban solas toda la administración doméstica de la vieja casa, cuya propiedad compartían con su hermano.

Por desgracia seguían solteras, pero habían llegado a una edad en la que tenían que conformarse, pues Friederike, la mayor, le llevaba diecisiete años al señor Friedemann. Ella y su hermana Henriette eran demasiado altas y delgadas, mientras que Pfiffi, la más joven, parecía excesivamente bajita y entrada en carnes. Esta última, por cierto, tenía

una graciosa manera de sacudirse a cada palabra, humede-
ciéndosele las comisuras de los labios.

El pequeño señor Friedemann no se preocupaba demasiado por las tres muchachas. Ellas, en cambio, estaban muy
unidas y siempre defendían la misma opinión. Sobre todo
cuando se producía un compromiso matrimonial en su
círculo de amistades, afirmaban al unísono que se trataba
de una noticia m-u-y satisfactoria.

Su hermano continuó viviendo con ellas incluso cuando
dejó el comercio de madera del señor Schlievogt para inde-
pendizarse haciéndose cargo de algún pequeño comercio,
una agencia o algo similar que no diera demasiado trabajo.
Ocupaba unas habitaciones de la planta baja de la casa para
así no tener que subir las escaleras más que para ir a comer,
ya que a veces padecía un poco de asma.

En su trigésimo cumpleaños, un día luminoso y cálido
de junio, se acomodó después de comer bajo el toldo de
lona gris del jardín con un nuevo reposacabezas cilíndrico
que le había hecho Henriette, un buen puro en la boca y
un buen libro en las manos. De vez en cuando lo dejaba a
un lado para atender al alegre piar de los gorriones en el
viejo nogal y contemplar el pulcro sendero de grava que
conducía a la casa y el cuadrado de césped con parterres de
colores.

El pequeño señor Friedemann no llevaba barba y su rostro prácticamente no había cambiado. Sólo sus facciones se
habían vuelto algo más pronunciadas. Su rubio y fino cabello era liso y se lo peinaba con la raya a un lado.

Una vez, después de dejar caer el libro sobre el regazo y

de escudriñar el cielo azul y soleado, se dijo: «Ya han pasado treinta años. A partir de ahora quizá vengan diez más o incluso veinte. Sólo Dios lo sabe. Llegarán tranquilamente y sin hacer ruido y pasarán como todos los que han transcurrido ya, mientras yo los espero con el alma en paz».

6

En julio de ese mismo año se produjo un cambio en la comandancia del distrito que conmocionó a todo el mundo. El caballero obeso y jovial que hacía muchos años que ocupaba aquel puesto había sido muy apreciado en los círculos sociales de la ciudad y todos lamentaron verlo partir. Sólo Dios sabe en virtud de qué circunstancias fue precisamente al señor Von Rinnlingen a quien enviaron desde la capital.

Con todo, el cambio no parecía ser tan malo, pues el nuevo teniente coronel, casado, pero sin hijos, decidió alquilar un amplio palacete en un suburbio del sur, de lo que se dedujo que tenía la intención de celebrar recepciones. En cualquier caso, el rumor de que era un hombre muy adinerado también se vio confirmado por la circunstancia de que trajera consigo cuatro criados, cinco caballos de silla y de tiro, un landó y un pequeño coche de caza.

Poco después de su llegada los señores empezaron a hacer visitas a las familias más reputadas y su nombre estaba en boca de todos. No obstante, el verdadero foco de interés no era de ningún modo el señor Von Rinnlingen, sino su esposa. Los caballeros estaban estupefactos y, por de

pronto, aún no habían tenido ocasión de formarse un juicio de valor. Las damas, en cambio, desaprobaban directamente el ser y la esencia de Gerda von Rinnlingen.

–Que se le note el aire de la capital –dijo al respecto la
señora del abogado Hagenström en una charla que mantuvo con Henriette Friedemann–, pues bien, eso es de lo
más natural. Fuma, monta a caballo... ¡De acuerdo! Pero su
comportamiento no es sólo liberal, sino campechano. Aunque ésta tampoco es la palabra adecuada... Mire usted,
desde luego que no es fea, incluso se podría decir que es
guapa: pero, aun así, prescinde de todo encanto femenino
y a su mirada, a su manera de reír y a sus movimientos les
falta todo lo que gusta a los hombres. No es coqueta, y Dios
sabe que yo sería la última en encontrar reprochable que
no lo sea. Pero ¿acaso una mujer tan joven, de veinticuatro
años, debe... prescindir por completo de su capacidad natural de atracción? Querida, yo no soy muy hábil para expresarme, pero sé lo que quiero decir. De momento todavía
tenemos a nuestros hombres desconcertados, pero ya verá
como en un par de semanas apartarán la cabeza con asco
cuando la vean pasar...

–Pues tiene el riñón muy bien cubierto... –dijo la señorita Friedemann.

–¡Ah sí, claro, su marido...! –exclamó la señora Hagenström–. Pero ¿cómo lo trata? ¡Debería usted verlo! ¡Y lo
verá! Soy la primera en defender que una mujer casada
tiene que mostrarse hasta cierto punto reservada con el
sexo opuesto, pero... ¿cómo se comporta con su propio marido? Lo mira con una frialdad y tiene una manera de lla-

marlo «mi querido amigo», como si se estuviera compadeciendo de él, que me tienen indignada. ¡Y eso que habría que verlo! ¡Cortés, firme, caballeroso, un hombre de cuarenta años perfectamente conservado, un oficial brillante! Cuatro años llevan de casados... ¡Querida...!

7

El lugar en que al pequeño señor Friedemann le fue dado ver a la señora Von Rinnlingen por primera vez fue la calle principal, ocupada prácticamente sólo por comercios, y el encuentro se produjo al mediodía, justo cuando regresaba de la bolsa, en cuyas transacciones había intervenido un poco.

Iba paseando, diminuto y solemne, junto al mayorista Stephens, un hombre inusualmente alto y robusto de patillas de corte redondo y cejas terriblemente pobladas. Los dos llevaban sombrero de copa y el abrigo abierto porque hacía mucho calor. Hablaban de política mientras golpeaban rítmicamente la acera con sus bastones de paseo. Pero cuando más o menos hubieron llegado a media calle, el mayorista Stephens dijo de pronto:

−¡Que el diablo me lleve si esa que viene por ahí en coche no es la Rinnlingen!

−Una ocasión estupenda −dijo el señor Friedemann con su voz aguda y algo penetrante, mirando al frente con expectación−, pues aún no he tenido oportunidad de verla. Ahí tenemos su coche amarillo.

En efecto, era el coche amarillo de caza el que la señora Von Rinnlingen había decidido emplear hoy, y era ella misma quien llevaba las riendas de los dos esbeltos caballos, mientras el criado permanecía a sus espaldas con los brazos cruzados. Llevaba una chaqueta amplia y muy clara sobre una falda también de color claro. Bajo el pequeño y redondo sombrero de paja se le escapaba el cabello rubio cobrizo, peinado por encima de las orejas y recogido en un gran moño en la nuca. El cutis de su rostro ovalado era de un blanco mate y en las comisuras de sus ojos castaños, inusualmente juntos, podían percibirse sombras azuladas. Sobre su nariz corta, pero de fina silueta, había un pequeño arco de pecas que le sentaba muy bien. No se podía apreciar a ciencia cierta si su boca era hermosa, pues no cesaba de entresacar y meter el labio inferior, rozándolo con el superior.

El mayorista Stephens saludó con extraordinario respeto cuando el coche llegó hasta donde se encontraban y también el pequeño señor Friedemann se quitó el sombrero, mirando atentamente a la señora Von Rinnlingen con los ojos muy abiertos. Ella bajó la fusta, asintió levemente con la cabeza y continuó despacio su camino, contemplando las casas y los escaparates a izquierda y derecha.

Unos pasos después dijo el mayorista:

–Ha salido a dar un paseo y ahora regresa a casa.

El pequeño señor Friedemann no respondió, sino que mantuvo la mirada fija en el pavimento. Un instante después miró de repente al mayorista y preguntó:

–¿Cómo dice?

Y el señor Stephens le repitió su aguda observación.

8

Tres días más tarde, a las doce del mediodía, Johannes Friedemann regresaba de su paseo diario. La comida era a las
doce y media, por lo que ya se disponía a ir por media hora
a su despacho, situado justo a la derecha de la puerta de
entrada, cuando la doncella atravesó el vestíbulo y le dijo:

–Ha venido una visita, señor Friedemann.

–¿A verme a mí? –inquirió.

–No, está arriba, con las damas.

–Y ¿quién es?

–El teniente coronel Von Rinnlingen y su esposa.

–¡Ah! –dijo el señor Friedemann–, entonces debería...

Y subió las escaleras. Una vez en el piso de arriba atravesó el rellano; ya tenía en la mano el pomo de la puerta alta
y blanca que conducía a la «sala de los paisajes» cuando se
detuvo de pronto, retrocedió un paso, dio media vuelta y se
volvió a ir despacio tal y como había venido. Y aunque estaba completamente solo, se dijo en voz muy alta a sí mismo:

–No. Mejor no.

Bajó a su despacho, se sentó al escritorio y cogió el periódico. Sin embargo, un minuto después lo dejó caer sobre la
mesa y miró a un lado, por la ventana. Permaneció así hasta
que llegó la doncella y anunció que la comida estaba servi-
da. Entonces subió al comedor, donde las hermanas ya lo
estaban esperando, y tomó asiento en su silla, sobre la que
había tres libros de partituras.

Henriette, que estaba sirviendo la sopa, dijo:

–¿Sabes quién ha venido, Johannes?

–¿Y bien? –preguntó él.

–El nuevo teniente coronel y su esposa.

–¿Ah, sí? Muy amable de su parte.

–Sí –dijo Pfiffi mientras se le humedecían las comisuras de los labios–, a mí me parece que los dos son de lo más agradable.

–En cualquier caso –dijo Friederike–, no deberíamos tardar mucho en devolverles la visita. Propongo que vayamos pasado mañana, el domingo.

–El domingo –repitieron Henriette y Pfiffi.

–Vendrás con nosotras, ¿verdad, Johannes? –preguntó Friederike.

–¡Naturalmente! –dijo Pfiffi, estremeciéndose.

El señor Friedemann no se había percatado de la pregunta y siguió comiendo la sopa con expresión quieta y temerosa. Era como si estuviera a la escucha de algún ruido siniestro.

9

La noche siguiente se representaba el *Lohengrin* en el teatro municipal y todo el mundo culto se hallaba presente. El pequeño patio de butacas estaba repleto e invadido por murmullos, olor a gas y perfumes. No obstante, todos los anteojos, tanto en la platea como en los palcos, habían sido enfocados al palco trece, justo a la derecha del escenario, pues era la primera vez que aparecían en él el señor Von Rinnlingen y esposa, y por fin se tenía ocasión de examinar a fondo a la pareja.

Cuando el pequeño señor Friedemann, con impecable traje negro y reluciente pechera blanca que sobresalía en punta, entró en su palco –el número trece–, se sobresaltó en el umbral, llevándose la mano a la frente y abriendo convulsivamente las aletas de la nariz. No obstante, tomó asiento en su butaca, a la izquierda de la señora Von Rinnlingen.

Ella se quedó mirándolo atentamente mientras se sentaba, sacando el labio inferior, y a continuación se volvió para intercambiar unas palabras con su esposo, que estaba sentado tras ella. Era un caballero alto y robusto de bigote acicalado y rostro moreno y bondadoso.

Cuando sonaron los primeros acordes de la obertura y la señora Von Rinnlingen se inclinó sobre el antepecho, el señor Friedemann deslizó brusca y fugazmente la mirada hacia ella. Llevaba un vestido de gala claro y era la única de las damas presentes que incluso iba algo escotada. Las mangas eran muy amplias y vaporosas y los guantes blancos le llegaban hasta el codo. Esta noche su figura se revelaba exuberante, cosa que unos días antes, cuando llevaba la chaqueta amplia, no se había hecho notar. Su pecho subía y bajaba lentamente en toda su plenitud y el moño de su cabello rubio cobrizo le caía pesado y profundo en la nuca.

El señor Friedemann estaba pálido, mucho más pálido que de costumbre, y la frente se le había perlado de sudor bajo el liso cabello rubio oscuro. La señora Von Rinnlingen se había quitado el guante del brazo izquierdo que tenía apoyado sobre el terciopelo rojo del antepecho y él no tuvo más remedio que ver durante todo el rato ese brazo redondo y de mate blancura, cubierto, al igual que la mano desnuda, de finas venas de color azul pálido. Era inevitable.

Cantaron los violines, arremetieron los trombones, cayó Telramund y un júbilo generalizado imperaba en la orquesta mientras el pequeño señor Friedemann permanecía inmóvil, pálido y silencioso, la cabeza profundamente encasquetada entre los hombros, el dedo índice en los labios y la otra mano en la solapa del chaqué.

Mientras caía el telón, la señora Von Rinnlingen se levantó para abandonar el palco con su marido. El señor Friedemann se dio cuenta sin necesidad de mirar, se pasó el pañuelo levemente por la frente, se puso en pie de pronto, fue hasta la puerta que conducía al pasillo, regresó de nuevo, se volvió a sentar en su butaca y permaneció impertérrito en ella, en la misma postura que había adoptado anteriormente.

Cuando sonó el timbre y sus vecinos de palco volvieron a entrar, sintió que los ojos de la señora Von Rinnlingen se habían posado en él y, sin querer, se volvió hacia ella. Cuando sus miradas se encontraron, ella no desvió la suya, sino que continuó observándolo atentamente sin el menor asomo de embarazo hasta que él mismo, forzado y humillado, tuvo que bajar los ojos. Al hacerlo se puso aún más pálido y se vio invadido por una extraña ira corrosiva y dulzona... La música empezó a sonar otra vez.

Cuando este acto ya se acercaba a su final, sucedió que la señora Von Rinnlingen dejó que se le deslizara el abanico de la mano y que cayera al suelo justo al lado del señor Friedemann. Los dos se agacharon al mismo tiempo, pero fue ella quien lo tomó y dijo, con una sonrisa burlona:

–Gracias.

Sus cabezas habían estado muy cerca una de otra y, por un instante, el señor Friedemann se había visto obligado a respirar el cálido aroma de su pecho. Tenía el rostro desencajado, se le había contraído todo el cuerpo y su corazón palpitaba de un modo tan terriblemente pesado e impetuoso que se quedó sin aliento. Permaneció sentado medio minuto más y entonces empujó la butaca hacia atrás, se puso en pie sin hacer ruido y se fue en silencio.

10

Seguido por el eco de la música, se marchó atravesando el vestíbulo, fue a la guardarropía a buscar su sombrero de copa, su abrigo de color claro y su bastón y bajó las escaleras hasta salir a la calle.

Era una noche cálida y silenciosa. A la luz de las farolas de gas, las casas grises con frontones se recortaban contra el cielo, en el que centelleaban, claras y dulces, las estrellas. Los pasos de las pocas personas que se iban cruzando con el señor Friedemann resonaban en la acera. Alguien lo saludó, pero él no se dio cuenta. Andaba extremadamente cabizbajo y su pecho elevado y puntiagudo temblaba de tan pesada que era su respiración. De vez en cuando se decía en voz baja:

–¡Dios mío! ¡Dios mío!

Estaba escudriñando con mirada horrorizada y temerosa su interior y viendo cómo su sensibilidad, que con tanto esmero había cuidado siempre, a la que trataba con tanta dulzura e inteligencia, se había visto violentamente sacudida, agitada, desquiciada... Y de repente, totalmente trastornado, en un estado de aturdimiento, ebriedad, nostalgia y tormento, se apoyó contra una farola y susurró trémulo:

–¡Gerda!

Todo siguió en silencio. En aquel instante no se veía un alma. El pequeño señor Friedemann se recobró y continuó caminando. Había recorrido la calle del teatro, que descendía con considerable pendiente en dirección al río, y ahora seguía la calle principal en dirección al norte, a su casa...

¡De qué manera lo había mirado...! ¿Cómo? ¿Así que lo había obligado a bajar los ojos? ¿Lo había humillado con su mirada? ¿Acaso ella no era una mujer y él un hombre? ¿Y es que sus extraños ojos castaños no habían temblado literalmente de placer al humillarlo?

Otra vez sentía ascender por su interior ese odio impotente y voluptuoso, pero entonces recordó el momento en que su cabeza había rozado la de ella, en que había aspirado el aroma de su cuerpo, y se detuvo por segunda vez, reclinó hacia atrás su cuerpo contrahecho, tomó aire entre dientes y murmuró, de nuevo completamente desorientado, desesperado, fuera de sí:

–¡Dios mío...! ¡Dios mío!

Y otra vez continuó caminando mecánicamente, con lentitud, a través del bochornoso aire nocturno, por las calles vacías y resonantes, hasta que se halló frente a su casa. Se quedó un rato en el vestíbulo y aspiró el olor frío y húmedo que flotaba en él. Después entró en su despacho.

Se sentó al escritorio junto a la ventana abierta y fijó la

vista en una gran rosa amarilla que alguien le había puesto ahí en un vaso de agua. La tomó y aspiró su perfume con los ojos cerrados. Pero entonces la dejó a un lado con ademán fatigado y triste. No, eso se había terminado. ¿Qué significaba ya para él ese aroma? ¿Qué le importaban todas esas cosas que habían constituido hasta entonces su felicidad?...

Volvió la cabeza y miró la calle silenciosa. De vez en cuando oía incrementarse el sonido de unos pasos que después pasaban de largo. Las estrellas brillaban. ¡Qué cansado y débil se sentía! Se notaba vacía la cabeza y su desesperación empezó a disolverse en una melancolía grande y dulce. Un par de versos pasaron por su mente, la música de *Lohengrin* resonó de nuevo en sus oídos, volvió a ver frente a él la figura de la señora Von Rinnlingen, su brazo blanco sobre el terciopelo rojo, y entonces le acometió un sueño pesado y febril.

11

Estuvo varias veces a punto de despertar, pero le daba miedo, de modo que volvía a caer una y otra vez en una renovada inconsciencia. Cuando ya se había hecho plenamente de día, abrió los ojos y miró a su alrededor con mirada dolorosa y abierta. Lo recordaba todo perfectamente. Era como si su sufrimiento no se hubiera visto interrumpido por el sueño.

Tenía la cabeza pesada y le ardían los ojos. Pero en cuanto se hubo lavado y humedecido la frente con agua de colonia se sintió mejor y volvió a sentarse inmóvil en su lugar junto a la ventana, que se había quedado abierta. Aún era muy temprano; debían de ser las cinco. De vez en cuando pasaba un aprendiz de panadero, pero por lo demás no se veía a nadie. La casa de enfrente aún tenía todas las persianas bajadas. Pero los pájaros piaban y el cielo era de un azul luminoso. Era una maravillosa mañana de domingo.

Un sentimiento de bienestar y confianza invadió al pequeño señor Friedemann. ¿De qué tenía miedo? ¿No seguía todo como siempre? Es verdad que la noche anterior había sufrido un ataque terrible. Pues bien, ¡había que ponerle fin a eso! ¡Aún no era demasiado tarde, aún podía eludir su propia perdición! Tenía que evitar toda celebración que pudiera renovar un ataque como aquél. Se sentía con fuerzas para ello. Notaba la energía necesaria para superarlo y ahogarlo por completo en su interior...

Cuando dieron las siete y media, entró Friederike y puso el café sobre la mesa redonda que había frente a la pared opuesta, delante del sofá de cuero.

–Buenos días, Johannes –dijo–, aquí tienes el desayuno.

–Gracias –dijo el señor Friedemann. Y entonces–: Querida Friederike, siento que vayáis a tener que hacer solas vuestra visita. No me encuentro lo bastante bien para acompañaros. He dormido mal, tengo dolor de cabeza y, en definitiva, os tengo que pedir que...

Friederike respondió:

–Es una lástima. Pero no deberías renunciar por completo a esa visita. Aunque es verdad que pareces enfermo... ¿Quieres que te preste mi barrita contra la migraña?

–Gracias –dijo el señor Friedemann–. Ya se me pasará. Y Friederike se fue.

Se bebió despacio el café, de pie frente a la mesa, y lo acompañó con un *croissant*. Estaba satisfecho consigo mismo y orgulloso de su determinación. Cuando hubo terminado cogió un puro y volvió a sentarse junto a la ventana. El desayuno le había sentado bien y se sentía feliz y esperanzado. Tomó un libro, leyó, fumó y miró parpadeando al sol deslumbrante del exterior.

Ahora la calle se había llenado de vida. Por su ventana entraba el sonido del traqueteo de los coches, las conversaciones y las campanillas del tranvía. Entre todo aquello, sin embargo, aún podía percibirse el piar de los pájaros. Desde el cielo, de un azul luminoso, soplaba una brisa suave y cálida.

A las diez oyó los pasos de sus hermanas que atravesaban el vestíbulo, seguidas del crujir de la puerta, y, sin reparar especialmente en ello, vio a las tres damas pasar frente a su ventana. Transcurrió una hora. Se sentía más y más feliz a cada momento.

Una especie de temeridad empezaba a invadirle. ¡Qué aire tan maravilloso, y cómo trinaban los pájaros! ¿Y si saliera a dar un paseo? Y entonces, de repente, sin ningún pensamiento secundario, le sobrevino con un dulce sobresalto la idea: ¿y si fuera a verla? Y mientras reprimía en su interior todas sus temerosas prevenciones, cosa que exteriormente se manifestó con una mayor tensión de su musculatura, añadió con determinación jubilosa: ¡voy a ir a verla!

Y se puso su traje negro de los domingos, tomó el sombrero de copa y el bastón y atravesó la ciudad a toda prisa y con la respiración jadeante en dirección al suburbio del sur. Incapaz de ver a nadie, subía y bajaba afanosamente la cabeza a cada paso, dominado por un estado de ausencia y exaltación, hasta que se halló en la Kastanienallee frente al palacete rojo, en cuya entrada se podía leer el nombre del teniente coronel Von Rinnlingen.

12

Una vez allí le acometió un temblor y el corazón le palpitó pesada y convulsivamente en el pecho. Pero atravesó el zaguán y llamó al timbre. Ya estaba decidido y no había vuelta atrás. Que las cosas tomaran su camino, pensó. De pronto percibió un silencio mortal en su interior.

La puerta se abrió, el criado salió a su encuentro en el vestíbulo, tomó su tarjeta de visita y subió a toda prisa con ella por las escaleras, cubiertas de una alfombra roja. El señor Friedemann fijó impertérrito la mirada en ella hasta que el criado regresó y le anunció que la señora le rogaba tuviera la amabilidad de subir.

Una vez arriba, al dejar el bastón junto a la puerta del salón, lanzó una mirada al espejo. Tenía la cara pálida y el pelo pegado a la frente sobre sus ojos enrojecidos. La mano con la que sostenía el sombrero de copa temblaba de forma imparable.

El criado le abrió la puerta y entró. Se encontró en una habitación bastante grande y en penumbra. Las cortinas estaban corridas. A la derecha había un piano de cola y en medio, alrededor de la mesa redonda, se agrupaban unas butacas tapizadas en seda marrón. Sobre el sofá de la pared lateral, en un pesado marco dorado, colgaba un paisaje. El papel de la pared también era oscuro. Detrás, en el mirador, había palmeras.

Transcurrió un minuto antes de que la señora Von Rinnlingen abriera bruscamente la antepuerta derecha y le saliera silenciosamente al encuentro avanzando sobre la gruesa alfombra marrón. Llevaba un vestido de corte sencillo a cuadros rojos y negros. Desde el mirador entraba un haz de luz en el que se veía bailar el polvo y que incidía justo en su pesado cabello cobrizo, de manera que por un instante se iluminó como si fuera de oro. La mujer lo escrutó fijamente con sus singulares ojos y, como siempre, adelantó el labio inferior.

–Distinguida señora –empezó a decir el señor Friedemann, obligado a alzar la mirada hacia ella, pues sólo le llegaba al pecho–, también yo quería venir a ofrecerle mis respetos. Por desgracia, el día en que usted rindió ese honor a mis hermanas yo me hallaba ausente y... lo lamenté sinceramente...

No se le ocurría absolutamente nada más que decir, pero ella seguía ahí de pie, mirándolo implacablemente, como si quisiera obligarlo a seguir hablando. De repente al señor Friedemann se le subió la sangre a la cabeza. «¡Quiere atormentarme y burlarse de mí!», pensó, «¡y me ha descubierto! ¡Cómo tiemblan sus ojos!...» Por fin, la señora Von Rinnlingen dijo con voz muy sonora y clara:

–Es muy amable de su parte que haya venido. También yo lamenté recientemente no haber tenido ocasión de conocerle. ¿Tiene usted la bondad de tomar asiento?

Se sentó cerca de él, apoyó los brazos en la butaca y se reclinó en el respaldo. Él se sentó inclinado hacia delante y con el sombrero entre las rodillas.

–¿Sabe que hace sólo un cuarto de hora sus hermanas todavía estaban aquí? Me han dicho que se había puesto usted enfermo –dijo ella.

–Es verdad –repuso el señor Friedemann–, esta mañana no me sentía bien. Creí que no iba a ser capaz de salir. Ruego disculpe mi retraso.

–Tampoco ahora parece estar muy sano –dijo con gran serenidad y mirándolo sin tapujos–. Está usted pálido y tiene los ojos irritados. ¿Su salud deja que desear, en general?

–Oh... –farfulló el señor Friedemann–, no, en general estoy satisfecho...

–También yo paso mucho tiempo enferma –prosiguió, sin apartar la vista de él–, pero nadie se da cuenta. Soy muy nerviosa y paso por los estados más singulares.

Dicho esto calló, apoyó la barbilla en el pecho y se quedó mirándolo desde abajo, a la expectativa. Pero él no respondió. Se quedó inmóvil, con los ojos muy abiertos e interrogativos fijados en ella. ¡Qué forma tan extraña tenía de hablar, y cómo lo conmovía su voz clara e inconsistente! Su corazón se había serenado. Se sentía como si estuviera viviendo un sueño. La señora Von Rinnlingen volvió a hablar:

–¿Me equivoco o abandonó usted ayer el teatro antes de que terminara la representación?

–Así es, señora.

–Lo lamenté. Era usted un respetuoso vecino de palco,

aunque la representación no fuera buena, o sólo relativamente. ¿Le gusta la música? ¿Toca usted el piano?

–Toco un poco el violín –dijo el señor Friedemann–. Es decir... Casi no sé nada...

–¿Toca usted el violín? –inquirió ella. Entonces desvió de él la mirada y se quedó pensativa.

–En ese caso usted y yo podríamos tocar juntos de vez en cuando –dijo de repente–. Puedo acompañarle un poco. Me encantaría poder encontrar aquí a alguien con quien... ¿Vendrá usted?

–Estaré encantado de quedar a la disposición de la distinguida señora –respondió, todavía como en un sueño.

Se produjo una pausa. Entonces la expresión del rostro de ella cambió de repente. El señor Friedemann vio cómo se transformaba hasta adoptar un rictus cruel y burlón apenas perceptible, cómo sus ojos volvían a mirarlo fijos y escrutadores y con aquel siniestro temblor que habían mostrado en las dos ocasiones anteriores. Se ruborizó intensamente y, sin saber adónde dirigirse, totalmente desconcertado y fuera de sí, hundió la cabeza profundamente entre los hombros y bajó perplejo la mirada a la alfombra. Sin embargo, volvió a sentir, como una tormenta fugaz, la afluencia de aquella ira impotente y dulcemente atormentadora...

Cuando, con desesperada determinación, volvió a alzar la vista, los ojos de la señora Von Rinnlingen ya no estaban fijos en él, sino que miraba tranquilamente por encima de su cabeza en dirección a la puerta. El señor Friedemann logró articular con esfuerzo unas pocas palabras:

–¿Y la señora se siente satisfecha hasta el momento de su estancia en nuestra ciudad?

–Oh –dijo la señora Von Rinnlingen con indiferencia–, sin duda. ¿Por qué no iba a estarlo? Ciertamente me siento un poco limitada y observada, pero... Por cierto –siguió diciendo inmediatamente–, antes de que se me olvide: en los próximos días tenemos pensado recibir a unas cuantas personas, un pequeño círculo informal. Podríamos tocar algo de música, charlar un poco... Además, detrás de la casa tenemos un jardín bastante bonito. Llega hasta el río. En definitiva: usted y sus damas, naturalmente, recibirán una invitación, pero quisiera pedirle ya su asistencia. ¿Nos procurará usted ese placer?

El señor Friedemann acababa de dar las gracias y de asegurar su participación cuando el picaporte fue accionado enérgicamente y el teniente coronel entró en la habitación. Los dos se pusieron en pie y cuando la señora Von Rinnlingen presentó a los dos caballeros, su esposo se inclinó ante el señor Friedemann con la misma cortesía con que lo hizo ante ella. Tenía el rostro moreno reluciente de calor.

Mientras se quitaba los guantes, le dijo algo con su voz fuerte y penetrante al señor Friedemann, quien alzaba la vista hacia él con grandes ojos ausentes, esperando durante todo el rato que le diera una benévola palmadita en la espalda. En cambio, el teniente coronel se volvió hacia su esposa, juntando los tacones e inclinando levemente el torso, y le dijo con voz perceptiblemente amortiguada:

–¿Le has pedido ya al señor Friedemann que nos honre con su presencia en nuestra pequeña reunión, querida? Si te parece bien, he pensado que podríamos celebrarla dentro de ocho días. Espero que el tiempo se mantenga bueno y que podamos salir al jardín.

–Como tú quieras –le respondió la señora Von Rinnlingen, sin mirarlo.

Dos minutos después el señor Friedemann se despidió. Cuando, ya en el umbral, se inclinó por última vez, su mirada tropezó con sus ojos, que descansaban inexpresivos en él.

13

Se fue, pero no regresó a la ciudad, sino que, sin quererlo, tomó un camino que se bifurcaba de la avenida y que llevaba hasta la antigua muralla de la fortificación, junto al río. Allí había parques bien cuidados, bancos y senderos a la sombra.

Caminaba ausente y con rapidez, sin alzar la vista. Sentía un calor insoportable y notaba una llamarada que subía y bajaba en su interior. Su fatigada cabeza le palpitaba implacablemente...

¿No continuaba fija en él esa mirada? Pero no la del último instante, vacía e inexpresiva, sino la anterior, dotada de esa temblorosa crueldad, y eso a pesar de que momentos antes ella aún se había dirigido a él con aquella calma singular. Ay, ¿acaso disfrutaba haciéndole sentir impotencia y dejándolo fuera de sí? Si es que se había dado cuenta de lo que le estaba pasando, ¿no podía tener un poco de compasión?...

Había estado caminando por la orilla del río, junto al

muro cubierto de hiedra, y se sentó en un banco rodeado de un semicírculo de matojos de jazmín. A su alrededor todo estaba sumido en un perfume dulce y sofocante. El sol incubaba frente a él las aguas estremecidas.

¡Qué cansado y rendido se sentía, y con qué atormentadora agitación bullía todo en su interior! ¿No sería mejor echar una última mirada a su alrededor y descender hasta las aguas mansas para, tras un breve sufrimiento, verse liberado y redimido en la paz del más allá? ¡Paz, paz era lo único que deseaba! Pero no una paz en medio de la nada vacía y sorda, sino una paz de serena dulzura, llena de reflexiones tranquilas y buenas.

En ese instante, todo su tierno amor por la vida recorrió su cuerpo con un estremecimiento, al igual que una nostalgia profunda por su felicidad perdida. Pero entonces miró a su alrededor, a la serenidad silenciosa e infinitamente indiferente de la naturaleza, vio cómo el río seguía su camino bajo el sol, la hierba se movía temblorosa y las flores continuaban allí donde habían florecido para marchitarse después y ser arrastradas por el viento, vio cómo todo, absolutamente todo, se inclinaba con muda sumisión a la existencia... Y de pronto le sobrevino ese sentimiento de simpatía y aprobación para con la necesidad que a veces puede concedernos una especie de superioridad sobre cualquier destino.

Recordó aquella tarde del día en que cumplió treinta años, cuando, en feliz posesión de la paz, carente de todo temor y esperanza, había creído vislumbrar lo que iba a ser el resto de su vida. En aquel entonces no había visto ninguna luz ni ninguna sombra en ella, sino que todo se extendía ante su imaginación sumido en una dulce penumbra, hasta que ahí detrás, de forma casi imperceptible, terminaba por disolverse en la oscuridad. Aquel día había salido al encuentro de los años que todavía estaban por venir con una sonrisa de superioridad. ¿Cuánto hacía de eso?

Pero entonces había venido aquella mujer. Tenía que ser así, era su destino, ella misma era su destino, ¡sólo ella! ¿Acaso no lo sintió así desde el primer instante? Pero había venido y, por mucho que tratara de defender su paz, por su causa había tenido que rebelarse en su interior todo lo que había estado reprimiendo desde su juventud porque sabía que para él sólo iba a significar tormento y perdición. ¡Se había apoderado de su ser con una violencia espantosa e irresistible y lo estaba aniquilando!

Lo estaba aniquilando, de eso se daba buena cuenta. Pero ¿para qué seguir luchando y atormentándose? ¡Que todo siga su curso! Él continuaría avanzando por su camino, cerrando los ojos al insondable abismo que se abría a sus espaldas, obediente al destino, obediente al poder sobrehumano y de mortificante dulzura al que nadie es capaz de escapar.

El agua centelleaba, el jazmín emitía su perfume intenso y sofocante, los pájaros trinaban por doquier en las copas de los árboles, entre las que resplandecía un cielo pesado y de aterciopelado azul. El pequeño y jorobado señor Friedemann, sin embargo, aún pasó mucho tiempo sentado en su banco. Estaba inclinado hacia delante y apoyaba la frente en ambas manos.

14

Todos estuvieron de acuerdo en que las reuniones de los Rinnlingen eran de lo más ameno. Había unas treinta personas sentadas a la larga mesa, decorada con un gusto excelente, que atravesaba el amplio comedor. El criado y dos camareros de alquiler ya corrían de un lado a otro con el helado. El sonido de los cubiertos y de los platos y un cálido vaho de viandas y de perfumes dominaban la estancia. Se habían reunido aquí comerciantes al por mayor bonachones con sus esposas e hijas, además de prácticamente todos los oficiales de la guarnición, un médico anciano muy apreciado, un par de juristas y todos aquellos que aún pudieran contarse entre los círculos distinguidos. También había venido un estudiante de matemáticas, sobrino del teniente coronel, que estaba de visita en casa de sus parientes. Mantenía conversaciones de profundidad extrema con la señorita Hagenström, que tenía su asiento enfrente del señor Friedemann.

A éste le había correspondido sentarse sobre un bonito cojín de terciopelo en el extremo opuesto de la mesa junto a la esposa, no especialmente guapa, del director del instituto y no muy lejos de la señora Von Rinnlingen, que había sido conducida a la mesa por el cónsul Stephens. Era sorprendente el cambio que en aquellos ocho días se había producido en el pequeño señor Friedemann. Es posible que su alarmante palidez se debiera en parte a la blanca luz incandescente de gas que inundaba la sala, pero también tenía las mejillas hundidas, mientras que sus ojos enrojecidos y rodeados de sombras oscuras mostraban un fulgor indeciblemente triste y su figura parecía más contrahecha que nunca. Bebía mucho vino mientras dirigía de vez en cuando alguna palabra a su vecina de mesa.

En el transcurso de la cena la señora Von Rinnlingen aún no había intercambiado ninguna palabra con el señor Friedemann. Sin embargo, ahora se inclinó un poco hacia delante y exclamó, dirigiéndose a él:

–He estado esperándole en vano todos estos días, a usted y a su violín.

Él la miró unos instantes con ojos completamente ausente antes de responder. Llevaba un vestido de gala claro y ligero que dejaba al descubierto su blanco cuello y una rosa Maréchal-Niel en plena floración prendida en su luminoso cabello. Esa noche se había puesto algo de carmín en las mejillas, pero en las comisuras de sus ojos, como siempre, se percibían unas sombras azuladas.

El señor Friedemann bajó la vista a su plato y dijo cualquier cosa a modo de respuesta, a lo que tuvo que responderle a la esposa del director de instituto la pregunta de si le gustaba Beethoven. Pero en ese mismo instante el teniente coronel, que estaba en la otra punta de la mesa, lanzó una mirada a su esposa, dio un sonoro golpecito a su copa y dijo:

–Señoras y señores, les sugiero que pasemos a la otra habitación para tomar el café. Por lo demás, creo que esta noche tampoco estaríamos nada mal en el jardín, por lo que si alguno de ustedes quiere salir a tomar un poco el aire, estaré con él.

Movido por su sentido del tacto, el subteniente Von Deidesheim dijo algo gracioso para romper el silencio que se había producido, de manera que todo el mundo terminó por ponerse en pie entre risas alegres. El señor Friedemann fue uno de los últimos en abandonar la sala con su dama, a la que acompañó a través de la habitación decorada al estilo antiguo alemán, en la que algunos invitados ya habían empezado a fumar, hasta llegar al acogedor saloncito en penumbra, donde se despidió de ella.

Iba cuidadosamente vestido. Su frac era irreprochable, su camisa de un blanco inmaculado y sus pies, delgados y bien formados, estaban embutidos en zapatos de charol. De vez en cuando se podía ver que llevaba calcetines rojos de seda.

Miró desde el vestíbulo y vio que algunos nutridos grupos ya empezaban a bajar las escaleras que conducían al jardín. Pero él se sentó con su puro y su café en la puerta de la habitación en estilo antiguo alemán en la que algunos señores se habían reunido a hablar y se quedó mirando el saloncito desde allí.

Justo a la derecha de la puerta, en torno a una mesilla, había un círculo de invitados cuyo centro de atención estaba constituido por el estudiante, que hablaba con vehemencia. Había planteado la afirmación de que es posible trazar más de una paralela a través de un punto, a lo que la señora del abogado Hagenström exclamó:

−¡Eso es imposible!−, a lo que él se lo demostró de forma tan contundente que todos simularon haberlo comprendido.

Al fondo de la habitación, sin embargo, acomodada en la otomana junto a la que lucía una lamparita baja de pantalla roja, conversando con la joven señorita Stephens, estaba Gerda von Rinnlingen. Se había reclinado un poco en el cojín de seda amarilla, con un pie apoyado en el otro, y fumaba con gran lentitud un cigarrillo, expulsando el humo por la nariz y dejando asomar el labio inferior. Sentada frente a ella, la señorita Stephens estaba erguida como una talla de madera y le respondía con una sonrisa temerosa.

Nadie se fijaba en el pequeño señor Friedemann, y nadie se daba cuenta de que tenía los grandes ojos fijos de continuo en la señora Von Rinnlingen. Sentado con laxitud, no cesaba de mirarla. En su mirada no había nada de pasión, y apenas de dolor. Había en ella algo de embotamiento y de muerte, una entrega sorda, exánime y ajena a toda voluntad.

Así transcurrieron unos diez minutos. Entonces la señora Von Rinnlingen se puso en pie de repente y, sin mirarlo, como si lo hubiera estado observando en secreto durante todo aquel tiempo, se encaminó hacia él y se detuvo a un paso de distancia. Él se puso en pie, alzó la vista hasta ella y percibió las palabras:

—¿Le apetecería acompañarme al jardín, señor Friedemann?

Y él respondió:

—Será un placer, señora mía.

15

–¿Aún no ha visto nuestro jardín? –le dijo todavía en las escaleras–. Es bastante grande. Espero que aún no haya demasiada gente. Me gustaría tomar un poco el aire. Me ha entrado dolor de cabeza durante la cena. Quizá ese vino tinto fuera demasiado fuerte... Por aquí, tenemos que salir por esta puerta.

Era una puerta acristalada a través de la cual se accedía desde el zaguán a un vestíbulo pequeño y frío. Un par de escalones conducían entonces al exterior.

En aquella noche maravillosamente clara y cálida brotaba perfume desde todos los parterres. La luz de la luna bañaba el jardín y los invitados, charlando y fumando, iban paseando por los blancos y luminosos senderos de grava. Un grupo se había reunido en torno a la fuente, donde el anciano y apreciado médico fletaba barquitos de papel entre risas generalizadas.

La señora Von Rinnlingen pasó de largo con una leve inclinación de cabeza y señaló a lo lejos, donde el primoroso y perfumado jardín se oscurecía hasta desembocar en el parque.

–Bajemos por la avenida central –dijo ella.

En la entrada había dos obeliscos anchos y bajos.

Al fondo, al final de la recta avenida flanqueada por castaños, vieron relumbrar el río en tonos verdosos y centelleantes bajo la luz de la luna. A su alrededor estaba oscuro y hacía fresco. Aquí y allá se bifurcaba un camino secundario que seguramente también conducía hasta el río trazando un arco. Ninguno de los dos dijo nada durante un buen rato.

–Allí, junto al agua –dijo ella–, hay un bonito lugar en el que ya he estado muchas veces. Ahí podremos charlar un rato. Mire, de vez en cuando se ve brillar una estrella entre las hojas.

Él no respondió y contempló la superficie verde y centelleante a la que se estaban acercando. Se podía vislumbrar la fortificación en la otra orilla. Cuando abandonaron la avenida y salieron al césped que, en una leve pendiente, descendía hasta el río, la señora Von Rinnlingen dijo:

–Ahí, un poco hacia la derecha, está nuestro lugar. Mire, no hay nadie.

El banco en el que tomaron asiento estaba a seis pasos de la avenida, casi tocando el parque. Aquí hacía más calor que entre los anchos árboles. Los grillos cantaban en la hierba, que a ras del agua se transformaba en un fino cañaveral. El río iluminado por la luna desprendía una luz tenue.

Los dos permanecieron un rato en silencio, mirando el agua. Pero entonces él atendió conmocionado, pues ese mismo tono de voz que había percibido una semana antes, ese tono bajo, reflexivo y suave, estaba sonando para afectarlo de nuevo:

–¿Desde cuándo tiene usted ese defecto, señor Friedemann? –inquirió ella–. ¿Es de nacimiento?

Él tragó saliva, pues tenía la garganta como amordazada. Entonces respondió obedientemente en voz baja:

–No, señora. Alguien me dejó caer al suelo cuando era muy pequeño. Viene de ahí.

–¿Y qué edad tiene usted ahora? –siguió preguntando.

–Treinta años, señora.

–Treinta años... –repitió–. ¿Y no ha sido usted feliz, en estos treinta años?

El señor Friedemann negó con la cabeza; sus labios le temblaban.

–No –respondió–. Todo fue engaño y mentira.

–¿Así que llegó a creer que era feliz? –preguntó.

–Lo he intentado –repuso él, y ella replicó:

–Eso denota valor.

Transcurrió un minuto. Sólo cantaban los grillos y, tras ellos, susurraban muy levemente las copas de los árboles.

–Yo entiendo un poco de infelicidad –dijo ella entonces–. Las noches de verano junto al agua, como ésta, son ideales para eso.

Él no respondió, sino que con un débil gesto señaló la otra orilla, pacíficamente trazada en la oscuridad.

–Ahí estuve sentado hace poco –dijo él.

–¿Al salir de mi casa? –preguntó ella.

Él se limitó a asentir.

Pero entonces un temblor repentino le hizo impulsarse de su asiento. Sollozó y emitió un sonido –un gemido que, sin embargo, también tenía algo de redención–, y se deslizó poco a poco frente a ella hasta dar en el suelo. Había rozado con su mano la suya, que ella había tenido apoyada en el banco a su lado, y, mientras la sostenía, mientras tomaba también la otra, mientras este hombre pequeño y completamente contrahecho se arrodillaba ante ella entre temblores y sollozos y apretaba el rostro contra su regazo, murmuró con voz jadeante e inhumana:

–Pero si ya lo sabe... Déjeme... No puedo más... Dios mío... Dios mío...

Ella no lo rechazó, pero tampoco se inclinó hacia él. Continuó erguida, con el torso un poco apartado, mientras sus ojos pequeños y muy juntos, en los que parecía reflejarse el brillo húmedo del agua, miraban rígidos y tensos al vacío, por encima de él, a lo lejos.

Y entonces, de repente, con un impulso, con una carcajada breve, altiva y llena de desdén, arrancó sus manos de los dedos calientes que las sostenían, lo agarró del brazo, lo impulsó hacia un lado hasta hacerle caer al suelo, se levantó de un salto y desapareció por la avenida.

Él quedó allí tendido, el rostro contra la hierba, aturdido, fuera de sí, mientras un estremecimiento convulsivo sacudía su cuerpo a cada instante. Se incorporó, dio dos pasos y volvió a caer al suelo. Estaba rozando el agua.

¿Qué se le pasaría por la cabeza para hacer lo que finalmente hizo? Tal vez fuera ese mismo odio voluptuoso que había sentido cuando ella lo humillaba con sus miradas el que ahora, cuando yacía en el suelo tras haber sido tratado como un perro, degeneró hasta convertirse en una furia delirante a la que tenía que abrir paso, aunque fuera en contra de sí mismo... O tal vez fuera una repugnancia por su propia persona la que lo invadió con el ansia de destruirse, de desgarrarse en pedazos, de extinguirse...

Tumbado de bruces, se impulsó un poco más hacia delante, levantó el torso y lo dejó caer en el agua. No volvió a levantar la cabeza. Ni siquiera movió las piernas, que todavía yacían en la orilla.

Al sonar el chapoteo, los grillos enmudecieron por un momento. Después su canto arrancó de nuevo, el parque siguió emitiendo sus leves susurros y, desde lo alto de la prolongada avenida, llegaba el eco amortiguado de las risas.

El payaso

(1897)

Después de todo eso y, de hecho, como única salida digna, es tan sólo el asco, el asco que me causa la vida –mi vida–, el asco que me suscita «todo eso», este asco que me ahoga, me incorpora de golpe y me sacude para después lanzarme de nuevo contra el suelo, el único que quizá algún día, más tarde o más temprano, me dé el impulso necesario para cortar por las buenas con todo este asunto ridículo y despreciable y largarme con viento fresco de este mundo. Con todo, es muy posible que todavía lo alargue este mes y el siguiente, que continúe comiendo, durmiendo y entreteniéndome durante un trimestre o un semestre más, de la misma manera mecánica, regulada y tranquila en la que ha transcurrido exteriormente mi vida durante este invierno y que ha constituido una contradicción tan terrible con el asolador proceso de disolución que se estaba desarrollando en mi interior. ¿No da la impresión de que las vivencias interiores de un ser humano son tanto más intensas y corrosivas cuanto menos comprometida, más ajena al mundo y más sosegada sea su vida de cara al exterior? Y es que no queda más remedio: hay que vivir. Y cuando te resistes a ser un hombre de acción y te retiras a la más pacífica soledad, las vicisitudes de la existencia te acometerán interiormente y vas a tener que medir con ellas tu carácter, ya seas un héroe o un necio.

Me he hecho con este pulcro cuaderno para contar en él mi «historia»: ¿y para qué? ¿Quizá por tener algo que hacer? ¿Por deleitarme en el psicologismo, quizá, y encontrar algún alivio en la supuesta necesidad que lo ha impulsado todo? ¡La necesidad siempre es tan consoladora! ¿Quizá también para, en ciertos instantes, adquirir una especie de superioridad sobre mí mismo y disfrutar de algo vagamente parecido a la indiferencia? Y es que la indiferencia, bien lo sé, vendría a ser una especie de felicidad...

1

Queda tan lejos de todo esa pequeña y vieja ciudad con sus calles estrechas y angulosas y sus casas con frontón, sus iglesias góticas y sus fuentes, sus personas trabajadoras, honradas y sencillas, y la gran casa patricia descolorida por el tiempo en la que yo crecí...

La casa estaba en pleno centro de la ciudad y había sobrevivido a cuatro generaciones de comerciantes adinerados y respetables. «Ora et labora» ponía encima de la puerta de la casa, y cuando uno había subido la escalera desde el espacioso zaguán de piedra rodeado en el piso superior por una galería de madera pintada de blanco, aún tenía que recorrer un extenso rellano y una pequeña y oscura columnata para, a través de las puertas altas y blancas, acceder al salón en el que se hallaba mi madre tocando el piano.

Estaba en penumbra, ya que unos pesados cortinajes granates cubrían las ventanas. Y los dioses blancos del papel de las paredes parecían sobresalir plásticamente de su fondo azul y escuchar el arranque pesado y profundo de un *Nocturno* de Chopin que ella apreciaba por encima de todo y que siempre tocaba muy despacio, como para disfrutar de la melancolía de cada uno de sus acordes. El piano era viejo y había perdido sonoridad, pero gracias al pedal suave que velaba los agudos como si fueran de plata vieja podían lograrse los efectos más singulares.

Yo me quedaba sentado en el sólido sofá de damasco de respaldo rígido, escuchando y contemplando embelesado a mi madre. Era de constitución pequeña y delicada y solía llevar un vestido de tela suave y de color gris perla. Su rostro delgado no era bello, pero por debajo del ondulado cabello peinado hacia los lados, de un rubio tímido, asomaba una carita de niña, sosegada, delicada y soñadora, y cuando tocaba el piano, la cabeza ligeramente ladeada, parecía uno de esos ángeles diminutos y conmovedores que los cuadros antiguos muestran a los pies de la Virgen, esforzándose con la guitarra.

Cuando era pequeño solía contarme, con su voz baja y discreta, unos cuentos que no conocía nadie más. O bien se limitaba a apoyar las manos en mi cabeza, que tenía reclinada en su regazo, y permanecía sentada así, inmóvil y en silencio. Creo que aquéllas fueron las horas más felices y sosegadas de toda mi existencia. Su cabello no encanecía y me daba la impresión de que no se hacía vieja. Tan sólo su constitución se iba volviendo cada vez más delicada, y su rostro más delgado, sereno y soñador.

Mi padre, en cambio, era un caballero alto y fornido vestido con una chaqueta de paño negra y chaleco blanco sobre el que le colgaban unos quevedos de montura dorada. De entre sus patillas cortas y grises emergía, redonda y fuerte, la barbilla, rasurada como el labio superior, y entre las cejas siempre se le marcaban dos surcos profundos y verticales. Era un hombre poderoso de gran influencia en los asuntos públicos. He visto a gente salir con la respiración jadeante y los ojos relucientes de un encuentro con él, y otra humillada y desesperada, pues a veces ocurría que yo, y probablemente también mi madre y mis dos hermanas mayores, asistíamos a tales escenas. Quizá porque mi padre quería insuflarme la ambición de llegar en la vida tan lejos como él. Aunque presumo que quizá también porque necesitaba tener su público. Su peculiar manera de seguir con la mirada a la persona agraciada o defraudada, reclinado en la silla y con una mano bajo la solapa, hizo que ya de niño albergara esta sospecha.

Yo, por mi parte, me quedaba sentado en un rincón, contemplando a mi padre y a mi madre como si estuviera escogiendo entre los dos y me planteara si la vida se vive mejor con la ensoñación de los sentidos o con la acción y el poder. Con todo, mi mirada siempre terminaba por posarse en el rostro sereno de mi madre.

2

No es que yo hubiera sido como ella por lo que respecta a la exteriorización de mi carácter, pues desde luego mis actividades lo eran todo menos discretas y silenciosas. Me viene a la cabeza una de ellas, que para mí era preferible a cualquier clase de trato con camaradas de mi edad y con sus formas de jugar y de apasionarse, y que incluso ahora, que ya cuento treinta años, me sigue llenando de alegría y de placer.

Me refiero a un teatro de marionetas grande y bien equipado con el que me encerraba completamente solo en mi cuarto para representar en él los más extraordinarios dramas musicales. Para este fin mi habitación, situada en el segundo piso y en la que colgaban los retratos de dos antepasados con barbas a lo Wallenstein, había sido oscurecida, quedando iluminada únicamente por una lámpara colocada al lado del teatrillo, pues la iluminación artificial me parecía imprescindible para acentuar la atmósfera. Yo tomaba asiento justo delante del escenario, pues era el director de orquesta, y mi mano izquierda descansaba sobre una gran caja redonda de cartón que constituía el único instrumento visible.

Entonces salían a escena los artistas que participaban en la obra y que yo mismo había dibujado con plumilla, recortado y provisto de listones de madera para que pudieran tenerse de pie. Eran caballeros con abrigo y sombreros de copa y damas de extraordinaria belleza.

–¡Buenas noches –decía yo–, señoras y señores! ¿Están

ustedes bien? Hoy he venido pronto, pues todavía tenía que hacer algunos preparativos... Pero ya debe de ser hora de que me vaya a los camerinos.

Y los artistas se iban a los camerinos situados detrás del escenario para regresar muy pronto completamente transformados en abigarrados personajes teatrales para, a través del agujero que yo había recortado en el telón, interesarse por el nivel de ocupación de la sala aquella noche. Y el caso es que la sala no andaba nada escasa de público; yo mismo me daba con el timbre la señal del inicio de la representación, a lo que alzaba la batuta y me quedaba disfrutando por unos instantes del gran silencio que suscitaba este gesto. Sin embargo, a un nuevo movimiento mío, pronto empezaba a resonar el sordo y sugerente fragor de los tambores que constituía el arranque de la obertura y que yo ejecutaba con la mano izquierda golpeando la caja de cartón. Entonces entraban las trompetas, los clarinetes y las flautas, cuyo carácter tonal yo imitaba incomparablemente con la boca, y la música proseguía hasta que un poderoso *crescendo* hacía subir el telón y se iniciaba el drama en algún bosque oscuro o en una sala suntuosa.

Yo ya había estructurado previamente el drama en la imaginación, pero había que improvisar una a una todas las escenas, y todo lo que sonaba como si fueran cantos dulces y apasionados, acompañados por los silbantes clarinetes y la retumbante caja de cartón, eran versos extraños y grandilocuentes llenos de palabras grandes y audaces que a veces incluso rimaban, aunque raramente expresaran un contenido inteligible. Sin embargo, la ópera seguía su curso mientras yo golpeaba el tambor con la mano izquierda, cantaba y tocaba con la boca y no sólo dirigía las figuras de la representación por medio de la mano derecha con la mayor atención, sino también todo lo demás, de manera que al final de cada acto resonaba un aplauso entusiasta, el telón tenía que subirse una y otra vez, y a veces incluso era necesario que el director de orquesta se diera la vuelta sobre su asiento y manifestara su agradecimiento a la habitación vacía con expresión simultáneamente orgullosa y halagada.

Ciertamente, cada vez que, al cerrar mi teatrillo después de una de estas agotadoras representaciones, notaba que me ardía la cabeza, me sentía invadido por una fatiga feliz, como la que debe de experimentar un gran artista que culmina triunfante una obra en la que ha puesto lo mejor de su talento.

Este juego siguió siendo mi ocupación favorita hasta los trece o catorce años.

3

¿Cómo debieron de transcurrir mi infancia y mi adolescencia en esta casona en cuyas estancias inferiores mi padre dirigía sus negocios, mientras arriba mi madre se perdía en ensoñaciones en alguna butaca o tocaba queda y reflexivamente el piano al tiempo que mis dos hermanas, dos y tres años mayores que yo, trajinaban en la cocina y en los armarios de la ropa? Recuerdo bien poca cosa.

Lo que sí sé todavía es que yo era un chico increíblemente alegre que sabía ganarse el respeto y el aprecio de sus compañeros de colegio gracias a su procedencia privilegiada, a su modélica capacidad para imitar a los maestros y para realizar mil pequeñas actuaciones distintas y por emplear una forma en cierto modo más refinada de expresión. Las clases, sin embargo, me iban mal, pues estaba demasiado ocupado en encontrarle el lado cómico a los movimientos del maestro como para poder prestarle atención a lo demás, y en casa tenía la cabeza demasiado llena de versos, temas operísticos y toda clase de necedades como para haberme hallado seriamente en situación de trabajar.

–¡Bah! –dijo mi padre, cuyos surcos del entrecejo se volvían más profundos después de que le hubiera llevado al salón mi boletín de notas y él, con la mano bajo la solapa, hubiera leído el papel–. Desde luego, me das bien pocas alegrías. ¿Se puede saber qué va a ser de ti, si tienes la bondad de decírmelo? En esta vida nunca vas a destacar en nada...

Eso me dejaba apesadumbrado. Con todo, no impedía que después de la cena ya les estuviera leyendo en voz alta a mis padres y hermanas un poema que había estado escribiendo durante la tarde. Mi padre se reía tanto que los quevedos le saltaban de un lado a otro sobre el chaleco blanco.

–¡Menudas majaderías! –exclamaba una y otra vez.

Pero mi madre me atraía a su lado, me apartaba el pelo de la frente y decía:

–No está mal, hijo mío. Yo creo que tiene un par de momentos muy bonitos.

Más adelante, cuando ya fui un poco mayor, aprendí por

mi propia cuenta una manera peculiar de tocar el piano. Empezaba por pulsar los acordes en fa sostenido mayor, pues me atraían especialmente las teclas negras; a partir de ahí me buscaba transiciones hacia los restantes modos, y, poco a poco, dado que me pasaba largas horas sentado al piano, logré alcanzar cierta habilidad en los pasos que, ejecutados sin ritmo ni melodía, llevaban de una armonía a otra, al tiempo que les imprimía a estas místicas alternancias toda la expresión de que era capaz.

Mi madre decía:

–Tiene una forma de tocar que denota buen gusto.

Y se ocupó de que recibiera clases, a las que sólo asistí durante medio año, pues realmente eso de aprender la posición de los dedos o el ritmo pertinente no era lo mío.

En fin, los años fueron pasando y, a pesar de las preocupaciones que me ocasionaba la escuela, fui creciendo como un chico muy alegre. Me desenvolvía felizmente y era muy apreciado en el círculo de mis conocidos y parientes, y me mostraba hábil y encantador sólo por el placer de hacerme el agradable, a pesar de que empezaba a despreciar por puro instinto a toda aquella gente seca y carente de fantasía.

4

Una tarde, cuando tendría unos dieciocho años y me hallaba en el umbral de uno de los cursos superiores, espié una breve conversación que mantuvieron mis padres, sentados a la mesilla redonda del salón sin saber que yo estaba tum-

bado sin hacer nada en el alféizar de la ventana del comedor contiguo, contemplando el pálido cielo que asomaba
por encima de las casas con frontón. En cuanto oí mencionar mi nombre me acerqué en silencio a la gran puerta de
dos batientes que se había quedado entreabierta.

Mi padre estaba reclinado en su sillón, con las piernas
cruzadas, mientras sostenía con una mano el informe bur-
sátil sobre el regazo y con la otra se acariciaba lentamente
la barbilla que le asomaba entre las patillas. Mi madre estaba sentada en el sofá con su sereno rostro inclinado sobre
una labor de bordado. Había una lámpara prendida entre
los dos.

Mi padre dijo:

—En mi opinión debemos sacarlo pronto de la escuela y
ponerlo como aprendiz en un negocio de envergadura.

—¡Oh! —dijo mi madre muy afligida, alzando la vista—.
¡A un niño de tanto talento!

Mi padre guardó silencio un instante mientras se soplaba cuidadosamente una mota de polvo de la chaqueta. Después se encogió de hombros, extendió los brazos mostrán-
dole a mi madre las dos palmas y dijo:

—Si es que presupones, querida, que para la actividad de
comerciante no hace falta ninguna clase de talento, estás
muy equivocada. Por otra parte, el chico nunca llegará a
nada en la escuela, tal y como, para mi desgracia, me veo
obligado a reconocer cada vez con mayor claridad. Ese
talento suyo del que me hablas es como el de un payaso, a
lo que me apresuro a añadir que no menosprecio de ningún modo esta clase de cosas. El chico sabe ser encantador

cuando quiere, es capaz de tratar con la gente, de divertir-
la y halagarla, siente la necesidad de caer bien y de alcanzar
éxitos. Más de uno ha hecho fortuna con esta clase de capacidades y, en vistas de su indiferencia general por todo, creo
que con ellas resulta relativamente adecuado para convertirse en un comerciante de altura.

Dicho esto mi padre se reclinó de nuevo con satisfacción, sacó un cigarrillo del estuche y lo encendió lentamente.

–Seguramente tienes razón –dijo mi madre, mirando
melancólicamente a su alrededor–. Sólo que muchas veces
he creído y, en cierto modo, he esperado que alguna vez llegara a convertirse en artista... Es verdad que a su talento
musical, que se ha quedado a medio formar, no podemos
atribuirle mucha importancia. Pero ¿te has dado cuenta de
que últimamente, desde que visitó aquella pequeña exposición artística, se dedica un poco a dibujar? Creo que lo que
hace no está nada mal, me da la impresión...

Mi padre expulsó el humo, se acomodó en el sillón y
replicó brevemente:

–Todo eso son payasadas y criaturadas. Por lo demás, lo
mejor será que le preguntemos directamente a él por sus
deseos.

Pues bien, ¿qué deseos iba a tener yo? La perspectiva de
provocar un cambio en mi vida exterior me animó mucho,
así que me declaré dispuesto, con cara muy seria, a dejar la
escuela para hacerme comerciante y terminé entrando
como aprendiz en el gran comercio de maderas del señor
Schlievogt, abajo, junto al río.

5

Fue un cambio que se desarrolló totalmente de cara al exterior, claro está. Mi interés por el gran comercio de maderas del señor Schlievogt era extremadamente escaso, y sentado en mi silla giratoria bajo la luz de gas en una oficina estrecha y oscura me sentía tan extraño y ausente como meses antes en el banco de la escuela. Pero tenía menos preocupaciones: ahí estaba la diferencia.

El señor Schlievogt, un hombre obeso de cara enrojecida y una barba gris y dura de barquero, se ocupaba poco de mí, pues la mayor parte del tiempo la pasaba en el aserradero, que quedaba bastante lejos de las oficinas y del almacén, y los empleados del negocio me trataban con respeto. Por mi parte sólo mantenía trato amistoso con uno de ellos, un joven alegre, de talento y de buena familia al que ya había conocido en la escuela y que, por cierto, se llamaba Schilling. Enseguida se unió a mí para burlarse de todo el mundo, aunque manifestaba un vivo interés por el comercio de maderas y ningún día dejaba de expresar su propósito de convertirse, de un modo u otro, en un hombre rico.

Yo, en cambio, resolvía mecánicamente mis cometidos indispensables con el fin de pasar el resto del tiempo deambulando en el almacén entre las pilas de tablones y los operarios, contemplando el río a través de la elevada reja de madera, viendo pasar de vez en cuando un tren de mercancías por la otra orilla y, mientras tanto, pensar en una representación teatral o en un concierto al que hubiera asistido o en un libro que estuviera leyendo.

Leía mucho, leía todo lo que tenía a mano, y resulté ser una criatura altamente impresionable. Me parecía comprender sentimentalmente a cada personalidad literaria, me identificaba con ella y pasaba el tiempo necesario pensando y sintiendo en el estilo del libro hasta que otro más venía a ejercer en mí una nueva influencia. A partir de entonces, cuando pasaba el tiempo en mi habitación, la misma en la que antaño montara mi teatrillo de marionetas, lo hacía sentado con un libro en las rodillas mientras contemplaba los retratos de mis dos antepasados para paladear en mi interior el tono del lenguaje al que me estaba entregando, mientras me invadía un caos estéril de reflexiones a medias y de visiones fantasiosas...

Mis hermanas se habían casado una tras otra y yo, cuando no estaba trabajando, bajaba a menudo al salón, donde mi madre, algo enfermiza y de rostro cada vez más infantil y sereno, solía quedarse completamente sola. Después de que ella me hubiera tocado a Chopin y yo le hubiera mostrado mi nueva ocurrencia para una ligadura de armonías, me preguntaba a veces si me sentía satisfecho con mi profesión y si era feliz... Y sí, no hay duda de que yo era feliz.

No tenía mucho más de veinte años, mi situación vital lo era todo menos provisional, y me había familiarizado con la idea de que ni siquiera tenía la obligación de pasarme toda la vida en el negocio del señor Schlievogt o en un comercio maderero de envergadura aún mayor, sino que algún día podría librarme de todo para abandonar aquella ciudad con sus casas de frontón y seguir mis inclinaciones en cualquier otro lugar del mundo: leer novelas buenas y escritas

con refinamiento, ir al teatro, tocar un poco de música...
¿Feliz? Pero comía estupendamente, iba inmejorablemente
vestido, y ya muy pronto –quizá durante mis años de escolar, por ejemplo, cuando veía cómo compañeros pobres y
mal vestidos solían encogerse frente a mí y a mis iguales y
reconocernos de buen grado, con una especie de halaga-
dora timidez, como los señores y los que marcan el tono–
había adquirido alegre conciencia de que yo formaba parte
de los superiores, de los ricos y de los envidiados, que resulta que tienen el derecho de bajar la mirada con benevolente desdén hacia los pobres, los infelices y los envidiosos.
¿Cómo no iba a ser feliz? Que todo siguiera su curso. Para
empezar, tenía su encanto sentirse extraño, superior y alegre entre todos aquellos familiares y conocidos de cuya
estrechez de miras me burlaba, al tiempo que, por el puro
placer de agradar, salía a su encuentro con hábil amabilidad, regodeándome de buen grado en el confuso respeto
por mi existencia y por mi forma de ser que todos me mani-
festaban, ya que, aun sin estar del todo seguros, creían ver
en ellas algo de rebeldía y de extravagancia.

6

Empezó a producirse una transformación en mi padre.
Cuando se sentaba a la mesa a las cuatro, los surcos del
entrecejo se le hundían más a cada día que pasaba, y ya no
se metía la mano bajo la solapa de la americana con gesto
imponente, sino que mostraba una actitud reprimida, nerviosa y tímida. Un día me dijo:

–Eres lo bastante mayor para compartir conmigo las preocupaciones que me están minando la salud. Por lo demás,
tengo el deber de dártelas a conocer para que no te entre-
gues a falsas esperanzas por lo que respecta a tu situación
futura. Sabes que los matrimonios de tus hermanas nos han
exigido unos sacrificios considerables. En los últimos tiempos la empresa ha sufrido graves pérdidas, las suficientes
para reducir considerablemente nuestro patrimonio. Soy
un hombre viejo, me siento desanimado y no creo que sea
posible cambiar gran cosa en esta situación. Te ruego tomes
nota de que en el futuro vas a tener que depender de ti
mismo...

Pronunció estas palabras unos dos meses antes de su
muerte. Un día alguien lo encontró maciliento, paralizado
y balbuceante en la butaca de su despacho privado y una
semana después la ciudad entera acudía a su entierro.

Mi madre, delicada y silenciosa, solía quedarse sentada
en el sofá frente a la mesita redonda del salón, normalmente con los ojos cerrados. Cuando mis hermanas y yo
nos ocupábamos de ella podía ser que nos sonriera ocasionalmente y asintiera con la cabeza, pero después seguía
callada e inmóvil, las manos entrelazadas en el regazo, contemplando con ojos muy abiertos y la mirada extraña y triste a uno de los dioses del papel pintado. Cuando llegaron
los señores de levita para rendir cuentas sobre el desarrollo
de la liquidación de bienes, también se limitó a asentir y
después volvió a cerrar los ojos.

Ya nunca tocaba a Chopin, y cuando de vez en cuando me
acariciaba silenciosamente la cabeza, su mano pálida, delica-

da y fatigada temblaba perceptiblemente. Apenas un año después de la muerte de mi padre se fue a la cama y murió, sin una queja, sin la menor lucha por seguir viviendo...

Todo eso por fin había terminado. ¿Qué me retenía ya en aquel lugar? Los negocios habían sido liquidados. Bien o mal, el caso es que la parte de la herencia que me había correspondido era de unos cien mil marcos, y eso bastaba para independizarme de todo el mundo. Tanto más cuanto que, por algún motivo sin importancia, me habían declarado no apto para el servicio militar.

Nada me seguía vinculando ya con aquellas gentes entre las que había crecido, que me contemplaban con extrañeza y asombro crecientes y cuya concepción de la vida era demasiado unilateral como para que yo hubiera podido sentirme tentado a adaptarme a ella. Incluso admitiendo que ellos me conocieran bien, como un perfecto inútil, el caso es que también yo me reconocía como tal. Con todo, era lo suficientemente escéptico y fatalista como para –en palabras de mi padre– tomar por el lado bueno mi «talento de payaso», de modo que, alegremente dispuesto como estaba a disfrutar de la vida a mi manera, no me sentía nada insatisfecho conmigo mismo.

Retiré mi pequeña fortuna y, casi sin despedirme, abandoné la ciudad para irme de viaje.

7

Los tres años que siguieron a ese momento y en los que me entregué con ansiosa predisposición a mil impresiones nuevas, ricas y cambiantes, permanecen en mi recuerdo como un sueño hermoso y lejano. Cuánto tiempo desde que pasé una noche de fin de año entre las nieves y el hielo en compañía de los monjes del Simplon y que deambulé por la Piazza Erbe de Verona...; que, desde Borgo San Spirito, me metí por primera vez bajo las columnatas de San Pedro, dejando que mis intimidados ojos se perdieran en aquella plaza descomunal; que bajé la vista desde el Corso Vittorio Emanuele sobre la blancura reluciente de la ciudad de Nápoles y vi fundirse en el mar, a lo lejos, la graciosa silueta de Capri... En realidad, apenas hace más de seis años.

Oh, yo vivía con gran precaución y ateniéndome a mi situación: siempre en sencillas habitaciones alquiladas y en pensiones económicas. Con todo, dada la frecuencia con que cambiaba de lugar y puesto que al principio me resultaba difícil librarme de mis costumbres de burgués acomodado, resultó inevitable que gastara un poco más de la cuenta. Me había asignado quince mil marcos de mi capital para mis años de peregrinaje. No hay duda de que superé esta suma.

Por lo demás, me sentía a gusto entre la gente con la que iba entrando en contacto aquí y allá a lo largo del trayecto, a menudo existencias desinteresadas pero muy interesantes. Es verdad que para ellas yo ya no era objeto de respeto como en mi entorno anterior, pero por otra parte tampoco tenía que temer que me importunaran con miradas o preguntas de extrañeza.

Con esa especie de talento social que me caracterizaba, en las pensiones podía llegar a disfrutar de un verdadero aprecio entre el resto de viajeros, lo que me recuerda una escena que se produjo en el salón de la pensión Minelli de Palermo. Rodeado de un grupo de franceses de edades diversas, yo había empezado a improvisar de oído en el pianino, con gran profusión de gestualidad trágica, canto declamatorio y armonías rodantes, un drama musical «de Richard Wagner», y justo había terminado de tocar entre grandes aplausos cuando se acercó a mí un anciano al que casi no quedaban pelos en la cabeza y cuyas patillas blancas y ralas caían flotando sobre su chaqueta gris de viaje. Me cogió las dos manos y exclamó, con lágrimas en los ojos:

–¡Pero esto es asombroso! ¡Es asombroso, mi caro señor! ¡Le juro que hacía treinta años que no me divertía tan maravillosamente! Me permitirá usted que le dé las gracias de todo corazón, ¿verdad? ¡Es preciso que usted se haga actor o músico!

Bien es verdad que en tales ocasiones sentía algo de la insolencia propia de un gran pintor que, estando entre amigos, accede a pintar una caricatura ridícula e ingeniosa sobre la mesa. Sin embargo, después de cenar me retiré a solas al salón y pasé una hora solitaria y melancólica ocupado en arrancarle a aquel instrumento unos acordes en los que creí reflejar la impresión que había causado en mí la contemplación de Palermo.

Desde Sicilia había rozado fugazmente el continente africano, viajando después hasta España, y fue allí, cerca de Madrid, en el campo, en invierno, una tarde nublada y lluviosa, cuando sentí por primera vez el deseo de regresar a Alemania... y también la necesidad. Pues independientemente del hecho de que empezaba a añorar una vida tranquila, regulada y sedentaria, no resultaba difícil calcular que a mi llegada a Alemania, y aun con todas las limitaciones que me había impuesto, habría llevado gastados unos veinte mil marcos.

No vacilé demasiado en iniciar un lento regreso a través de Francia, país en el que pasé cerca de medio año, prolongando mi estancia en las distintas ciudades, y recuerdo con melancólica claridad la noche de verano en la que entré en la estación de la ciudad palaciega de Alemania central que ya había escogido como destino final al principio de mi viaje. Ahora regresaba algo mejor informado, provisto de algunas experiencias y conocimientos y lleno de una alegría infantil por poderme procurar, con mi despreocupada independencia y mis modestos medios, una existencia plácida y contemplativa en este lugar.

Por aquel entonces tenía veinticinco años.

8

El lugar no estaba mal elegido. Era una ciudad de dimensiones considerables, aunque sin el trasiego demasiado ruidoso de una gran ciudad ni una actividad comercial excesiva y desagradable, al tiempo que ofrecía algunas plazas antiguas bastante dignas de atención y una vida callejera que no carecía de viveza ni tampoco de cierta elegancia. Sus alrededores contaban con diversos puntos agradables, pero yo siempre he preferido el paseo, bellamente diseñado, que lleva hasta el monte Lerchenberg, una colina estrecha y

alargada por cuya pendiente se extiende gran parte de la
ciudad y desde la que se disfruta de una amplia vista de las
casas, las iglesias y los suaves meandros del río hasta que se
pierden en el horizonte. Algunos de sus tramos, sobre todo
cuando en las tardes luminosas de verano toca alguna
banda militar y hay carruajes y paseantes deambulando por
doquier, recuerdan un poco el Pincio. Pero aún voy a tener
ocasión de referirme a este paseo...

Nadie puede imaginarse el ceremonioso placer que me
produjo habilitarme la espaciosa habitación con dormitorio contiguo que me había tomado en alquiler más o menos en el centro de la ciudad, en una zona muy animada.
Aunque la mayoría de los muebles de mis padres habían
pasado a posesión de mis hermanas, al menos me habían correspondido a mí los que yo siempre había utilizado: objetos vistosos y sólidos que llegaron a la ciudad junto con mis
libros y los retratos de los dos antepasados, pero sobre todo
con el viejo piano de cola que mi madre me había asig
nado.

De hecho, cuando todo estuvo debidamente colocado y
ordenado, cuando las fotografías que había coleccionado a
lo largo de mis viajes ya adornaban todas las paredes, al
igual que el pesado escritorio de caoba y la abombada
cómoda, y cuando yo, ya confortablemente instalado, me
acomodé en una butaca junto a la ventana para contemplar
alternativamente las calles del exterior y mi nueva vivienda,
no fue poco el bienestar que sentí. Y aun así –y no se me ha
olvidado ese instante–, aun así, junto a aquella satisfacción
y confianza había otra cosa más que se agitaba en mí: una

leve sensación de desasosiego y de inquietud, la callada conciencia de estar experimentando alguna clase de indignación y rebelión contra un poder amenazador..., el pensamiento levemente opresivo de que mi situación, que hasta
aquel entonces sólo había sido provisional, por primera vez
exigía ser contemplada como algo definitivo e inalterable...

No voy a ocultar que esta y otras sensaciones parecidas se
repitieron de vez en cuando. Pero ¿pueden siquiera evitar-
se esas horas vespertinas en las que uno, mientras mira la
penumbra creciente del exterior y quizá contemple una lluvia lenta y suave, se convierte en víctima de corazonadas
sombrías? En cualquier caso, tenía claro que mi futuro estaba plenamente asegurado. Había confiado la suma redonda de ochenta mil marcos al banco de la ciudad, y los intereses −¡qué diantre, son malos tiempos!− comportaban
unos seiscientos marcos al trimestre y, por tanto, me per-
mitían vivir dignamente, proveerme de lectura y visitar de
vez en cuando algún teatro, sin excluir alguna que otra distracción más ligera. A partir de entonces mis días transcurrieron realmente según el ideal que había constituido
desde siempre mi meta. Me levantaba hacia las diez, desa-
yunaba y hasta el mediodía pasaba el rato tocando el piano
y ocupado en la lectura de alguna revista literaria o de
algún libro. A continuación subía paseando la calle hasta el
pequeño restaurante que visitaba con regularidad, comía
y entonces daba un paseo más prolongado por las calles y,
siguiendo las murallas, hasta los alrededores de la ciudad y
al Lerchenberg. Después regresaba a casa y retomaba las
ocupaciones de la mañana: leía, tocaba música y a veces

incluso me entretenía practicando una especie de arte del dibujo o redactaba cuidadosamente alguna carta. Los días en los que no asistía al teatro ni a ningún concierto después de cenar, me pasaba el rato en el café y leía los periódicos hasta que llegara la hora de ir a dormir. Pero los días resultaban buenos y hermosos y de contenido satisfactorio si me había salido algún motivo que me pareciera nuevo y bello al piano, o si a partir de la lectura de algún relato o de la contemplación de un cuadro me había dejado invadir por un estado de ánimo de persistente delicadeza...

Por lo demás, no voy a ocultar que a la hora de establecer mis disposiciones económicas obraba con cierto idealismo, proponiéndome muy seriamente dotar a mis días de todo el «contenido» que me fuera posible. Comía modestamente, normalmente mantenía un solo traje y, en definitiva, limitaba cuidadosamente mis necesidades físicas para, a cambio, estar en situación de pagar un alto precio por una buena butaca en la ópera o en un concierto, comprarme nuevas publicaciones literarias o visitar tal o cual exposición artística...

Pero los días fueron pasando y se convirtieron en semanas y meses. ¿Aburrimiento? Lo reconozco, uno no siempre tiene a mano un libro capaz de prestar contenido a toda una sucesión de horas. Por otra parte, has tratado sin el menor éxito de desarrollar unas fantasías al piano, estás sentado frente a la ventana, fumas cigarrillos y, de forma irresistible, te acosa un sentimiento de antipatía hacia todo el mundo y hacia ti mismo. El desasosiego te invade de nuevo, ese desasosiego de tan aciago recuerdo, y te levantas de un salto y pones tierra de por medio para, una vez en la calle, con el alegre encogimiento de hombros de quien es feliz, contemplar a la gente de oficio y a los trabajadores, demasiado incapacitados espiritual y materialmente para el ocio y el deleite.

9

¿Está un muchacho de veintisiete años en situación de creer en serio en el carácter definitivamente invariable de su situación, por probable que dicha invariabilidad pueda resultar? El trinar de un pájaro, una diminuta porción de azul del cielo, algo confusamente soñado a medias durante la noche, todo eso es adecuado para verter un repentino caudal de vagas esperanzas en su corazón y llenarlo con la festiva expectativa de una felicidad grande e imprevisible... Yo vagaba de día en día, en actitud contemplativa, sin meta alguna, ocupado por tal o cual diminuta esperanza, aunque sólo se tratara del día de publicación de una revista entretenida, imbuido por la enérgica convicción de ser feliz y, de vez en cuando, algo fatigado de tanta soledad.

Es cierto que no eran precisamente pocas las horas en las que me invadía el mal humor a causa de mi falta de relaciones y de socialización, pues ¿es necesario explicar esta carencia? Me faltaba todo vínculo con la alta sociedad y con los círculos privilegiados de la ciudad. Por otra parte, para introducirme como juerguista entre la *jeunesse dorée* sabe Dios que me faltaban los medios necesarios. ¿Y el circuito bohemio? Pero yo soy una persona de educación, llevo ropa limpia y un traje sin remendar y, decididamente, no le veo ninguna gracia a mantener conversaciones anárquicas con jóvenes desaliñados en mesas pringosas de absenta. En definitiva: no había ningún círculo social concreto del que yo pudiera formar parte de una manera natural, y las relaciones que a veces se daban por azar eran raras, superficiales y frías... Por culpa mía, tal y como no vacilaré en admitir, pues también en tales casos, impelido por un sentimiento de inseguridad, me mantenía reservado y con la desagradable conciencia de no poder decirle de forma clara, concisa y respetable ni siquiera a un pintor desastrado quién y qué soy en realidad.

Por otra parte, bien es cierto que yo había roto con la «sociedad» y renunciado a ella cuando me tomé la libertad de seguir mi propio camino sin prestarle ningún tipo de servicio, y si yo, para ser feliz, hubiera necesitado a la «gente», también tendría que preguntarme si, en tal caso, al cabo de una hora no estaría ocupado enriqueciéndome por el bien colectivo como comerciante de altura, ganándome así la envidia y el respeto generales.

Con todo... ¡Con todo! El hecho era que mi aislamiento filosófico me disgustaba en un grado excesivo y que, a la postre, se negaba de pleno a coincidir con cualquier concepción de «felicidad» y con mi propia conciencia o convicción de estar siendo feliz, cuya firmeza, por otra parte –y de eso no me cabía duda–, resultaba poco menos que inamovible. No ser feliz, o ser infeliz: ¿resultaba concebible siquiera? No, eso era algo completamente inconcebible, y con esta conclusión liquidaba por lo pronto la pregunta hasta que volvían esos momentos en los que ese estar-para-sí, ese aislamiento y esa marginalidad, se resistían a parecerme bien, o incluso no me lo parecían en absoluto, sumiéndome en un humor alarmantemente hosco.

«Hosquedad»: ¿es ésta una característica de quien es feliz? Recordaba mi vida en casa, en aquel limitado círculo en el que me había movido siendo alegremente consciente de mi predisposición genial y artística: un joven sociable, encantador, con júbilo en los ojos y con burlas y benévola superioridad para todos los demás; un muchacho un poco singular, aunque apreciado a ojos de la gente. Por entonces yo era feliz, a pesar de verme obligado a trabajar en el gran comercio de maderas del señor Schlievogt. ¿Y ahora? ¿Y ahora qué...?

Pero acaban de publicar un libro de enorme interés, una nueva novela francesa que me he permitido el lujo de comprar y de la que, confortablemente acomodado en mi butaca, voy a disfrutar ociosamente. ¡De nuevo trescientas páginas repletas de buen gusto, ingenio y arte selecto! ¡Ah, he sabido organizarme la vida a mi gusto! ¿Acaso no soy feliz? Es ridícula, esa pregunta; ridícula y nada más...

10

De nuevo ha concluido un día, un día del que no puedo abjurar. Gracias a Dios que no le ha faltado contenido. Ha oscurecido, las cortinas de las ventanas están corridas, la lámpara prende sobre el escritorio, ya casi es medianoche... Uno podría irse a la cama, pero se aferra semitumbado a la butaca, las manos entrelazadas en el regazo, mirando el techo, para asistir con dedicación al quedo hurgar y tirar de algún dolor a medio definir que no ha conseguido ahuyentar.

Hace sólo un par de horas aún me hallaba bajo la influencia que había causado en mí una gran obra de arte, una de estas creaciones descomunales y terribles que, con la pompa decadente de un diletantismo desvergonzadamente genial, sacuden, anestesian, atormentan, embriagan y aniquilan... Mis nervios todavía tiemblan, mi fantasía está agitada, extraños humores suben y bajan en mi interior, sentimientos de nostalgia, fervor religioso, triunfo, paz mística... y hay en ello una necesidad que los acrecienta continuamente de nuevo, que pugna por expulsarlos de mi interior: la necesidad de manifestarlos, de comunicarlos, de mostrarlos, de «hacer algo de todo eso»...

¿Y si, efectivamente, yo fuera un artista y estuviera capacitado para expresarme por medio del sonido, la palabra o la imagen...? ¿O incluso –y eso sería lo mejor– por todos estos medios al mismo tiempo? ¡Al fin y al cabo, es verdad que sé hacer un montón de cosas! Por poner sólo un ejemplo, sé sentarme al piano encerrado en mi cuartito y entregarme de lleno a la expresión de mis más bellos sentimientos, y eso debería resultarme más que suficiente, pues, si para ser feliz necesitara de la «gente»... ¡De acuerdo, admitámoslo por un momento! Pero ¿y si también fuéramos a suponer que le doy cierta importancia al éxito, a la fama, al reconocimiento, a los elogios, a la envidia, al amor...? ¡Por el amor de Dios! Sólo con recordar aquella escena en el salón de Palermo me veo obligado a reconocer que, en el presente instante, un incidente de esa índole supondría para mí un estímulo incomparablemente benefactor.

Pensándolo bien, no puedo por menos de confesarme a mí mismo que establezco la siguiente distinción sofística y ridícula entre dos conceptos: ¡la distinción entre felicidad interior y exterior! La «felicidad exterior», ¿qué es eso en realidad? Hay cierta clase de personas –hijos predilectos de Dios, a lo que parece– cuya felicidad es el genio y cuyo genio es la felicidad, personas luminosas que se pasean por la vida de una forma ligera, agradable y benévola y con el reflejo del sol en sus ojos mientras todo el mundo las rodea y las admira, elogia, envidia y quiere, ya que incluso la envidia es incapaz de odiarlas. Pero ellas miran a su alrededor como si fueran niños, burlonas, mimadas, caprichosas, descaradas, con una soleada amabilidad, seguras de su felicidad y de su genio, y como si las cosas no pudieran ser de ninguna otra manera...

Por lo que a mí respecta, no voy a negar la debilidad de querer ser una de estas personas y, tenga o no motivos para ello, se me antoja una y otra vez que algún día llegué a serlo. Desde luego, tenga o no motivos, pues, seamos sinceros: de lo que verdaderamente se trata es de qué nos consideramos, por qué nos tenemos, qué aparentamos ser y qué tenemos la seguridad de estar aparentando.

Quizá lo que realmente me pasa es que yo he renunciado a esa «felicidad exterior» al retirarme del servicio a la «sociedad» y organizarme la vida sin la «gente». Pero de que estoy satisfecho con ello, naturalmente, no hay que

dudar ni un instante, no se puede dudar, no se *debe* dudar...
Pues, voy a repetirlo una vez más y esta vez con desesperada
insistencia: ¡*quiero* y *tengo* que ser feliz! En mí, la «felicidad»
entendida como una especie de mérito, genio, dignidad y encanto, por una parte, y la «infelicidad» concebida como algo
feo, sombrío, despreciable y, en una palabra, ridículo, por
otra, constituyen un punto de vista demasiado profundamente anclado en mi interior como para que aún pudiera
tenerme algún respeto a mí mismo en caso de ser infeliz.

¿Cómo podría permitirme ser infeliz? ¿Qué clase de
papel tendría que desempeñar entonces frente a mí mismo? ¿No tendría que agazaparme en la oscuridad como
una especie de murciélago o de lechuza, acechando envi-
dioso a la «criatura luminosa», esa persona feliz y encantadora? Tendría que odiarla, con esa clase de odio que no es
sino amor envenenado... ¡Y despreciarme!

«¡Agazaparme en la oscuridad!» Ah, y ahora me viene a
la cabeza lo que hace algunos meses estuve pensando y sintiendo en algún que otro momento respecto a mi «posición
marginal» y mi «aislamiento filosófico». ¡Y el desasosiego se
anuncia de nuevo, ese angustioso desasosiego de tan aciago
recuerdo! Y la conciencia de estar experimentando alguna
clase de indignación contra un poder amenazador...

Claro que por esta vez supe encontrar un consuelo, una
distracción, un narcótico, y también para la siguiente, y
para otra más. Pero todo esto volvió de nuevo, volvió miles
de veces en el transcurso de los meses y de los años.

11

Hay días de otoño que son como un milagro. El verano ha pasado ya, fuera hace tiempo que las hojas han empezado a amarillear, y en la calle el viento lleva días soplando por todas las esquinas mientras en las acequias borbotean turbios arroyuelos. Y tú ya has aceptado la situación, ya te has sentado, por así decirlo, al calor de la estufa para dejar que el invierno pase sobre ti. Sin embargo, una mañana, al levantarte, descubres con incrédulos ojos que, a través de los resquicios de las cortinas, una delgada franja de un azul luminoso resplandece en el interior de tu habitación. Sorprendido, saltas de la cama, abres la ventana y una oleada de titilante luz solar te sale al encuentro, y al mismo tiempo, a través del ruido de la calle, percibes un sonoro y alegre trinar de pájaros, mientras te sientes como si, con el aire fresco y ligero de un día de octubre, estuvieras respirando también los aromas incomparablemente dulces y prometedores que pertenecen por lo común a los vientos de mayo. Es primavera, resulta evidente que es primavera, a pesar del calendario, y entonces te vistes a toda prisa para, a través de las calles, correr bajo ese cielo luminoso y salir al campo...

Uno de estos días tan inesperados y notables amaneció hace ya cuatro meses –ahora estamos a principios de febrero–, y ese mismo día tuve ocasión de ver algo excepcionalmente hermoso. Estaba levantado desde las nueve de la mañana y, henchido por completo de un humor ligero y alegre y de una vaga esperanza de transformaciones, sor-

presas y felicidad, tomé el camino que conducía al Lerchenberg. Ascendí por el extremo derecho de la colina y la
recorrí longitudinalmente por toda la loma, ateniéndome
siempre al margen del paseo principal y caminando junto a
la balaustrada baja de piedra para poder disfrutar plenamente durante todo el trayecto, que dura más o menos
media hora, de la vista sobre la ciudad, que desciende en
una pendiente ligeramente arrellanada, y sobre el río,
cuyos meandros centelleaban al sol y se fundían tras las verdes colinas en el soleado horizonte.

Aún no había prácticamente nadie ahí arriba. Los bancos dispuestos más allá del camino estaban solitarios y aquí
y allá asomaba una estatua entre los árboles, de un blanco
resplandeciente por el sol, mientras de vez en cuando aún
caía alguna que otra hoja marchita sobre ella. El silencio al
que yo atendía cautivado mientras caminaba con la vista
ladeada para contemplar el diáfano panorama, permaneció imperturbado hasta que llegué al final de la colina y el
camino empezó a descender entre viejos castaños. Una vez
aquí, empezaron a resonar cascos de caballos y el rodar de
un coche a mis espaldas, un coche que se acercaba rápidamente al trote y al que tuve que dejar paso más o menos a
media pendiente. Me hice a un lado y me detuve.

Era un pequeño coche de caza, muy ligero y de dos ruedas, tirado por dos grandes alazanes relucientes y que reso-
plaban animadamente. Las riendas las sostenía una joven
dama de unos diecinueve o veinte años junto a la que se
sentaba un anciano caballero de apariencia majestuosa y
respetable, con un bigote cano atusado *à la russe* y cejas

espesas y blancas. Un criado vestido con una sencilla librea negra y plateada decoraba el asiento trasero.

Al arrancar la pendiente habían refrenado la velocidad de los caballos, haciéndolos ir al paso, ya que uno de ellos parecía nervioso e inquieto. El animal se había ladeado, alejándose bastante de la lanza, apretaba la cabeza contra el pecho e hincaba las esbeltas patas con tan tensa resistencia que el anciano, un poco preocupado, se inclinó hacia delante para auxiliar a la dama con su mano izquierda, elegantemente enguantada, a tirar de las riendas. La conducción sólo parecía haberle sido confiada de forma provisional y medio en broma. Por lo menos, daba la impresión de que guiaba el coche con una especie de superioridad infantil e inexperiencia al mismo tiempo. La dama hizo un serio y fugaz además de indignación con la cabeza mientras trataba de tranquilizar al animal que iba trastabillando.

Era morena y delgada. Sobre su cabello, que llevaba recogido con un gran moño en la nuca y que le cubría la frente y las sienes en mechas sueltas y ligeras, permitiendo distinguir algunos hilos de color castaño claro, llevaba un sombrero redondo y oscuro de paja, adornado únicamente con un pequeño arreglo de cintas. Por lo demás vestía una chaqueta corta de color azul oscuro y una sobria falda de paño gris.

Lo más atractivo de su rostro ovalado y de rasgos finos, cuyo cutis ligeramente moreno acababa de enrojecer el aire de la mañana, eran seguramente los ojos: unos ojos finos y almendrados cuyo iris, apenas visible en su mitad, era de un negro reluciente y sobre los que se arqueaban unas cejas extraordinariamente regulares, como trazadas a pluma. La nariz tal vez fuera un poco demasiado grande, y la boca, aunque de silueta clara y fina, podría haber sido algo más delgada. Sin embargo, adquiría encanto enseguida gracias a sus brillantes dientes blancos un poco separados que en estos momentos la muchacha estaba apretando enérgicamente contra el labio inferior en su esfuerzo por dominar al caballo, entresacando un poco una barbilla de redondez casi infantil.

Sería equivocado decir que se trataba de un rostro de belleza llamativa y admirable. Antes bien, poseía el encanto de la juventud y de una alegre frescura, y este encanto se veía, por así decirlo, allanado, acallado y ennoblecido por una adinerada despreocupación, una educación distinguida y un cuidado de lujo. No había duda de que sólo un minuto después esos ojos finos y centelleantes que ahora miraban con malcriado enojo al testarudo caballo adquirirían de nuevo la expresión de una felicidad segura y natural. Las mangas de la chaqueta, amplias y abullonadas a la altura del hombro, le rodeaban apenas las delgadas articulaciones de las manos, y yo nunca había experimentado una impresión más deliciosa de selecta elegancia que a través de la manera en que estas manos delgadas, desnudas y de mate blancura sostenían las riendas.

Yo, sin que nadie reparara en mí, estaba junto al camino mientras el coche pasaba de largo, y después de que volviera a ponerse al trote y desapareciera a toda prisa, proseguí despacio mi camino. Sentía alegría y admiración, pero al mismo tiempo también se anunciaba en mí un dolor extraño y agudo, una sensación acerba y apremiante de... ¿envidia? ¿De amor? O, sin atreverme siquiera a pensarlo: ¿de desprecio hacia mí mismo?

Mientras escribo esto me viene a la cabeza la imagen de un miserable mendigo frente al escaparate de un joyero y con la mirada fija en el valioso refulgir de un aderezo de diamantes. Este hombre no llegará a formular claramente en su interior el deseo de poseer la joya, pues ya sólo la mera idea de ese deseo constituiría una imposibilidad tan ridícula que lo convertiría en objeto de sus propias burlas.

12

Quiero relatar que, por virtud de un azar y al cabo de ocho días, volví a ver a la joven dama por segunda vez. Fue en la ópera. Representaban la *Margarita* de Gounod, y nada más pisar la sala radiantemente iluminada para tomar asiento en mi butaca de platea, la vi sentada a la izquierda del anciano caballero en un palco del proscenio opuesto. De paso pude constatar que al verla me vi sacudido por un ridículo sobresalto y por algo parecido a una turbación y que, por algún motivo, aparté de inmediato la mirada y la deslicé por el resto de filas y palcos. Sólo al arrancar la obertura me decidí a contemplar a aquellos señores con algo más de atención.

El anciano caballero, que vestía una levita severamente abotonada con pajarita negra, estaba reclinado con serena dignidad en su butaca, dejando descansar levemente una de sus manos enguantadas en marrón sobre el terciopelo del antepecho, mientras de vez en cuando se pasaba despacio la otra por la barba o por su corta y encanecida cabellera. La joven muchacha, en cambio –¡era su hija, no había duda!–, estaba inclinada hacia delante en actitud interesada y vivaz, apoyando las dos manos que sostenían un abanico sobre el tapizado de terciopelo. De vez en cuando movía fugazmente la cabeza para apartarse un poco el suelto cabello castaño de la frente y de las sienes.

Llevaba una blusa muy ligera de seda clara, con un ramito de violetas en el ceñidor, y bajo aquella iluminación tan acusada sus finos ojos centelleaban aún más negros que ocho días antes. Por cierto, pude constatar que aquella posición de la boca que ya había tenido ocasión de apreciar en ella le era característica: a cada instante apoyaba en el labio inferior sus dientes blancos y que resplandecían a intervalos regulares al tiempo que adelantaba un poco la barbilla. Esta expresión inocente que no delataba la menor coquetería, la mirada tranquila y alegre a la vez con que desplazaba continuamente los ojos, su cuello delicado y blanco que llevaba desnudo y al que se ceñía una delgada cinta de seda del mismo color que el ceñidor, el movimiento con que de vez en cuando se dirigía al anciano para llamarle la atención sobre algún detalle de la orquesta, del telón o de un palco... Todo ello generaba la impresión de una candidez indeciblemente delicada y encantadora, pero que no tenía absolutamente nada de conmovedor o susceptible de despertar «compasión». Era una candidez digna, mesurada y que había adquirido seguridad y superioridad gracias a un lujoso bienestar, y la felicidad que manifestaba no tenía nada de descaro, sino más bien algo de serenidad, pues era una felicidad natural.

Se me antojó que la música ingeniosa y delicada de Gounod no acompañaba nada mal este instante, y la escuché atentamente sin fijarme en el escenario y totalmente entregado a una atmósfera dulce y reflexiva cuya melancolía tal vez habría sido más dolorosa de no haber sido por sus acordes. Sin embargo, ya en la pausa que siguió al primer acto, un caballero de, digamos, entre veintisiete y treinta años se levantó de su butaca de platea y desapareció un momento para reaparecer justo después, acompañado de una hábil reverencia, en el palco que era el centro de mi atención. El anciano caballero le tendió enseguida la mano y también la joven dama le ofreció con una cordial inclinación de la cabeza la suya, que él se llevó decorosamente a los labios. A continuación se le invitó a que tomara asiento.

Me declaro dispuesto a reconocer que ese caballero llevaba la pechera más incomparable que he tenido ocasión de ver en toda mi vida. Era una pechera que quedaba completamente descubierta, pues el chaleco no consistía más que en una cinta delgada y negra, y la chaqueta del frac, que únicamente se abotonaba muy por debajo del estómago, estaba escotada desde los hombros, formando dos arcos inusualmente amplios. Pero la pechera, unida al cuello alto y fuertemente doblado hacia atrás por una pajarita negra y ancha y sobre la que, en intervalos exactos, lucían dos grandes botones cuadrados e igualmente negros, era de un blanco deslumbrante y había sido almidonada de una forma digna de admiración y que no le restaba elasticidad,

pues en la zona del estómago formaba una agradable con-
cavidad para sobresalir después de nuevo dando lugar a
una joroba dócil y reluciente.

Se entenderá que una pechera semejante reclamara la
mayor parte de mi atención. Sin embargo, la cabeza, completamente redonda y de cráneo recubierto por una mata
de cabello muy corto y rubio, estaba adornada por un bi-
nóculo sin cinta ni montura, un bigote rubio no demasiado
espeso y levemente rizado y, en una de las mejillas, por toda
una serie de pequeñas cicatrices de sus duelos estudiantiles
de esgrima que se extendían hasta las sienes. Por lo demás,
el caballero tenía una complexión carente de defectos y se
movía con seguridad.

En el transcurso de la velada –pues continué centrando
mi atención en el palco– observé en él dos posturas que
parecían serle características. Y es que, siempre y cuando la
conversación con los señores hubiera quedado interrumpida, permanecía confortablemente reclinado en el asiento
con las piernas cruzadas y los gemelos sobre las rodillas, la
cabeza algo agachada y adelantando con vehemencia toda
la boca para abstraerse en la contemplación de los dos
extremos de su bigote, que al parecer lo tenían totalmente
hipnotizado, al tiempo que volvía lenta y calladamente la
cabeza de un lado a otro. Por el contrario, en cuanto se
hallaba inmerso en una conversación con la joven dama,
cambiaba por pura veneración la postura de sus piernas,
aunque reclinándose aún más hacia atrás, a lo que agarraba la butaca con las manos, alzaba la cabeza todo lo posible
y con la boca bastante abierta sonreía de una manera ama-

ble y no exenta de superioridad a su joven vecina de palco. Este caballero debía de sentir una seguridad en sí mismo asombrosamente feliz...

Hablando en serio, yo sé valorar esta clase de cosas. Ninguno de sus movimientos, por atrevida que pudiera ser ocasionalmente su galantería, iba seguido de alguna atormentadora sensación de embarazo. La confianza en sí mismo sostenía todo su ser. ¿Y por qué iba a ser de otra manera? Estaba claro: quizá sin destacar especialmente, se había trazado su propio y correcto camino que iba a seguir hasta alcanzar metas claras y útiles; vivía a la sombra de la conformidad con todo el mundo y a la luz del respeto general. Ahora mismo estaba ahí sentado en el palco y charlando con una joven cuyo encanto puro y delicioso tal vez no le resultara indiferente y cuya mano, si es que éste era el caso, podía pedir con buenas expectativas de éxito. ¡Nada más lejos de mi intención que expresar alguna palabra desdeñosa sobre este caballero!

Pero ¿y yo? ¿Qué pasaba conmigo? ¡Yo estaba sentado allí abajo mientras podía contemplar tristemente desde la lejanía cómo aquella valiosa e inalcanzable criatura charlaba y reía con ese ser indigno! Excluido, imperceptible, sin derechos, desconocido, *hors ligne*, desclasado, paria, un miserable ante mí mismo...

Me quedé hasta el final y volví a encontrarme a los tres señores en la guardarropía, donde se quedaron un rato mientras se cubrían con los abrigos de pieles para intercambiar algunas palabras con éste o aquél, aquí con una dama, allá con un oficial... El joven caballero acompañó a padre e hija cuando abandonaron el teatro y yo los seguí a corta distancia a través del vestíbulo.

No llovía, podían percibirse un par de estrellas en el cielo y no tomaron ningún coche. Con indolencia y entre parloteos, los tres caminaban frente a mí, que los seguía a una tímida distancia, abatido, atormentado por un sentimiento sarcástico y miserable de agudo dolor... No tuvimos que andar mucho. Nada más dejar atrás una calle, el grupo ya se detuvo ante un imponente edificio de sobria fachada en el que, instantes después, desaparecían padre e hija tras haberse despedido cordialmente de su acompañante, quien por su parte se alejó del lugar a paso rápido.

En la pesada puerta tallada de la casa podía leerse: «Magistrado asesor Rainer».

13

Estoy decidido a llevar este relato hasta el final, a pesar de que mi resistencia interior es tan grande que quisiera levantarme de un salto en cualquier momento y salir corriendo. ¡He estado hurgando y analizando este asunto hasta mi más completa extenuación! ¡Estoy tan harto de todo esto que siento náuseas...!

Aún no han pasado tres meses completos desde que supe por el periódico de un «bazar» que había organizado el ayuntamiento de la ciudad con fines benéficos y que iba a contar con la participación de todo el mundo respetable. Leí este anuncio con atención y enseguida me decidí a visitar el bazar. Ella estará allí, pensé, quizá incluso como vendedora, y en ese caso nada me impedirá acercarme a ella. Pensándolo bien, soy persona de cultura y de buena familia, y si esta señorita Rainer me gusta, en una ocasión como la presente tendré tanto derecho como el caballero de la asombrosa pechera a dirigirme a ella e intercambiar algunas palabras ingeniosas...

Era una tarde ventosa y lluviosa cuando me dirigí al ayuntamiento ante cuyo portal se había formado una aglomeración de gente y de coches. Me abrí camino hacia el interior del edificio, pagué el dinero de la entrada, dejé el abrigo y el sombrero en la guardarropía y logré subir con cierto esfuerzo las amplias escalinatas llenas de gente hasta el primer piso y el salón de fiestas, en el que me salió al encuentro un vaho bochornoso de vino, viandas, perfumes y olor a abeto, así como un confuso ruido compuesto de carcajadas, charlas, música, pregones y sones de gong.

Aquella estancia espaciosa y de techos descomunalmente altos había sido decorada con banderillas y guirnaldas de colores, y tanto a lo largo de las paredes como en su centro se alineaban los tenderetes, consistentes tanto en puestos abiertos de venta como en pequeños cobertizos de madera cuya visita recomendaban a pleno pulmón unos caballeros ataviados con fantasiosos disfraces. Las damas, que vendían flores, bordados, tabaco y refrescos por doquier, también iban vestidas con trajes diversos. En el extremo superior de la sala alborotaba una orquesta sobre un estrado decorado con plantas, mientras en el estrecho pasillo que formaban los puestos de venta avanzaba lentamente una comitiva compacta de gente.

Un poco aturdido por el ruido de la música, de los feriantes y de los graciosos reclamos, me sumí al caudal de visitantes. Aún no había transcurrido ni un minuto cuando, a cuatro pasos a la izquierda de la entrada, vislumbré a la joven dama a la que andaba buscando. Ofrecía vinos y limonadas en un pequeño puesto decorado con guirnaldas de ramas de abeto e iba vestida de italiana: con la falda de colores, el tocado blanco y anguloso y el corpiño corto de las albanesas, cuyas mangas camiseras dejaban al descubierto hasta el codo sus delicados brazos. Un poco acalorada, se apoyaba de lado en el mostrador, jugaba con su abanico de colores y charlaba con un grupo de caballeros que rodeaban fumando su puesto y entre los que reconocí de inmediato a aquel que tan familiar me resultaba ya. Estaba junto al puesto y muy cerca de ella, con cuatro dedos de cada mano embutidos en los bolsillos laterales de su chaqué.

Poco a poco me fui abriendo camino hacia allí, decidido a presentarme ante ella en cuanto se me ofreciera la ocasión, en cuanto dejara de estar tan ocupada hablando con otros... ¡Había llegado el momento de demostrar si todavía me quedaba algún resto de alegre seguridad y de confiada soltura o, de lo contrario, si mi mal humor y mi ánimo poco menos que desesperado de las últimas semanas estaban justificados! Pensándolo bien, ¿qué diantre me había pasado? ¿De dónde venía esa atormentadora y miserable mixtura de sentimientos de envidia, amor, vergüenza e irritada amargura que me sobrevenía en presencia de aquella muchacha y que una vez más, lo reconozco, me estaba acalorando el rostro? ¡Franqueza! ¡Amabilidad! ¡Autocomplacencia alegre y cautivadora, por todos los diablos, tal y como corresponde a una persona feliz y de talento! Y mientras tanto me ocupaba pensando con nervioso afán en el giro ingenioso, la palabra acertada, la salutación italiana con la que iba a aproximarme a ella...

Pasó un buen rato antes de que en medio de aquella muchedumbre que empujaba y avanzaba con lentitud me fuera posible recorrer el camino que rodeaba la sala, y, efectivamente, cuando me hallé de nuevo junto al pequeño puesto de vinos, el anterior corro de caballeros había desaparecido y el único que seguía allí, apoyado en el mostrador, era el caballero al que ya conocía, que se hallaba embebido en una animada conversación con la joven vendedora. Pues bien, en ese caso iba a tener que permitirme que les interrumpiera... Y con un giro fugaz abandoné el flujo de gente y me planté junto al puesto.

¿Qué sucedió entonces? ¡Ay, nada! ¡Casi nada! La conversación se interrumpió, el caballero al que ya conocía tan bien se hizo a un lado, agarrando con los cinco dedos su *pince-nez* sin cinta ni montura y contemplándome a través de esos dedos, y la joven dama posó sobre mí una mirada tranquila y escrutadora, examinándome de arriba abajo desde mi traje hasta las botas. Desde luego, mi traje no era nuevo y tenía las botas sucias del estiércol callejero, era consciente de ello. Además, estaba acalorado y era muy posible que llevara el pelo desarreglado. No me sentía libre y con dominio, a la altura de la situación. Me acometió la sensación de ser un extraño que no pertenecía a aquel lugar, carente de derechos, que no hacía más que molestar y hacer el ridículo. La inseguridad, el desamparo, el odio y el deplorable estado en que me hallaba me confundieron la mirada y, en definitiva, llevé a cabo mis animadas intenciones iniciales espetando con el ceño sombríamente fruncido, la voz ronca y expresión taciturna y casi ruda:

–Póngame una copa de vino.

En estos momentos carece de toda importancia si en realidad me equivoqué cuando creí apreciar que la joven muchacha dedicaba una mirada fugaz y burlona a su amigo. En silencio, al igual que él y yo, me sirvió el vino. Por mi parte, sin alzar la mirada, ruborizado y perturbado por la ira y el dolor, una figura desgraciada y ridícula, de pie en medio de los dos, tomé un par de sorbos, dejé el dinero encima de la mesa, me incliné desconcertado, abandoné la sala y me abalancé hacia el exterior.

Desde este instante estoy acabado, y le añade bien poca cosa al asunto que unos días después tuviera ocasión de leer en los periódicos el siguiente anuncio:

«Es un honor para mí anunciar el compromiso de mi hija Anna con el señor asesor Dr. Alfred Witznagel. Magistrado asesor Rainer».

14

Desde este instante estoy acabado. El último rescoldo de conciencia de felicidad y de autocomplaciencia que me quedaba, tras haber sido acosado hasta la muerte, ha terminado por hacerse añicos. ¡Ya no puedo más, soy infeliz, lo reconozco, y veo en mí una figura patética y ridícula!

¡Pero no puedo soportarlo! ¡Me estoy hundiendo! ¡Voy a pegarme un tiro, ya sea hoy o mañana!

Mi primer impulso, el primer instinto que tuve, fue el ingenioso intento de sacarle partido literario al asunto y de reinterpretar como «pena de amor» el miserable malestar que sentía: una ridiculez, obviamente. Nadie se hunde por una pena de amor. Una pena de amor es una actitud que no está nada mal. En una pena de amor, uno se complace a sí mismo. ¡Pero yo me estoy hundiendo precisamente porque en mí toda autocomplacencia ha llegado desesperadamente a su fin!

¿Acaso amaba –si se me permite plantear esta pregunta–, acaso yo amaba realmente a esa muchacha? Tal vez... Pero ¿cómo y por qué? ¿No era este amor un mero engendro de mi vanidad, desde hace tiempo irritada y enferma, que sintió una dolorosa agitación al contemplar por primera vez aquella preciosidad inalcanzable y suscitó unos sentimientos de envidia, de odio y de desprecio por mí mismo para los que el amor no era sino una simple excusa, una escapatoria y una forma de salvación?

¡Sí, todo eso es vanidad! ¿No me había tachado ya mi padre de payaso?

¡Ay, no tenía ningún derecho, yo menos que nadie, a marginarme y a ignorar a la «sociedad», yo que soy demasiado vanidoso como para soportar su desprecio e indiferencia, yo que soy incapaz de renunciar a ella y a su aplauso! Pero ¿no será que no se trata tanto de «tener derecho» como de una necesidad? ¿Y no es verdad que mi inútil carácter de payaso no me hubiera servido para ocupar ninguna posición social? Pues bien, entonces será precisamente ese carácter de payaso el que, en cualquier caso, va a ser el artífice de mi hundimiento.

La indiferencia, lo sé, sería una especie de felicidad... Pero no soy capaz de sentir indiferencia hacia mí mismo, no soy capaz de verme con otros ojos distintos a los de la «gente», y me estoy hundiendo a causa de mi mala conciencia... Aun siendo completamente inocente... ¿No será que la mala conciencia nunca ha sido otra cosa que supurante vanidad?

Sólo existe una clase de infelicidad: perder la complacencia que uno tiene consigo mismo. Dejar de gustarse, eso es la infelicidad... ¡Ay, y yo siempre me había dado buena cuenta de ello! Cualquier otra cosa es un juego y enriquecimiento de la propia vida. En cualquier otra clase de sufrimiento uno puede estar extraordinariamente satisfecho con el propio yo y parecerse muy bien a sí mismo. Pues no es sino el desacuerdo que sientes contigo, la mala conciencia dentro del sufrimiento, las batallas de la vanidad las que te convierten en una visión lamentable y repugnante...

Un viejo conocido apareció en escena, un caballero llamado Schilling con quien en su día estuve sirviendo a la sociedad en el gran comercio de maderas del señor Schlievogt. Los negocios lo llevaron a la ciudad y vino a visitarme. Un «individuo escéptico», las manos en los bolsillos del pantalón, con unos quevedos de montura negra y un encogerse de hombros realista y tolerante. Llegó por la noche y me dijo: «Voy a quedarme un par de días». Fuimos a una taberna.

Me salió al encuentro como si yo todavía fuera aquel joven feliz y autocomplaciente que él había conocido y, convencido de buena fe de que con ello no hacía más que transmitirme mi propia y alegre opinión, me dijo:

—¡Por todos los diablos, tú sí que has sabido montarte bien la vida, muchacho! Conque independiente, ¿eh? ¡Libre! ¡En realidad tienes toda la razón, maldita sea! Sólo se vive una vez, ¿verdad? En realidad, ¿qué demonios nos importa lo demás? Eres el más listo de los dos, tengo que reconocerlo. De hecho, tú siempre fuiste un genio...

Y al igual que entonces, continuó expresándome de buen grado su reconocimiento y siéndome complaciente, sin intuir siquiera que yo, por mi parte, ya me sentía invadido por el miedo a desagradar.

Con desesperado esfuerzo pugné por autoafirmarme ocupando el lugar que me correspondía a sus ojos, por seguir estando a la altura, por parecer feliz y satisfecho de mí mismo... ¡En vano! Me faltaba todo fundamento, todo buen ánimo, toda compostura; me mostré ante él con una fatigada sensación de embarazo, con una sumisa inseguridad... ¡Y él supo captarlo con increíble rapidez! Resultaba espantoso ver cómo él, que había estado perfectamente dispuesto a reconocerme como persona feliz y superior, empezaba a vislumbrar mi interior, a mirarme con asombro, a volverse frío, a adquirir aires de superioridad, a tornarse impaciente y hostil y, finalmente, a manifestarme su desprecio en cada uno de sus gestos. Se fue muy pronto, y al día siguiente un par de líneas apresuradas me informaron de que había tenido que partir antes de tiempo.

Es un hecho, todo el mundo está demasiado diligentemente ocupado consigo mismo como para estar en situación de formarse en serio una opinión sobre los demás. La gente acepta con desidiosa predisposición el grado de respeto que tú tienes la seguridad de manifestarte a ti mismo. Sé como quieras, vive como quieras, pero muestra siempre una audaz confianza y esconde toda mala conciencia y nadie va a ser lo bastante moralista como para despreciarte. En cambio, experimenta la pérdida de la conformidad contigo mismo, el sacrificio de tu autocomplacencia, haz ver que te desprecias y todos te darán ciegamente la razón. Por lo que a mí respecta, estoy perdido...

Dejo de escribir, lanzo la pluma lejos de mí... ¡Lleno de asco! ¡De asco! Terminar con todo... Pero ¿eso no sería incluso demasiado heroico para un «payaso»? Resultará, me temo, que voy a seguir viviendo, comiendo, durmiendo y entreteniéndome un poco y acostumbrándome estúpidamente con el paso del tiempo a ser una «figura desgraciada y ridícula».

Dios mío, ¡quién hubiera dicho, quién hubiera podido pensar siquiera que implica un grado tal de fatalidad e infortunio el hecho de haber nacido «payaso»...!

Tobías Mindernickel

(1898)

1

Camino Gris es el nombre de una de las calles que, desde la Quaigasse, lleva en una pendiente bastante pronunciada hasta la avenida central. Aproximadamente hacia su mitad, a mano derecha según se llega del río, se encuentra el número 47, un edificio estrecho y de color indefinido que no se distingue en nada de las casas vecinas. En los bajos hay una tiendecilla en la que se puede comprar desde chanclos de goma hasta aceite de ricino. Si, con vistas a un patio por el que vagabundean los gatos, atravesáramos el zaguán, una escalera de madera estrecha y desgastada con un indecible olor a humedad y miseria nos conduciría a los pisos. En el primero, a la izquierda, vive un carpintero y, a la derecha, una comadrona. En el segundo piso, a la izquierda, vive un zapatero remendón, y a la derecha, una dama que se pone a cantar en voz alta en cuanto oye pasos en la escalera. En el tercer piso, a la izquierda, hay una vivienda desocupada, y a la derecha vive un hombre llamado Mindernickel cuyo nombre de pila, para colmo*, es Tobías. Sobre este hombre corre una historia que vamos a contar a continuación, ya que es enigmática y de una infamia sin igual.

La apariencia de Mindernickel es llamativa, extravagante y ridícula. Por ejemplo, si lo vemos dando un paseo, haciendo avanzar su flaca figura por la pendiente de la calle apoyándose en un bastón, lo hallaremos vestido de negro de la cabeza a los pies. Lleva un sombrero de copa pasado de moda, hundido y basto, un abrigo estrecho y con brillos por el paso de los años y unos pantalones igualmente feos, desflecados por abajo y tan cortos que dejan ver el forro de goma de los botines. Por otra parte, hay que reconocer que siempre lleva esta indumentaria escrupulosamente cepillada. Su escuálido cuello parece tanto más largo cuanto que sobresale de un abrigo de solapas bajas. Tiene el pelo encanecido y liso, muy repeinado hacia las sienes, y el ala ancha del sombrero de copa ensombrece un rostro rasurado y pálido de mejillas hundidas, ojos enrojecidos que raramente se alzan del suelo y dos profundos surcos que, prestándole una expresión de amargura, van de la nariz hasta las bajas comisuras de la boca.

Mindernickel sale pocas veces de casa, y eso no lo hace porque sí: en cuanto aparece en la calle, se reúne a su alrededor un nutrido grupo de niños que corre un buen trecho tras él entre risotadas, burlas y cantos–. «¡Jo, jo, To-

---

* En hebreo, «Tobías» significa «Dios es bueno». Dadas las condiciones de vida del personaje, tal vez el «para colmo» haga alusión a la ironía de este nombre. En cualquier caso, en alemán el nombre completo «Tobías Mindernickel» tiene una resonancia ridícula y extravagante.

bías!»–, tirándole del abrigo mientras los adultos salen a la puerta y se divierten. Él mismo, en cambio, huye sin defenderse, mirando acobardado a su alrededor, los hombros muy alzados y la cabeza inclinada hacia delante, como quien pasa sin paraguas por debajo de un chaparrón. Y aunque todo el mundo se le ríe en su propia cara, él, con servil cortesía, va saludando aquí y allá a algunas de las personas que miran desde la puerta. Ni siquiera más adelante, cuando los niños ya se han quedado atrás, ya nadie lo conoce y sólo unos pocos se vuelven para mirarlo, se puede decir que su comportamiento cambie de forma sustancial. Continúa atisbando temerosamente a su alrededor y escabulléndose, encogido, como si sintiera miles de miradas sarcásticas fijas en él, y cuando, indeciso y tímido, alza la mirada del suelo, pone de manifiesto su singular incapacidad para mirar con firmeza y serenidad a nadie, ni siquiera a una cosa. Por extraño que pueda sonar, parece como si le faltara esa superioridad natural y sensitiva con la que toda criatura individual contempla el mundo de las apariencias. Es como si él se sintiera inferior a todas y cada una de estas apariencias y sus ojos, carentes de sostén, tuvieran que arrastrarse por el suelo ante la presencia de cualquier persona u objeto...

¿Qué ocurre con este hombre que siempre está solo y que parece infeliz en grado sumo? Su vestimenta burguesa a la fuerza, así como cierto meticuloso movimiento de la mano al pasársela por la barbilla, parecen denotar que de ningún modo desea que lo cuenten entre la clase social en cuyo centro reside. Sólo Dios sabe de qué modo lo habrá maltratado la existencia. Parece como si la vida, con una risa desdeñosa, le hubiera dado un puñetazo en plena cara... Aunque también es muy posible que, sin necesidad de haber experimentado ningún duro golpe del destino, simplemente no esté a la altura de la existencia, sin más. La sufriente sumisión y la imbecilidad de su apariencia genera la penosa impresión de que la naturaleza le ha negado la medida de equilibrio, fuerza y agallas que resulta necesaria para poder vivir con la cabeza alta.

Después de haber salido a dar un paseo por la ciudad apoyado en su negro bastón, regresa a su piso del Camino Gris siendo recibido de nuevo por el griterío de los niños. Entonces sube la húmeda escalera hasta su habitación, mísera y despojada de adornos. Sólo la cómoda, un mueble sólido en estilo Imperio con pesados asideros de metal, tiene valor y belleza. Frente a la ventana, cuya vista queda irremediablemente cortada por el gris muro lateral de la casa vecina, hay una maceta llena de tierra en la que, desde luego, no crece nada. Aun así, Tobías Mindernickel se acerca a veces hasta el lugar, contempla la maceta y olisquea la tierra desnuda. Al lado de esta habitación hay un dormitorio pequeño y oscuro. Al entrar, Tobías deja el sombrero y el bastón sobre la mesa, se sienta en el sofá tapizado de verde con olor a polvo, apoya la barbilla en la mano y se queda mirando fijamente el suelo con las cejas enarcadas. Es como si para él no hubiera nada más que hacer en el mundo.

Por lo que respecta al carácter de Mindernickel, resulta muy difícil emitir una opinión, aunque el siguiente suceso

parece hablar en su favor: un día en que este hombre singular abandonó la casa y, como siempre, se vio rodeado por
un grupo de niños que lo siguió entre gritos de burla y risotadas, un chico de unos diez años tropezó con el pie de otro
y se dio tan fuerte contra el asfalto que le brotó sangre de
la nariz y de la frente y se quedó llorando en el suelo. Tobías se dio la vuelta enseguida, corrió hasta donde se hallaba el caído, se inclinó sobre él y, con voz suave y temblorosa, empezó a compadecerlo.

–Pobre niño –dijo–, ¿te has hecho daño? ¡Estás sangrando! ¡Mirad, la sangre le cae por la frente! ¡Fíjate qué mala
cara tienes! Claro, le duele tanto que está llorando, el
pobre... ¡Qué pena me das! La culpa fue tuya, pero voy a
vendarte la cabeza con mi pañuelo... ¡Así! Y ahora haz un
esfuerzo y levántate...

Y después de que, en efecto, una vez dicho esto vendara
al niño con su propio pañuelo, lo ayudó cuidadosamente a
ponerse en pie y se fue. Sin embargo, en ese instante su actitud y su rostro mostraban un porte claramente distinto.
Caminaba erguido y con firmeza, y su pecho se agitaba profundamente bajo el apretado abrigo. Se le habían agranda-
do los ojos, que ahora eran brillantes y captaban con aplomo a la gente y las cosas, mientras su boca trazaba una
expresión de dolorosa felicidad...

Este suceso tuvo como consecuencia que, durante una
temporada, las ganas de burlarse de la gente del Camino
Gris disminuyeran un poco. Con todo, al cabo de cierto
tiempo su asombroso comportamiento quedó olvidado y un
coro de gargantas sanas, alegres y crueles cantó de nuevo a

las espaldas de aquel hombre encogido y desamparado: «¡Jo, jo, jo, Tobías!».

2

A las once de la mañana de un día soleado, Mindernickel abandonó la casa y se dispuso a subir por toda la ciudad hasta el monte Lerchenberg, esa colina alargada que suele convertirse en la zona de paseo más noble de la ciudad hacia la tarde, pero que, dado el extraordinario tiempo primaveral, ya empezaba a verse concurrida por algunos coches y paseantes a tan temprana hora. Debajo de un árbol de la gran avenida principal había un hombre que llevaba a un joven perro de caza de una correa y lo enseñaba a los transeúntes con la evidente intención de venderlo. Era un animalito amarillo y musculoso de unos cuatro meses, con un ojo rodeado por una aureola negra y una oreja del mismo color.

Cuando Tobías se percató de la escena, a unos diez pasos de distancia, se detuvo, se pasó varias veces la mano por la barbilla y miró pensativo al vendedor y al perrito, que movía alerta la cola. Después arrancó a caminar de nuevo y, con la empuñadura del bastón apretada contra la boca, dio tres vueltas al árbol en que se apoyaba aquel hombre. Finalmente se acercó a él y, sin perder de vista al animal, preguntó con voz baja y presurosa:

–¿Cuánto vale este perro?

–Diez marcos –respondió el hombre.

Tobías calló un momento para después repetir, indeciso:

–¿Diez marcos?

–Sí –repuso.

Entonces Tobías sacó una bolsa negra de cuero, extrajo un billete de cinco marcos, una pieza de tres y otra de dos, entregó rápidamente el dinero al vendedor, agarró la correa y, mirando encogido y atemorizado a su alrededor, pues algunas personas habían asistido a la compra y se estaban riendo, arrastró apresuradamente tras de sí al animal, que lloraba y se resistía a marcharse. Continuó resistiéndose durante todo el camino, hincando las patas delanteras contra el suelo y mirando con expresión temerosa e interrogativa a su nuevo dueño. Éste, sin embargo, lo siguió arrastrando enérgicamente en silencio y logró recorrer felizmente todo el trayecto.

Entre los niños callejeros del Camino Gris se produjo una tremenda algarabía cuando Tobías apareció con el perro, pero él lo cogió en brazos, se inclinó sobre él y, entre burlas y tirones de abrigo, corrió a través de los gritos sarcásticos y de las risotadas, subió las escaleras y alcanzó su habitación. Una vez allí dejó en el suelo al perro, que no cesaba de gimotear, lo acarició con benevolencia y dijo en tono desdeñoso:

–Bueno, bueno, no tienes por qué tenerme miedo, animal. No es necesario.

A continuación sacó un plato con carne hervida y patatas de un cajón de la cómoda y le lanzó una parte al animal. En ese momento dejó de gemir y devoró la comida, chasqueando con la lengua y moviendo la cola.

–Por cierto, vas a llamarte Esaú* –dijo Tobías–. ¿Me entiendes? Esaú. Seguro que podrás acordarte de un sonido tan sencillo.

Y señalando al suelo frente a él, gritó:

–¡Esaú!

Y efectivamente, el perro, tal vez porque esperaba obtener más comida, acudió hasta él y Tobías le dio una palmadita aprobatoria en el costado, diciendo:

–Así se hace, amigo mío. Te estás portando bien.

Pero entonces retrocedió unos pasos, señaló al suelo de nuevo y ordenó:

–¡Esaú!

Y el animal, que se había animado mucho, se acercó otra vez de un salto y lamió la bota de su señor.

Tobías, deleitándose incansablemente en las órdenes y su ejecución, repitió este ejercicio entre doce y catorce veces. Sin embargo, al final el perro parecía cansado. Debía de tener ganas de descansar un poco y digerir la comida, por lo que se tumbó en el suelo adoptando esa postura inteligente y graciosa característica de los perros de caza, juntando y extendiendo mucho las dos patas delanteras, largas y de fina complexión.

–¡Otra vez! –dijo Tobías–. ¡Esaú!

Pero Esaú ladeó la cabeza y se quedó en su sitio.

–¡Esaú! –gritó Tobías, elevando la voz con aire dominante–. ¡Tienes que venir, aunque estés cansado!

---

* En hebreo, «Esaú» significa «peludo». En la Biblia, Tobías viaja acompañado por un perrito.

Pero Esaú apoyó la cabeza en las patas, sin pensar siquiera en levantarse.

—Oye —dijo Tobías con un tono que contenía una amenaza sorda y terrible—. ¡Obedece o te vas a enterar de lo poco que te conviene provocarme!

Pero el animal apenas si movió algo la cola.

Entonces una ira desmedida, desproporcionada y delirante se apoderó de Mindernickel. Agarró su bastón negro, cogió a Esaú por el pescuezo y golpeó al aullante animal repitiendo una y otra vez, fuera de sí de furiosa indignación y con una voz que silbaba siniestramente:

—¿Cómo? ¿No me obedeces? ¿Te atreves a no obedecerme?

Por fin dejó el bastón a un lado, puso en el suelo a la gimoteante criatura y, las manos cogidas a la espalda y respirando profundamente, empezó a caminar de un lado a otro frente a ella mientras le lanzaba de vez en cuando una mirada orgullosa y llena de ira. Después de haber prolongado un rato este extraño paseo, se detuvo junto al animal, que estaba tumbado sobre la espalda y agitaba suplicante las patas delanteras, se cruzó de brazos y habló con el mismo tono y la misma mirada terroríficamente glaciales que adoptó Napoleón ante una compañía que había perdido el estandarte en la batalla.

—¿Cómo te has portado, si se puede saber?

Y el perro, contento ya por esta señal de acercamiento, se aproximó a rastras, se arrimó a la pierna de su amo y lo miró tembloroso desde el suelo con sus ojos relucientes.

Tobías se pasó un buen rato contemplando a la sumisa

criatura en silencio y de arriba abajo. Pero entonces, al sentir el calor conmovedor de aquel cuerpecillo en su pierna, tomó a Esaú en brazos.

–Bien, voy a tener compasión de ti –dijo entonces.

Y cuando el buen animal empezó a lamerle la cara, su malhumor ya quedó totalmente transformado en emoción y tristeza. Estrechó al animal contra el pecho con un amor atormentado, los ojos se le llenaron de lágrimas y, sin llegar a terminar la frase, repitió varias veces con voz ahogada:

–Mira, si tú eres mi único... mi único...

Entonces acomodó cuidadosamente a Esaú en el sofá, se sentó junto a él, apoyó la barbilla en la mano y lo miró con ojos dulces y serenos.

3

A partir de entonces, Tobías Mindernickel abandonaba la casa aún más raramente que antes, pues no sentía ningún deseo de mostrarse en público con Esaú. Por el contrario, dedicaba toda su atención al perro. De la noche a la mañana no se ocupaba en nada más que en darle de comer, limpiarle los ojos, darle órdenes, regañarlo y hablarle como si fuera un ser humano. Por desgracia, Esaú no siempre se comportaba a su gusto. Cuando estaba tumbado en el sofá junto a él y, cansado por la falta de aire y libertad, lo miraba con ojos melancólicos, Tobías se sentía lleno de satisfacción. Permanecía sentado en actitud tranquila y autocomplaciente y acariciaba compasivamente el lomo de Esaú, diciendo:

–¿Me miras con dolor, mi pobre amigo? Sí, sí, el mundo es triste, ya te darás cuenta, por joven que seas...

Pero cuando el animal, ofuscado y loco de ganas de jugar y de cazar, corría por la habitación, se peleaba con una zapatilla, saltaba sobre los asientos y daba volteretas con insólita vivacidad, Tobías seguía sus movimientos desde lejos con una mirada perpleja, desaprobadora e insegura y una sonrisa fea y enojada hasta que por fin lo llamaba con aspereza y lo increpaba:

–¡Déjate ya de tanta alegría! No tienes ningún motivo para ir bailando por ahí.

Una vez Esaú incluso se escapó de la habitación y, tras volar escaleras abajo, saltó a la calle, donde enseguida se puso a perseguir a un gato, a comer excrementos de caballo y a jugar con los niños, pletórico de felicidad. Pero cuando Tobías, bajo el aplauso y las risotadas de media calle, apareció con el rostro contraído en un rictus de aflicción, sucedió la desgracia de que el perro escapó a grandes zancadas al ver a su señor... Ese día Tobías le golpeó durante mucho rato y con amargura.

Un día –ya hacía varias semanas que el perro era suyo–, Tobías cogió un pan del cajón de la cómoda para darle de comer y, agachándose sobre la pieza, empezó a cortarlo en pequeñas rebanadas que iba dejando caer en el suelo con el gran cuchillo de empuñadura de hueso que solía emplear para este fin. Pero el animal, fuera de sí de apetito y desatino, saltó ciegamente sobre el pan y se clavó el cuchillo, torpemente manejado por Tobías, bajo la espaldilla derecha, a lo que se retorció sangrando en el suelo.

Asustado, Tobías lo tiró todo y se inclinó sobre el herido. Sin embargo, la expresión de su cara cambió de repente y hay que admitir que en ella se reflejó un asomo de alivio y felicidad. Llevó con mucho cuidado al perro sangrante hasta el sofá y nadie puede imaginarse con qué dedicación cuidó entonces de él. Durante el día no se apartaba de su lado y por la noche lo dejaba dormir en su propia cama, lo lavaba, vendaba, acariciaba, consolaba y compadecía con una alegría y un cuidado incansables.

–¿Te duele mucho? –decía–. ¡Sí, estás sufriendo terriblemente, mi pobre animal! Pero estáte tranquilo, tenemos que soportarlo...

Al pronunciar tales palabras, su rostro estaba sereno, melancólico y feliz.

Sin embargo, a medida que Esaú iba recobrando las fuerzas, sanaba y se volvía más alegre, el comportamiento de Tobías se tornaba cada vez más intranquilo e insatisfecho. Para entonces dejó de ocuparse de la herida y estimó que había suficiente con que le manifestara al perro su compasión con palabras y caricias. Pero la curación ya estaba muy avanzada y Esaú era de naturaleza robusta, con lo que ya empezaba a corretear de nuevo por la habitación hasta que un día, después de haber vaciado ruidosamente un plato con leche y pan blanco, saltó ya completamente sano del sofá para, con los alegres ladridos y la incontención de siempre, recorrer de un lado a otro las dos habitaciones, tirar de la manta, perseguir una patata que iba empujando con el morro y dar vueltas sobre el suelo de puro contento.

En aquel momento Tobías estaba mirando por la ventana, frente a la maceta, y mientras con una de las manos, que
le asomaba larga y delgada de la manga desflecada, retorcía
mecánicamente entre los dedos una mecha de su cabello
liso y muy repeinado hacia las sienes, su silueta destacaba
negra y extraña contra la fachada gris de la casa vecina.
Tenía el rostro pálido y desencajado por la amargura y, con
una mirada de soslayo llena de turbación, envidia y malicia,
asistía impertérrito a los saltos de Esaú. Sin embargo, al
cabo de un rato reaccionó de repente, caminó hasta él, lo
detuvo y lo tomó lentamente en brazos.

–Mi pobre animal... –empezó a decir con voz compasiva.

Pero Esaú, revoltoso y poco dispuesto a seguir dejándose tratar de esa manera, jugueteó con la mano que pretendía acariciarlo, se escabulló de los brazos que lo retenían,
saltó al suelo, dio una graciosa zancada a un lado, soltó un
par de ladridos y se fue corriendo alegremente.

Lo que sucedió entonces es algo tan incomprensible e
infame que me niego a contarlo con detalle. Tobías Mindernickel seguía allí, los brazos colgándole del torso, un
poco inclinado hacia delante, los labios fuertemente apretados y los globos oculares temblando siniestramente en las
cuencas. Y entonces, de repente, en una especie de salto
delirante, agarró al animal, un objeto grande y reluciente
centelleó en su mano y con un corte que partió de la espaldilla derecha le recorrió el pecho entero. El perro cayó al
suelo sin emitir sonido alguno. Simplemente cayó de lado,
sangrante y tembloroso...

Un instante después ya estaba tumbado en el sofá y Tobías arrodillado frente a él, apretando un paño contra la herida y tartamudeando:

–¡Mi pobre animal! ¡Mi pobre animal! ¡Qué triste que es todo! ¡Qué tristes que estamos los dos! ¿Sufres? Sí, sí, sé que sufres... ¡Qué mal aspecto tienes! ¡Pero yo estoy contigo! ¡Yo te consolaré! Con mi mejor pañuelo voy a...

Pero Esaú seguía ahí tumbado, entre estertores. Sus ojos turbios e interrogativos estaban fijos en su amo, llenos de incomprensión, inocencia y queja. Un instante después estiró un poco las patas y se murió.

Pero Tobías continuó inmóvil en la misma postura. Había apoyado la cara contra el cuerpo de Esaú y lloraba amargamente.

El armario

(1899)

Hacía un día nublado, oscuro y algo frío cuando el rápido Berlín-Roma entró en la nave, no muy grande, de la estación. En un cupé de primera clase, con tapetes de puntilla sobre las anchas butacas de felpa, se incorporaba un viajero solitario: Albrecht van der Qualen. Se había despertado. Notaba un sabor soso en la boca y tenía el cuerpo invadido por la sensación poco agradable que genera quedarse parado tras un largo viaje, el enmudecimiento del traqueteo rítmico, el silencio frente al que los sonidos, las llamadas y señales del exterior destacan como si estuvieran extrañamente dotadas de significado... Es un estado parecido a cuando uno vuelve en sí después de una borrachera o una anestesia. De repente, algo ha arrebatado a nuestros nervios el sostén, el ritmo al que se habían entregado, y de pronto se sienten extremadamente incomodados y abandonados. Tanto más si al mismo tiempo despertamos del sordo sueño del viaje.

Albrecht van der Qualen se desperezó un poco, se acercó a la ventana y bajó el cristal. Siguió la línea del tren con la mirada. Allá, junto al coche de correos, varios hombres trajinaban cargando y descargando paquetes. La locomotora aún generó varios sonidos más, estornudó y gorgoteó un poco; después guardó silencio y se quedó quieta, aunque sólo con la quietud propia de un caballo que levanta trémulo los cascos, mueve las orejas y espera ansioso la señal de arranque. Una dama alta y gorda embutida en una larga gabardina no cesaba de arrastrar con rostro terriblemente preocupado una bolsa de viaje que debía de pesar toneladas y que empujaba a golpes de rodilla, recorriendo los vagones de un extremo a otro: muda, apresurada y con ojos temerosos. Sobre todo en su labio superior, que sobresalía mucho y estaba perlado por diminutas gotas de sudor, había algo indeciblemente conmovedor... ¡Mi buena y pobre mujer!, pensó Van der Qualen. ¡Si pudiera ayudarte, acogerte, tranquilizarte, sólo por amor a ese labio tuyo! Pero a cada uno lo suyo, así son las cosas, y yo, que ahora mismo no tengo nada de miedo, estoy aquí de pie y te contemplo, como a un escarabajo que se ha caído del revés...

La penumbra reinaba en la modesta nave de la estación. ¿Se hacía de noche o estaba amaneciendo? No lo sabía. Había pasado el rato durmiendo y era totalmente incapaz de determinar si habían sido dos, cinco o doce horas. ¿Acaso no le pasaba a veces que se quedaba dormido durante veinticuatro horas y más, sin la menor interrupción, en un sueño increíblemente profundo? Van der Qualen llevaba un sobretodo de invierno medianamente largo, de color marrón oscuro, con solapas de terciopelo. Resultaba muy difícil estimar su edad a partir de sus rasgos. Se podía aven-

turar que estaría entre los veinticinco y finales de los treinta. Tenía el cutis amarillento, aunque sus ojos eran negros
y ardientes como carbones, rodeados por unas sombras
profundas. Eran ojos que no hacían pensar en nada bueno.
Varios médicos distintos, en el transcurso de francas y serias
conversaciones de hombre a hombre, le habían dicho que
no le quedaban muchos meses de vida... Por cierto que el
pelo, oscuro, lo llevaba liso y peinado a un lado.

En Berlín –aunque esta ciudad no era el punto de partida de su viaje– había subido por azar, con su bolsa de cuero
rojo, al rápido que ya estaba a punto de partir, se había
pasado el rato durmiendo y ahora, al despertar, se sintió tan
liberado del tiempo que le invadió el bienestar. No tenía
reloj. Era feliz por saber que de la fina cadena de oro que
llevaba en torno al cuello no colgaba sino un pequeño
medallón oculto en el bolsillo del chaleco. No le gustaba
ser consciente de la hora y ni siquiera del día de la semana,
pues tampoco llevaba nunca un calendario. Hacía bastante
tiempo que se había despojado de la costumbre de saber el
día, el mes o incluso el año en que vivía. Todo tiene que
quedar en el aire, solía pensar, y esas palabras significaban
mucho para él, aunque no fueran sino una frase hecha de
significado oscuro. Este desconocimiento sólo le molestaba
muy raramente, o tal vez nunca, pues se esforzaba por mantener alejadas de él todas las molestias de este tipo. ¿Acaso
no tenía suficiente con apreciar vagamente la época del
año en que se hallaba? Debe de ser otoño, pensó mientras
miraba la nave nublada y húmeda del exterior. No sé nada
más. ¿Es que sé siquiera dónde estoy...?

Y de pronto, al pensar en esto, la satisfacción que estaba sintiendo se convirtió en un alegre espanto. ¡No, no sabía dónde estaba! ¿Estaría todavía en Alemania? Sin lugar a dudas. ¿En el norte de Alemania? ¡Quién sabe! Con ojos todavía embobados por el sueño había visto pasar por la ventana de su cupé una placa iluminada que seguramente le habría indicado el nombre de la estación... Pero ni una sola de las letras había conseguido llegar a su cerebro. Todavía ebrio de sueño, había oído a los revisores gritar el nombre dos o tres veces... Y no logró comprender ni un solo sonido. Pero allí, en una penumbra que no sabía si significaba el atardecer o la mañana, había un lugar extraño, una ciudad desconocida... Albrecht van der Qualen cogió su sombrero de fieltro de la red, agarró la bolsa de viaje de cuero rojo –cuyo portamantas retenía una manta enrollada de lana fina a cuadros rojos y blancos en la que, a su vez, había un paraguas con puño de plata– y, aunque había pagado el billete hasta Florencia, abandonó el cupé, recorrió la modesta nave, depositó su equipaje en la consigna, encendió un cigarrillo, metió las manos –no llevaba bastón ni paraguas– en los bolsillos del abrigo y abandonó la estación.

Fuera, en la plaza turbia, húmeda y bastante vacía, cinco o seis cocheros hacían chasquear los látigos y un hombre de gorra galoneada y abrigo largo en que se envolvía tiritando dijo en tono interrogativo:

–¿Hotel del Valiente?

Van der Qualen le dio cortésmente las gracias y siguió derecho su camino. La gente que le salía al paso llevaba levantadas las solapas de los abrigos. Por eso él hizo lo mismo, arrimó la barbilla al terciopelo mientras fumaba y continuó caminando, ni deprisa, ni despacio.

Pasó junto a unos muros bajos, un viejo portal rematado por dos compactas torres, y atravesó un puente de pretil flanqueado por estatuas y bajo el que las aguas fluían turbias y pesadas. Pasó un largo bote desvencijado en cuya popa había un hombre remando con una barra muy larga. Van der Qualen se detuvo un rato y se inclinó sobre el pretil. Mira, pensó, un río. El río. Qué bien que no me sé su vulgar nombre... Y siguió andando.

Continuó caminando en línea recta por la acera de una calle que no era ni muy ancha, ni muy estrecha, y entonces, en algún lugar, torció a la izquierda. Era de noche. Las lámparas eléctricas de arco se encendieron con un temblor, llamearon un par de veces, entraron en incandescencia, zumbaron y terminaron por iluminar la niebla. Las tiendas ya estaban cerrando. Bien, digamos que es otoño en todos los sentidos, pensó Van der Qualen mientras seguía deambulando por la acera oscurecida por la humedad. No llevaba chanclos, pero sus botas eran extraordinariamente anchas, firmes y duraderas; a pesar de todo, no carecían de elegancia.

Llevaba todo el rato caminando en dirección a la izquierda. La gente avanzaba y pasaba a toda prisa por su lado, acudiendo a resolver sus asuntos o regresando de ellos. Y yo camino en medio de todos, pensó, y estoy tan solo y soy tan forastero como probablemente nunca haya sido nadie. No me mueve asunto ni meta. Ni siquiera tengo un bastón en que apoyarme. Nadie puede ser tan inestable, libre, indiferente. Nadie me debe nada y yo no debo nada a nadie. Dios nunca ha puesto su mano sobre mí, ni siquiera sabe quién soy. Las desgracias fieles, sin limosnas, son una buena cosa. Así uno se puede decir a sí mismo que no le debe nada a Dios...

La ciudad pronto llegó a su fin. Debió de haberla cruzado en diagonal desde su centro. Se hallaba en una calle ancha, periférica, con árboles y palacetes; torció a la derecha, atravesó tres o cuatro callejuelas como de pueblo, únicamente iluminadas por farolas de gas, y finalmente se detuvo en una calleja algo más ancha, delante de un portal de madera que se hallaba a la derecha de una casa convencional, pintada de un amarillo ocre, que se caracterizaba por tener en las ventanas unos cristales de espejo totalmente opacos y muy abombados. En el portal colgaba un letrero con la leyenda: «En esta casa se alquilan habitaciones en el tercer piso». ¿Ah, sí?, se dijo, tiró el resto de su cigarro, atravesó la puerta de la verja, caminó a lo largo de una valla que separaba aquel terreno de la finca vecina, entró por la puerta de la casa que quedaba a la izquierda, cruzó con dos pasos el vestíbulo, cubierto por una mísera alfombra continua que no era sino una manta vieja y gris, y empezó a subir las modestas escaleras de madera.

También las puertas de los pisos eran muy modestas, con cristales traslúcidos protegidos por una red de alambre y letreros con los nombres de los residentes. Los rellanos estaban iluminados por lámparas de petróleo. En el tercer piso, en cambio —era el último, y después de él ya sólo venía el desván–, también había entradas a izquierda y derecha de la escalera: sencillas puertas marrones en las que no se veía ningún nombre. Van der Qualen hizo girar el botón del timbre de latón que había en el centro... Sonó, pero no se percibía ningún movimiento en el interior. Llamó a la puerta de la izquierda... No hubo respuesta. Llamó a la derecha... Y pudo oír unos pasos largos y lentos hasta que alguien abrió.

Era una mujer alta y flaca, vieja y larga. Llevaba una cofia decorada con un gran lazo de color lila claro y un vestido negro descolorido y pasado de moda. Tenía el rostro consumido, como de pájaro, y en la frente podía apreciarse una erupción cutánea, una especie de excrecencia musgosa. Algo bastante repugnante.

–Buenas noches –dijo Van der Qualen–. Las habitaciones...

La vieja dama asintió. Asintió y sonrió lentamente, muda y llena de comprensión, y con su larga mano, hermosa y blanca, en un gesto lento, fatigado y elegante, señaló la puerta de enfrente, la de la izquierda. Entonces se retiró para aparecer de nuevo con una llave. Mira por dónde, pensó él, que estaba a espaldas de la mujer mientras abría. Es usted como un espectro, como un personaje de Hoffmann, señora mía... Ella cogió la lámpara de petróleo del gancho y le hizo entrar.

Era una habitación pequeña y de techo bajo con entarimado marrón. Las paredes, en cambio, estaban revestidas hasta el techo de esteras de color paja. La ventana que había en la pared del fondo, a la derecha, estaba cubierta con una cortina de muselina que caía en pliegues largos y delgados. La puerta blanca que conducía a la habitación contigua quedaba a mano derecha.

La anciana dama la abrió y levantó la lámpara. Era una habitación lastimosamente fría, con paredes desnudas y blancas frente a las que tres sillas rojas de rejilla destacaban como fresas sobre nata montada. Un armario ropero, un lavabo con espejo... Y la cama, un mueble extremadamente robusto de caoba, que se erigía libremente en medio de la habitación.

–¿Tiene usted alguna objeción? –preguntó la anciana señora, pasándose ligeramente la mano hermosa, larga y blanca por la excrecencia musgosa de la frente... Era como si lo hubiera dicho sin querer, como si fuera incapaz de recordar otra expresión más corriente para un momento como aquél. Enseguida añadió–: Por así decirlo...

–No, no tengo ninguna objeción –dijo Van der Qualen–. La decoración de las habitaciones es bastante graciosa. Las alquilo... Me gustaría que alguien fuera a recoger mis cosas a la estación; aquí tiene el resguardo. Tendrá usted la amabilidad de hacer preparar la cama, la mesita de noche... Y de darme enseguida la llave de la casa y del piso... Como también me conseguirá un par de toallas. Quisiera asearme un poco. Después iré a cenar a la ciudad y regresaré entonces.

Sacó un estuche niquelado de la bolsa, echó mano del jabón que había en él y empezó a refrescarse el rostro y las manos en el lavabo. De vez en cuando miraba por la ventana, de cristales extremadamente abombados, al exterior;

allá abajo, lodosas callejuelas de arrabal destacaban a la luz de gas; veía lámparas de arco y palacetes... Mientras se secaba las manos se dirigió al armario. Era un trasto rudimentario, barnizado en marrón, un poco tambaleante y con un remate de decoración simplona; estaba en medio de la pared lateral derecha, alojado justo en el nicho que dejaba una segunda puerta blanca que debía de conducir a las estancias cuya puerta principal y central se hallaba en el rellano. Hay algunas cosas en el mundo que están bien dispuestas, pensó Van der Qualen. Este armario ropero cabe en el nicho de la puerta como si lo hubieran construido expresamente para eso... Abrió la puerta. El armario estaba completamente vacío, con sólo unas hileras de ganchos en el techo. Sin embargo, resultó que este mueble tan sólido no tenía pared de fondo, sino que sólo lo cerraba una tela gris, una arpillera dura y corriente prendida con chinchetas en sus cuatro esquinas.

Van der Qualen cerró el armario, cogió el sombrero, volvió a subirse el cuello de su sobretodo, apagó la vela y se fue. Mientras atravesaba la antecámara creyó oír a su lado, en las otras estancias, confundido entre el sonido de sus propios pasos, un tañido suave, claro y metálico... Aunque quizá fuera una ilusión. Como si un anillo de oro cayera en una fuente de plata, pensó mientras cerraba la puerta del piso. Después bajó por las escaleras, abandonó la casa y regresó a la ciudad.

En una calle animada entró en un luminoso restaurante y tomó asiento en una de las mesas delanteras, dándole la espalda a todo el mundo. Tomó una sopa juliana con pan tostado, un bistec con huevo, compota y vino, un trozo de gorgonzola verde y la mitad de una pera. Mientras pagaba y se ponía el abrigo, dio un par de caladas a un cigarrillo ruso, se encendió después un puro y se fue. Deambuló un poco de aquí para allá antes de reemprender el camino de regreso al suburbio, que recorrió sin prisas.

La casa con los cristales de espejo estaba en completa oscuridad y silencio cuando Van der Qualen abrió la puerta y subió por los oscuros escalones iluminándose con una cerilla. En el tercer piso abrió la puerta marrón de la izquierda que conducía a su habitación. Tras haber dejado el sobretodo y el sombrero sobre el diván, encendió la lámpara del gran escritorio, sobre el que encontró su bolsa de viaje, así como la manta enrollada con el paraguas. Desenrolló la manta y extrajo una botella de coñac, a lo que sacó una copa de la bolsa de cuero y, mientras terminaba de fumarse el puro, le daba algún sorbo de vez en cuando sentado en la butaca. Es agradable, pensó, que, al menos, en el mundo siga habiendo coñac... A continuación se dirigió al dormitorio, donde encendió la vela de la mesita de noche, salió un momento a apagar la lámpara de la otra habitación y empezó a desvestirse. Pieza por pieza, fue dejando su discreto y duradero traje gris sobre la silla roja que había junto a la cama. Entonces, al soltarse los tirantes, se acordó del sombrero y del abrigo que todavía estaban en el diván. Los fue a buscar, abrió el armario... y dio un paso atrás, agarrándose a una de las grandes bolas de caoba rojo oscuro que, a sus espaldas, remataban las cuatro esquinas de la cama.

La habitación, con sus paredes blancas y desnudas en las

que las sillas pintadas de rojo destacaban como fresas sobre nata montada, estaba bañada por la inquieta luz de la vela. En cambio, el armario ropero, que tenía la puerta abierta de par en par, no estaba vacío; había alguien en él, una figura, una criatura tan encantadora que el corazón de Albrecht van der Qualen se detuvo un instante para, a continuación, seguir palpitando con latidos plenos, lentos y suaves... Estaba completamente desnuda y tenía levantado uno de sus brazos delgados y delicados, pues mantenía agarrado con el índice uno de los ganchos del techo del armario. Algunas ondas de la cabellera larga y castaña descansaban sobre sus infantiles hombros, que desprendían un encanto tal que sólo se podía responder a él con un sollozo. En sus alargados ojos negros se reflejaba el resplandor de la vela... La boca era algo ancha, pero de una expresión tan dulce como los labios del Sueño cuando se posan sobre nuestra frente tras días de penuria. Tenía los talones muy juntos y sus delgadas piernas se arrimaban una a otra...

Albrecht van der Qualen se limitó a pasarse la mano por los ojos y a ver... Vio también que ahí abajo, en la esquina derecha, se había soltado la arpillera gris del armario...

–Esto... –dijo él...–. ¿No quiere usted entrar...? O, mejor dicho..., ¿salir? ¿No quiere tomar una copita de coñac? ¿Media copita...?

Aunque en realidad no esperaba respuesta y tampoco recibió ninguna. Sus ojos delgados, brillantes y tan negros que parecían carentes de expresión, insondables y mudos, estaban fijos en él, pero sin sostén ni objetivo, difusos como si no lo estuvieran viendo.

–¿Quieres que te cuente algo? –dijo de pronto, con voz velada y serena.

–Cuéntame... –respondió él.

Van der Qualen había caído sentado sobre el borde de la cama, el sobretodo en las rodillas y las manos entrelazadas sobre él. Tenía los labios entreabiertos y los ojos casi cerrados. Pero la sangre pulsaba cálida y suave a través de su cuerpo y le zumbaban ligeramente los oídos.

Ella se había sentado en el armario, enlazando una rodilla con sus delicados brazos, mientras dejaba que la otra pierna le colgara fuera. Los brazos apretaban los pechos diminutos y la piel tensa de su rodilla relucía. Y se puso a contar... Contó con voz queda, mientras la llama de la vela ejecutaba danzas silenciosas...

Dos se paseaban por la pradera y ella reclinaba la cabeza en el hombro de él. Las hierbas desprendían un fuerte aroma, pero el suelo ya empezaba a desprender la nebulosa bruma de la tarde: así empezaba el cuento. Y muchas veces eran versos que rimaban de una forma tan incomparablemente ligera y dulce como nos acometen a veces en la duermevela de una noche febril. Pero no acababa bien. El final era tan triste como dos personas que se mantienen estrechamente abrazadas y, mientras aprietan los labios con fuerza, una, con fundadas razones, le clava a la otra un ancho puñal en el cuerpo, por encima de la cintura. Pero así es como acababa. Y entonces ella se ponía en pie con un ademán infinitamente quedo y discreto, levantaba el extremo derecho de la tela gris que conformaba la pared trasera del armario y desaparecía.

Desde entonces la encontraba en su armario todas las noches y después la escuchaba... ¿Cuántas noches? ¿Cuántos días, semanas o meses se quedó en aquel piso y en aquella ciudad? A nadie le serviría que se hiciera constar aquí alguna cifra. ¿Quién podría encontrar placer en un simple número...? Además, sabemos que, en opinión de varios médicos, a Albrecht van der Qualen ya no le quedaban muchos meses de vida.

Ella le contaba... y eran historias tristes, desconsoladas. Pero se depositaban como una dulce carga sobre el corazón, haciéndolo palpitar más lento y más feliz. Varias veces llegó a perder el control... De pronto le hervía la sangre, estiraba los brazos hacia ella y ella no se le negaba. Pero entonces pasaban varias noches sin que la encontrara en el armario y, cuando volvía, pasaba varias noches más sin contarle nada para volver a empezar después poco a poco, hasta que él perdía el control de nuevo.

¿Cuánto tiempo duró esto...? ¿Quién lo sabe? ¿Quién sabe siquiera si Albrecht van der Qualen despertó de veras aquella tarde y se dirigió a la ciudad desconocida? ¿O si no se quedaría más bien dormido en su cupé de primera clase, dejándose llevar por el rápido Berlín-Roma a velocidades increíbles por encima de todas las montañas? ¿Quién de nosotros se comprometería a aventurar una respuesta decidida y responsable a esta pregunta? La incertidumbre es total. «Todo tiene que quedar en el aire...»

LUISITA

(1900)

1

Hay matrimonios cuya composición no puede ser concebida ni por la más ejercitada imaginación literaria. Hay que aceptarlos igual que aceptamos en el teatro las uniones extravagantes de contrarios, como viejo y estúpido con bello y vivaz, y que, una vez dadas como premisas, constituyen la base de la construcción matemática de una comedia.

Por lo que respecta a la esposa del abogado Jacoby, era joven y bella, una mujer dotada de inusuales encantos. Hace, digamos, unos treinta años que fue bautizada con los nombres de Anna, Margarethe, Rosa y Amalie, pero de la unión de las iniciales de estos tres nombres de pila salió el apodo con que fue llamada desde siempre, Amra, un nombre que por sus resonancias exóticas se adaptaba a su personalidad como ningún otro. Pues aunque la oscuridad de su cabello fuerte y suave, que llevaba con una raya en medio, peinado hacia los lados formando sendas diagonales sobre su delgada frente, era sólo del color marrón de las castañas, su piel lucía un amarillo mate y oscuro totalmente mediterráneo, una piel tensa que cubría unas redondeces que también parecían haber madurado bajo un sol sureño y que, con su turgencia vegetativa e indolente, hacían pensar en una sultana. Resultaba perfectamente congruente con esta impresión apoyada por cada uno de sus movimientos de concupiscente indolencia el hecho de que, con toda probabilidad, fuera de una inteligencia francamente subordinada. Bastaba con que mirara a alguien una sola vez, elevando con originalidad sus bonitas cejas en posición casi horizontal hacia su frente de conmovedora delgadez, para que eso se hiciera patente. Pero ni siquiera ella era tan simple como para no saberlo. Así pues, optaba sencillamente por no ponerse en evidencia hablando poco y raramente: al fin y al cabo, contra una mujer bella y callada no hay nada que objetar. Por otra parte, posiblemente la palabra «simple» sea la menos adecuada para ella. Su mirada no era sólo boba, sino que también contenía cierta dosis de lasciva hipocresía y se veía a las claras que la limitación de esta mujer no era lo suficientemente acusada como para no causar quebrantos... Por cierto que quizá tenía la nariz un poco excesivamente marcada y carnosa vista de perfil. Pero su boca turgente y ancha era de una belleza perfecta, aunque la única expresión que mostrara fuera la de sensualidad.

Esta inquietante mujer, pues, era la esposa del abogado Jacoby, de unos cuarenta años... Y todo el que lo viera quedaba asombrado a la fuerza. Era obeso, el abogado... Era más que obeso, ¡era un auténtico coloso de hombre! Sus piernas, siempre embutidas en pantalones color gris ceniza

como columnas amorfas, recordaban las patas de un elefante, su espalda abultada por acumulaciones de grasa era
propia de un oso y, por encima de la descomunal convexi-
dad de su barriga, la singular chaquetilla gris verdosa que
solía llevar estaba cerrada con tanto esfuerzo por un único
botón que se disparaba elásticamente hacia los hombros al
desabrocharla. Sin embargo, sobre este tronco monumen-
tal, prácticamente sin la necesaria transición de un cuello,
descansaba una cabeza relativamente pequeña de ojillos
finos y acuosos, nariz corta y comprimida y mejillas que
caían por efecto de su plenitud, entre las que se perdía una
boca diminuta de comisuras hundidas en melancólico ademán. Tenía el redondo cráneo y el labio superior cubiertos
por cerdas ralas, duras y muy rubias que dejaban entrever
en todas partes la piel desnuda, como en un perro sobre-
alimentado... ¡Ay! A la fuerza tenía que darse cuenta todo
el mundo de que la obesidad del abogado no era una gor-
dura saludable. Su cuerpo, gigantesco tanto a lo largo como
a lo ancho, adolecía de un exceso de grasa sin ser tampoco
musculoso, y muchas veces se podía observar cómo un
repentino aflujo sanguíneo se vertía en su rostro inflado
para dejar paso de forma igualmente repentina a una palidez amarillenta, al tiempo que su boca se deformaba en un
gesto avinagrado...

El bufete del abogado era de muy limitado alcance. Pero
como, en parte gracias a su esposa, poseía un buen patrimonio, esta pareja –que, por cierto, no tenía hijos– residía en
un piso confortable de la Kaiserstrasse y mantenía animadas
relaciones sociales: claro que, de eso no cabía duda, única-

mente en función de las apetencias de la señora Amra, pues es imposible que el abogado, que en tales ocasiones sólo parecía estar atento a fuerza de un tortuoso empeño, se sintiera feliz en las reuniones. El carácter de este hombre gordo era de lo más singular. No había nadie en el mundo más cortés, atento y tolerante que él. Pero, quizá sin que nadie estuviera dispuesto a reconocérselo siquiera a sí mismo, se hacía perceptible que, por algún motivo, la conducta excesivamente amable y aduladora del abogado era forzada y estaba basada en la pusilanimidad e inseguridad interior, lo que conmovía de un modo desagradable. Nada resulta más feo que la contemplación de una persona que se desprecia a sí misma, pero que por cobardía y vanidad pretende ser amable y caer bien a pesar de todo: y estoy convencido de que éste era exactamente el caso del abogado, quien en su autohumillación casi rastrera iba demasiado lejos para seguir conservando la dignidad personal necesaria. A una dama a la que quisiera acompañar a la mesa era capaz de decirle:

–Respetable señora, sé que soy un hombre repugnante, pero ¿tendría usted la bondad de...?

Y lo decía sin tener el más mínimo talento para burlarse de sí mismo, en un tono agridulce, atormentado y repulsivo. También la siguiente anécdota es verídica: un día, mientras el abogado estaba dando un paseo, un grosero criado pasó por su lado con una carretilla y le pisó violentamente un pie con una de las ruedas. Aunque demasiado tarde, aquel hombre detuvo la carretilla y se dio la vuelta, a lo que el abogado, totalmente perplejo, pálido y con las mejillas temblorosas, se quitó el sombrero y farfulló:

—¡Usted perdone!

Esta clase de cosas resultan indignantes. Sin embargo, este singular coloso parecía perpetuamente atormentado por la mala conciencia. Cuando aparecía con su esposa en el Lerchenberg, la principal zona de paseo de la ciudad, y al tiempo que dedicaba de vez en cuando una tímida mirada a Amra, que caminaba a su lado con maravillosa elasticidad, saludaba en todas direcciones con tal exceso de vehemencia, temor y celo como si sintiera la necesidad de inclinarse humildemente frente a cualquier subteniente y pedir perdón por el hecho de que él, precisamente él, se hallara en posesión de una mujer tan bella. Y la expresión patéticamente cordial de su boca parecía estar implorando que nadie se burlara de él.

2

Ya se ha insinuado antes: la razón que pudo mover a Amra a contraer matrimonio con el abogado Jacoby siempre será una incógnita. Él, en cambio, la amaba, y lo hacía con un amor tan apasionado como sin duda es difícil de encontrar en alguien de su constitución, y con tanta humildad y temor como respondía al resto de su ser. Muchas veces, entrada la noche, cuando Amra se había retirado ya a descansar al gran dormitorio cuyos altos ventanales estaban cubiertos por cortinas plisadas y con estampado de flores, el abogado se acercaba a su pesada cama, tan silenciosamente que no se podían oír sus pasos, sino sólo el lento crujir del suelo y de los muebles, se arrodillaba frente a ella y le cogía la mano entre las suyas con un cuidado infinito. En tales casos, Amra solía estirar las cejas hasta formar con ellas una línea horizontal en su frente y, con una expresión de sensual perversidad, miraba silenciosamente a su monstruoso marido, que estaba tendido frente a ella a la tenue luz de la lamparita de noche. Él, en cambio, mientras le retiraba cuidadosamente el camisón del brazo con manos torpes y temblorosas y apretaba su rostro patéticamente gordo contra la mórbida articulación de este miembro de morena plenitud, allí donde unas diminutas venas azules se destacaban sobre la piel oscura, arrancaba a hablar con voz reprimida y trémula y un tono que los hombres razonables no acostumbran a emplear en su vida cotidiana:

–Amra –susurraba–. ¡Mi querida Amra! ¿No te estaré molestando? ¿No estarías durmiendo? ¡Dios mío, llevo todo el día pensando en lo hermosa que eres y en lo mucho que te quiero...! Presta atención a lo que vengo a decirte, pues me resulta muy difícil de expresar...: te amo tanto que a veces mi corazón se contrae y yo no sé adónde ir. ¡Te quiero con todas mis fuerzas! Seguramente no lo entenderás, pero vas a creerme, y tienes que decirme por lo menos una vez que me vas a estar un poquito agradecida por ello, pues, mira, un amor como el que yo siento por ti tiene su valor en esta vida... Y que nunca vas a traicionarme ni engañarme. Ya sé que tú no puedes amarme, pero por agradecimiento, sólo por agradecimiento... Vengo a ti para pedírtelo de todo corazón, con toda la pasión de que soy capaz...

Y tales monólogos solían terminar con que el abogado, sin cambiar un ápice su postura, rompía a llorar amargamente en voz baja. Pero llegado a ese punto, Amra se sentía conmovida y le pasaba la mano a su esposo por las cerdas, diciéndole varias veces en el tono lánguido, consolador y burlón que empleamos para hablarle a un perro que acude a lamernos los pies:

—¡Sí...! ¡Sí...! ¡Mi buen animal...!

Desde luego, no hay duda de que este comportamiento de Amra era impropio de una mujer de buenas costumbres. Por otra parte, a estas alturas ha llegado ya el momento de que me descargue de esa verdad que he guardado oculta hasta ahora. Me refiero a que, a pesar de todo, Amra traicionaba a su marido; lo engañaba, quiero decir, y lo hacía con un señor llamado Alfred Läutner. Éste era un joven músico de talento que, gracias a pequeñas y divertidas composiciones, a sus veintisiete años había conseguido labrarse ya cierta fama. Un hombre delgado de rostro pícaro, pelo suelto y largo y una singular sonrisa en los ojos que denotaba gran confianza en sí mismo. Pertenecía a esa clase de pequeños artistas actuales que no se exigen demasiado a sí mismos y que, por encima de todo, quieren ser personas felices y amables, hacen uso de su agradable y pequeño talento para incrementar su amabilidad personal y gustan de desempeñar el papel de genio ingenuo en sociedad. Conscientemente infantiles, amorales, sin escrúpulos, alegres y autocomplacientes como son, y lo bastante sanos para gustarse incluso cuando están enfermos, su vanidad es ciertamente encantadora, al menos mientras nadie se la hiera. Eso sí, ¡pobres de estos pequeños mimos y de estas felices criaturas cuando les sobreviene una desgracia seria, algún sufrimiento a cuya costa no puedan coquetear, en el que ya no se gusten a sí mismos! Porque entonces no van a saber ser infelices con dignidad, no serán capaces de sacarle ningún partido a su desdicha y terminarán por hundirse... Aunque eso ya es otra historia. El caso es que el señor Läutner creaba cosas muy lindas: generalmente valses y mazurcas, cuyo aire de divertimento tal vez fuera un poco popular en exceso para poder considerarlos «música» (al menos por lo que yo entiendo del tema), si no fuera porque cada una de estas composiciones contenía una pequeña originalidad, una transición, una entrada, un giro armónico o algún pequeño efecto nervioso que revelaba la gracia e inventiva con que fueron creadas y que también las hacía interesantes para los conocedores más serios. Muchas veces estos dos solitarios ritmos musicales tenían un aire singularmente triste y melancólico, que se disolvía de forma rápida y repentina en la euforia propia de sala de baile que caracterizaba en general a la obrita...

Así pues, era este joven quien había encendido en Amra Jacoby una censurable inclinación, mientras él, por su parte, no había tenido el decoro suficiente para resistirse a sus reclamos. Unas veces se encontraban aquí, otras allá, y hacía años que una relación deshonesta los unía: una relación que estaba en boca de toda la ciudad a espaldas del abogado. ¿Y qué pasaba con él, con este último? Amra era demasiado tonta para sufrir por mala conciencia y delatarse por ello. Por increíble que parezca, es forzoso dar por hecho que el abogado, por mucho que le pesara el corazón de preocupación y de miedo, no podía abrigar ninguna sospecha concreta en contra de su esposa.

3

Finalmente, y con el fin de alegrar a todos los corazones, la primavera había hecho su entrada en el campo y Amra había tenido una ocurrencia de lo más encantadora.

–Christian –dijo (pues el abogado se llamaba Christian)–, vamos a dar una fiesta, una gran fiesta en honor de la cerveza de primavera. Algo muy sencillo, claro, sólo con asado frío de ternera, pero con mucha gente.

–Claro... –respondió el abogado–. Pero ¿no podríamos retrasarlo todavía un poquito?

Amra no respondió a eso, sino que entró inmediatamente en detalles.

–Vamos a ser tantos, ¿sabes?, que aquí no tendremos espacio suficiente. Tenemos que alquilar un local, un jardín, una sala junto a la entrada de la ciudad, para tener aire y espacio suficientes. Seguro que entenderás eso. Estoy pensando en la gran sala del señor Wendelin, al pie del Lerchenberg. La sala está libre y sólo se comunica con la taberna y la fábrica de cerveza a través de un pasillo. La podremos decorar para una fiesta, poner mesas muy largas y beber cerveza de primavera. Allí podremos bailar y tocar música, quizá incluso hacer algo de teatro, pues sé que tienen un pequeño escenario, y eso para mí es muy importante... En definitiva: haremos que sea una fiesta muy original y nos divertiremos de lo lindo.

Durante esta conversación al abogado se le había puesto la cara algo amarilla y las comisuras de la boca se le hundieron con un temblor.

–Ardo en deseos de que llegue ese día, mi querida Amra –repuso–. Sé que puedo dejarlo todo en manos de tu habilidad. Te ruego que hagas los preparativos necesarios para...

4

Y Amra hizo sus preparativos. Deliberó sobre el asunto con varias damas y caballeros, alquiló personalmente la gran sala del señor Wendelin e incluso constituyó una especie de comité de señores que habían sido invitados o se habían ofrecido a ayudar en las alegres representaciones que debían embellecer la fiesta... Este comité estaba compuesto exclusivamente de caballeros, a excepción de la esposa del actor de la corte Hildebrandt, que era cantante. Por lo demás, formaban parte de él el propio señor Hildebrandt, un tal catedrático suplente Witznagel, un joven pintor y el señor Alfred Läutner, además de algunos estudiantes que habían sido introducidos por el catedrático suplente y que debían representar unos bailes africanos.

Sólo ocho días después de que Amra hubiera tomado su decisión, este comité se reunió para deliberar en la Kaiserstrasse, para ser exactos en el salón de Amra, una habitación pequeña, cálida y atiborrada, equipada con una gruesa alfombra, una otomana con muchos cojines, una palmera de abanico, sillones ingleses de cuero y una mesa de caoba de patas arqueadas cubierta con un mantel de felpa y adornada con varias piezas de lujo. También había una chimenea que aún desprendía algo de calor. Su repisa negra de piedra sostenía algunos platos con canapés finos, copas y dos botellones de jerez. Amra, un pie ligeramente apoyado en el otro, se reclinaba sobre los cojines de la otomana ensombrecida por la palmera de abanico, bella como una noche cálida. Una blusa de seda clara y muy ligera le cubría los pechos, mientras que su falda era de tela oscura, pesada y con grandes flores bordadas. De vez en cuando se apartaba una ondulada mecha castaña de la frente. La señora Hildebrandt, la cantante, también estaba sentada en la otomana junto a ella. Era pelirroja y vestía un traje de montar. Frente a las dos damas, en cambio, se habían acomodado los señores en un apretado semicírculo. Justo en su centro estaba el abogado, que sólo había hallado libre una butaca de cuero extremadamente baja y que causaba un efecto deplorable. De vez en cuando respiraba profundamente y tragaba saliva, como si estuviera luchando contra un ataque recurrente de náuseas... El señor Alfred Läutner, con atuendo de tenis, había renunciado a todo asiento y se había reclinado en la chimenea, guapo y alegre, pues afirmaba no poder pasar tanto tiempo tranquilamente sentado.

El señor Hildebrandt, con voz bien modulada, habló de canciones inglesas. Era un hombre extremadamente respetable y que desprendía seguridad, impecablemente vestido de negro y con una gran cabeza propia de un césar: un actor de la corte de buena formación, sólidos conocimientos y gusto depurado. Era aficionado a juzgar en sesudas conversaciones a Ibsen, Zola o Tolstói, que al fin y al cabo perseguían los mismos reprobables fines. Hoy, en cambio, se había prestado a participar cordialmente en una cuestión trivial.

–¿No conocerán los señores la deliciosa canción *That's Maria!?* –decía...–. Es un poco picante, pero de una efectividad nada corriente. También tendríamos la famosa...

Y todavía propuso algunas canciones más sobre las que finalmente el grupo se puso de acuerdo y que la señora Hildebrandt se declaró dispuesta a interpretar.

El joven pintor, un señor muy caído de hombros y perilla rubia, debía parodiar a un prestidigitador, mientras que el señor Hildebrandt tenía la intención de imitar a hombres famosos... En definitiva, todo marchaba viento en popa y el programa ya casi parecía terminado cuando de pronto el señor catedrático suplente Witznagel, hombre de gestos complacientes y marcado por numerosas cicatrices de duelos estudiantiles de esgrima, tomó nuevamente la palabra:

–Todo eso está muy bien, señores míos, todo eso promete ser ciertamente divertido. Con todo, no puedo por menos de añadir una cosa más. Se me antoja que aún nos falta algo: una especie de actuación principal, el número por excelencia, la guinda, el punto culminante... Algo muy especial, algo que deje perplejo, una broma que lleve la diversión al máximo... En fin, debo reconocer que no cuento con ninguna idea concreta. Con todo, según me parece...

–¡En el fondo, es verdad! –dijo el señor Läutner desde la chimenea, dejando oír su voz de tenor–. Witznagel tiene razón. Sería de lo más deseable contar con un número principal a modo de broche final. Pensemos un poco...

Y mientras se ajustaba bien el cinturón rojo con un par de hábiles gestos, miró interrogativamente a su alrededor. La expresión de su rostro denotaba auténtico encanto.

–Pues bien –dijo el señor Hildebrandt–. Si ustedes no quieren ver mi imitación de hombres famosos como el punto culminante...

Pero todos dieron la razón al catedrático suplente. Sería deseable contar con un número principal especialmente jocoso.

–Ciertamente: algo extraordinariamente cómico...

Todos se pusieron a pensar.

Y al final de esta pausa, que debió de durar un minuto y que sólo se vio interrumpida por pequeñas exclamaciones propias del proceso reflexivo, sucedió lo extraño. Amra estaba reclinada en los cojines de la otomana mientras, hábil y afanosa como un ratón, se mordía la uña puntiaguda del meñique, al tiempo que su rostro reflejaba una expresión singular en extremo. Había una sonrisa en torno a su boca, una sonrisa distraída y casi demencial, que hablaba de una lascivia simultáneamente dolorosa y cruel, y sus ojos, que tenía muy abiertos y brillantes, se desplazaron lentamente hasta la chimenea, donde por un segundo quedaron retenidos por la mirada del joven músico. Pero entonces, en un impulso, se volvió bruscamente en dirección a su esposo, el abogado, y mientras, con las dos manos en el regazo, lo miraba fijamente a la cara con una expresión fascinadora y absorbente y su rostro empalidecía de forma ostensible, dijo con voz sonora y muy articulada:

–Christian, propongo que al final salgas tú disfrazado de cantante con un vestido de bebé de seda roja y nos bailes algo.

El efecto de estas pocas palabras fue tremendo. Sólo el

joven pintor trató de reírse benévolamente, mientras el señor Hildebrandt se limpiaba la manga con el rostro glacial, los estudiantes soltaban una tosecilla y, con un ruido poco decoroso, hacían uso de sus pañuelos, la señora Hildebrandt se ruborizaba violentamente, algo que no solía sucederle, y el catedrático suplente Witznagel salía huyendo directamente para irse a buscar un canapé. El abogado, acurrucado en una mortificante postura en su butaca demasiado baja, miraba a su alrededor con la cara amarilla y una sonrisa aterrorizada, al tiempo que farfullaba:

—Pero si yo... yo... dudo que sea capaz... No quiero que... Discúlpenme...

Alfred Läutner ya no tenía la mirada despreocupada de antes. Parecía como si hubiera enrojecido levemente y, con la cabeza estirada hacia delante, miraba a Amra a los ojos, conmocionado, inquisitivo, sin comprender...

Ella, en cambio, sin modificar su persuasiva postura, siguió hablando con la misma entonación insistente:

—Y deberías cantar una canción, Christian, que haya compuesto el señor Läutner y a la que él te acompañará al piano. Eso será la mejor y más efectiva guinda de nuestra fiesta.

Se hizo una pausa, una pausa abrumadora. Pero entonces, muy de repente, se produjo lo inesperado: que el señor Läutner, contagiado, por así decirlo, arrebatado y excitado, avanzó un paso y, temblando por una especie de súbito entusiasmo, se puso a hablar a toda prisa:

—Caramba, señor abogado, estoy dispuesto, me declaro dispuesto a componerle algo... Tiene que cantarlo, que bailarlo... Será el único apogeo imaginable de la fiesta... Ya lo verá, ya lo verá. Esa canción será lo mejor que he hecho y que haré nunca... ¡En un vestido de bebé de seda roja! ¡Ah, su señora esposa es una artista, una artista, le digo! ¡De no ser así nunca se le habría ocurrido nada parecido! ¡Diga que sí, se lo suplico, acepte usted! Voy a hacer algo magnífico, algo extraordinario, ya lo verá...

En ese momento se disolvió la tensión y todo el mundo empezó a moverse. Ya sea por maldad o por cortesía, el caso es que todos empezaron a acosar al abogado con sus ruegos, y la señora Hildebrandt fue tan lejos como para decir muy alto, con su voz de Brunilda:

–Pero, señor abogado, ¡si normalmente es usted un hombre tan alegre y divertido...!

Pero el propio abogado también había empezado a recobrar el habla y, todavía un poco amarillo, pero con un gran acopio de determinación, dijo:

–Escúchenme, señores... ¿Qué quieren que les diga? No soy la persona adecuada, créanme. Poseo pocas aptitudes cómicas y además, independientemente de ello... ¡En fin, que no! ¡Lo siento, pero eso es imposible!

Se mantuvo con firme obcecación en esta negativa y, como Amra ya no intervino en la conversación, pues volvía a estar reclinada con expresión ausente, y como tampoco el señor Läutner volvió a decir palabra, sino que se quedó mirando fijamente un arabesco de la alfombra, el señor Hildebrandt logró darle un nuevo giro a la conversación y pronto el grupo se disolvió sin haber tomado una decisión respecto al último punto.

Por la noche de ese mismo día, no obstante, cuando Amra se había retirado a dormir y yacía en la cama con los ojos abiertos, entró pesadamente su esposo, acercó una silla a su cama, tomó asiento y dijo vacilante y en voz baja:

—Escucha, Amra, para serte sincero, me siento abrumado por los escrúpulos. Si me he mostrado excesivamente reservado con los señores, si los he ofendido... ¡Dios sabe que ésa no era mi intención! ¿O es que puedes llegar a pensar en serio que yo...? Te lo ruego...

Amra calló unos instantes mientras sus cejas se alzaban lentamente hasta alinearse en su frente. Entonces se encogió de hombros y dijo:

—No sé qué quieres que te diga, amigo mío. Te has comportado como nunca lo hubiera esperado de ti. Te has negado con palabras descorteses a colaborar en la representación, colaboración que, por cierto, no puede sino halagarte, pues todos han estimado necesaria tu participación. Por emplear una expresión suave, has defraudado terriblemente a todo el mundo y has perturbado toda la fiesta con tu ruda falta de complacencia, cuando tu obligación como anfitrión hubiera sido...

El abogado tenía la cabeza gacha y, respirando con dificultad, dijo:

—No, Amra, no era mi intención ser poco complaciente, créeme. No quiero ofender ni desagradar a nadie, y si me he comportado mal, estoy decidido a remediarlo. Se trata de una broma, una mascarada, una diversión inocente... ¿Por qué no? No quiero perturbar la fiesta; me declaro dispuesto...

A la tarde siguiente Amra salió una vez más de casa para hacer unos «recados». Detuvo el coche en el 78 de la Holzstrasse y subió al segundo piso, donde ya la estaban esperando. Y cuando, entregada y rendida de amor, apretó la cabeza de su amante contra su pecho, susurró apasionadamente:

–Compónlo a cuatro manos, ¿me oyes? Vamos a acompañarlo los dos mientras él canta y baila. Yo, yo misma me encargaré de hacerle el traje...

Y un raro estremecimiento, una carcajada mal reprimida y compulsiva les atravesó los miembros a los dos.

5

Para todo aquel que desee dar una fiesta, una diversión al aire libre de gran estilo, los locales del señor Wendelin en el Lerchenberg son de lo más recomendable. A través de una elevada verja se accede desde la agradable calle del suburbio al parque ajardinado que forma parte del establecimiento y en cuyo centro se encuentra la amplia sala de celebraciones. Esta sala, únicamente comunicada por un estrecho pasillo con el restaurante, la cocina y la fábrica de cerveza y construida de madera pintada de colores alegres, en una divertida mezcla de estilos entre chino y renacentista, posee grandes puertas de dos batientes que, si el tiempo es bueno, se pueden dejar abiertas para dejar entrar el aliento de los árboles. Además, tiene una capacidad considerable.

Los coches que hoy se iban acercando ya eran saludados a lo lejos por un abigarrado resplandor, pues toda la verja, los árboles del jardín y la sala propiamente dicha habían sido densamente adornados con farolillos de colores y, por lo que respecta al interior de la sala, ésta ofrecía un aspecto verdaderamente alegre. Debajo del techo se extendían gruesas guirnaldas de las que colgaban numerosos farolillos de papel, y eso a pesar de que entre los adornos de las paredes, compuestos por banderas, arbustos y flores artificiales, resplandecía una gran cantidad de lámparas eléctricas que procuraban a la sala una iluminación deslumbrante. En un extremo se encontraba el escenario, a cuyos lados había plantas de adorno y sobre cuyo telón rojo flotaba un geniecillo pintado por mano de artista. Desde el otro extremo de la estancia se extendían casi hasta el escenario las largas mesas adornadas con flores en las que los invitados del abogado Jacoby disfrutaban del asado de ternera y de la cerveza de primavera: juristas, oficiales, comerciantes, artistas, altos funcionarios en compañía de sus esposas e hijas... Sin duda más de ciento cincuenta comensales. La gente iba vestida con sencillez, con americana negra y vestidos primaverales de color claro, pues se trataba de que en ese día imperara un aire alegremente informal. Los caballeros acudían personalmente a llenar sus jarras de cerveza en los grandes barriles que había en una de las paredes laterales, y en aquella estancia amplia, colorida y luminosa, henchida del aroma festivo, dulzón y bochornoso de una mixtura de abetos, flores, gente, cerveza y alimentos, resonaba vibrante el trajín, la conversación ruidosa y sencilla y las risas luminosas, corteses, vivaces y despreocupadas de toda esta gente... El abogado, amorfo y desamparado, estaba sentado al extremo de una de las mesas, cerca del escenario. No bebía mucho y de vez en cuando dirigía con esfuerzo una palabra a su compañera de mesa, la esposa del asesor gubernamental Havermann. Respiraba casi a regañadientes, con las comisuras de los labios hundidas, mientras en una especie de melancólica enajenación fijaba los ojos hinchados, turbios y acuosos en todo aquel alegre ir y venir, como si en todas esas emanaciones festivas, en aquella ruidosa animación, hubiera algo indeciblemente triste e incomprensible...

Se empezaron a servir grandes tartas, que se tomaron acompañadas de vino dulce y de discursos. El señor Hildebrandt, el actor de la corte, rindió homenaje a la cerveza de primavera en una alocución enteramente compuesta de citas clásicas, incluso griegas, y el catedrático suplente Witznagel empleó su gestualidad más complaciente y su máxima exquisitez para brindar a la salud de las damas presentes, tomando un puñado de flores del jarrón más próximo y de encima del mantel y comparando a cada dama con una de ellas. A Amra Jacoby, sentada frente a él y ataviada con un vestido de seda fina y amarilla, la llamó «la más bella hermana de la rosa de té».

Inmediatamente después Amra se pasó la mano por su suave cabellera, elevó las cejas e inclinó seriamente la cabeza en dirección a su esposo, a lo que el gordo se puso en pie y estuvo a punto de estropear todo el ambiente farfullando a su embarazosa manera un par de pobres palabras con su fea sonrisa... Sólo se hicieron oír un par de «bravos» forzados y por un instante se hizo un silencio opresor. No obstante, pronto triunfó de nuevo la alegría y la gente empezó a levantarse, fumando y bastante achispada, con el fin de apartar las mesas de la sala con sus propias manos armando un enorme escándalo, pues tenía ganas de bailar...

Eran las once y la desenvoltura ya era absoluta. Una parte de los invitados había salido al jardín iluminado con farolillos de colores para tomar un poco el aire, mientras el resto permanecía en la sala formando grupos, fumando, charlando, vaciando los toneles de cerveza, bebiendo de pie... Entonces un fuerte toque de trompeta que resonó desde el escenario hizo regresar a todo el mundo a la sala. Habían llegado los músicos –instrumentistas de viento y de cuerda– y se habían acomodado delante del telón. Ya estaban preparadas las hileras de sillas sobre las que había programas de mano de color rojo y las damas tomaron asiento mientras los caballeros se colocaban de pie tras ellas o en los pasillos laterales. Reinaba un silencio expectante.

Entonces la pequeña orquesta tocó una obertura embriagadora, el telón se abrió... y apareció un grupo de negros repugnantes vestidos con trajes chillones y con labios rojos como la sangre, que enseñaban los dientes y emitían barbáricos alaridos... Verdaderamente, estas representaciones constituyeron el punto culminante de la fiesta de Amra. El público prorrumpió en aplausos entusiastas y el programa, inteligentemente compuesto, se fue desarrollando número tras número: la señora Hildebrandt salió a escena con una peluca empolvada, golpeó el suelo con un largo bastón y cantó con voz premeditadamente aguda: *That's Maria!* Un prestidigitador apareció con un frac cubierto de condecoraciones para realizar trucos de lo más asombroso, el señor Hildebrandt imitó con inquietante parecido a Goethe, Bismarck y Napoleón, y el redactor Dr. Wiesensprung se apuntó en el último instante a dar una conferencia cómica sobre el tema: «La cerveza de primavera desde el punto de vista de su significación social». Al final, sin embargo, la tensión alcanzó su apogeo, pues había llegado el momento del último número, ese número misterioso que aparecía enmarcado por una corona de laurel en el programa y cuyo título rezaba: «Luisita. Canto y baile. Música de Alfred Läutner».

Una oleada de agitación atravesó la sala y las miradas se encontraron cuando los músicos dejaron sus instrumentos a un lado y el señor Läutner, apoyado hasta ese momento en una puerta, en indiferente silencio y con el cigarrillo colgándole de los labios entreabiertos, se sentó con Amra Jacoby al piano que había en el medio, justo delante del escenario. Ahora tenía el rostro enrojecido y pasó nervioso las hojas de las partituras, mientras Amra, que por el contrario estaba un poco pálida, con un brazo apoyado en el respaldo de la silla, miraba al público con ojos expectantes. Entonces, mientras todo el mundo estiraba el cuello para ver mejor, sonó el timbre agudo que daba la señal de comenzar. El señor Läutner y Amra tocaron un par de compases a modo de trivial introducción, se levantó el telón y apareció Luisita...

Una sacudida de estupefacción y de pasmo se fue implantando entre los espectadores cuando esta masa triste y espantosamente acicalada salió a escena dando esforzados pasos de baile propios de un oso. Era el abogado. Un amplio vestido de seda sin plisar color rojo sangre que le caía hasta los pies le rodeaba el amorfo cuerpo, con un escote que le dejaba repugnantemente al descubierto el cuello empolvado con harina. También las mangas, abombadas a la altura de los hombros, eran muy cortas, pero unos largos guantes de color amarillo claro le cubrían los brazos gordos y sin músculo, mientras la cabeza sostenía un peinado alto, con rizos de color rubio paja entre los que de vez en cuando asomaba una pluma verde. Pero bajo esta peluca miraba un rostro amarillo, inflado, infeliz y que trataba desesperadamente de expresar animación, cuyas trémulas mejillas no cesaban de hincharse y deshincharse patéticamente y cuyos ojillos enrojecidos, incapaces de ver nada, estaban esforzadamente fijos en el suelo, mientras el gordinflón lanzaba con grandes esfuerzos todo su peso de una pierna a la otra, a lo que, o bien levantaba el vestido agarrándolo con ambas manos, o bien alzaba los dos índices con sus brazos inanes: eran los únicos movimientos que conocía. Y con voz reprimida y jadeante entonaba una canción ridícula al son del piano...

Esta deplorable figura, ¿no estaba desprendiendo más que nunca un frío soplo de sufrimiento capaz de aniquilar cualquier alegría desenvuelta y que, como la presión inevitable de una penosa desazón, se posa sobre el ánimo de todos los presentes...? Pues era ese mismo espanto el que se estaba reflejando ahora en el fondo de los innumerables ojos que, como hechizados, estaban capturados por esa visión, por esa pareja que tocaba el piano y por ese esposo de ahí arriba... Aquel escándalo callado e inaudito debió de durar cinco interminables minutos.

Pero entonces se produjo ese instante que ninguno de los que asistieron a él iba a olvidar en toda su vida... Rememoremos lo que realmente se produjo durante esa terrible y compleja fracción de tiempo.

Es bien conocido ese ridículo cuplé que lleva por título *Luisita*, y sin duda recordarán las líneas que dicen así:

> *Ni la polca, ni tampoco el vals*
> *ha bailado nadie como yo;*
> *soy Luisita, el ángel popular,*
> *que a tantos corazones conmovió...,*

esos versos feos y triviales que constituyen el estribillo de las tres estrofas, bastante largas. Pues bien, en la nueva composición musical que acompañaba estas palabras Alfred Läutner había creado su obra maestra, llevando al extremo su procedimiento habitual de recurrir a una muestra repentina del arte musical más elevado para suscitar sorpresa en medio de un artefacto por lo demás cómico y vulgar. Hasta ese momento, la melodía, que se desarrollaba en do sostenido mayor, había sido bastante agradable y terriblemente banal. Sin embargo, al principio de la citada estrofa el ritmo se volvía más alegre y empezaban a surgir discordancias que, a través de la predominancia cada vez más vivaz de un si, hacía esperar una transición al fa sostenido mayor. Estas discordancias se iban complicando hasta llegar a las palabras «como yo» y después del «soy» que culminaban la complicación y la tensión musicales y que tenían que diluirse con un fa sostenido mayor. En cambio, sucedió lo más sorprendente. Y es que, mediante un giro brusco, gracias a una ocurrencia poco menos que genial, el tono pasó bruscamente al fa mayor, y esta entrada –que con el empleo de los dos pedales incidía en la segunda sílaba, largamente sostenida, de la palabra «Luisita»– causaba un efecto indescriptible, totalmente inaudito. Era una sorpresa que dejaba completamente anonadado, un roce inesperado de los nervios que se abría camino por la columna vertebral, un prodigio, una revelación, un descubrimiento casi cruel de tan brusco, una cortina que se desgarra...

Y en este mismo acorde en fa mayor, el abogado Jacoby dejó de bailar. Se quedó quieto, como si le hubieran salido raíces en medio del escenario, los dos índices todavía levantados –uno de ellos un poco más bajo que el otro– y la «i» de «Luisita» quebrándosele en la boca. Enmudeció y, casi al mismo tiempo, se interrumpió también secamente el acompañamiento al piano, mientras esa criatura extravagante y espantosamente ridícula de ahí arriba miraba al frente, adelantando la cabeza y con los ojos inflamados... Miraba fijamente a la sala festiva, adornada, luminosa y llena de gente, en la que, como si se tratara de una emanación de todas aquellas personas, se había acumulado, condensándose casi hasta generar una atmósfera, el escándalo... Miraba fijamente a todas aquellas caras alzadas, deformadas y fuertemente iluminadas, a esos cientos de ojos que, todos con idéntica expresión de saber, centraban la vista en aquella pareja que tenían allí abajo, frente a ellos, y en su propia persona... Mientras sobre todos ellos se alzaba un silencio terrible que no se vio perturbado por sonido alguno, desplazó la mirada con siniestra lentitud, los ojos cada vez más abiertos, de aquella pareja al público y del público a la pareja... Una revelación pareció atravesarle repentinamente el rostro, un aflujo sanguíneo se fue vertiendo en él hasta inflarlo del mismo color rojo del vestido para abandonarlo a continuación, dejándolo de nuevo de color amarillo como la cera... Y entonces el gordinflón se desplomó con gran escándalo sobre los tableros.

Durante unos instantes siguió imperando el silencio. Después se dejaron oír algunos gritos, se produjo un tumulto, un par de resueltos caballeros, entre ellos un joven médico, saltaron desde la orquesta al escenario y alguien hizo bajar el telón...

Amra Jacoby y Alfred Läutner, sin mirarse, continuaban al piano. Él, cabizbajo, parecía seguir atento a su transición a fa mayor. Ella, incapaz de comprender tan rápidamente con su cerebro de gorrión lo que estaba pasando, miraba a su alrededor con cara de total vacuidad...

Poco después el joven médico, un pequeño caballero judío de rostro serio y perilla negra, volvió a salir a la sala. A algunos señores que lo rodearon en el umbral de la puerta les respondió, encogiéndose de hombros:

–Se acabó.

EL CAMINO AL CEMENTERIO
(1900)

El camino al cementerio transcurría paralelo a la avenida, siempre a su lado, hasta que llegaba a su meta, es decir, al cementerio. Al principio, en el otro lado había viviendas humanas, construcciones suburbiales de nueva planta, algunas de las cuales aún estaban en obras. Más allá se extendían los campos. Por lo que respecta a la avenida, flanqueada de árboles –nudosas hayas de considerable edad–, tenía una mitad asfaltada y la otra sin asfaltar. El camino al cementerio, en cambio, estaba recubierto de una fina capa de grava que le otorgaba el carácter de un agradable sendero de paseo. Una cuneta estrecha y seca, cubierta de hierbas y flores silvestres, se extendía entre los dos.

Era primavera, casi verano. El mundo sonreía. El azul cielo de Dios estaba cubierto de cientos de pedacitos de nube, pequeños, redondos y compactos, y salpicado por incontables grumos blancos como la nieve y de cómico aspecto. Los pájaros trinaban en las hayas y una suave brisa soplaba desde los campos.

Por la avenida se deslizaba un coche que, procedente del

pueblo más próximo, se dirigía a la ciudad. Una mitad del coche circulaba por la parte asfaltada y la otra por la parte sin asfaltar. El cochero dejaba que las piernas le colgaran a cada lado del pértigo y silbaba, desafinando terriblemente. En el extremo de la parte trasera, sin embargo, había un perrito amarillo que le daba la espalda y, por encima de su puntiagudo morro, con expresión indeciblemente seria y concentrada, miraba el camino por el que había venido y que iban dejando atrás. Era un perro incomparable, que valía su peso en oro, tremendamente cómico. Pero, desafortunadamente, el perrito no viene ahora al caso, por lo que vamos a tener que apartar de él nuestra atención. También pasó una tropa de soldados. Venían del cuartel, que no quedaba lejos, marchaban en medio de sus emanaciones y cantaban. Un segundo coche, esta vez procedente de la ciudad, avanzaba suavemente en dirección al pueblo más próximo. El cochero se había quedado dormido y no había ningún perro en él, por lo que este vehículo carece por completo de interés. Dos menestrales venían por el camino, uno de ellos jorobado, el otro de complexión gigantesca. Iban descalzos porque llevaban las botas a la espalda, le gritaron algo alegre al cochero dormido y continuaron su camino. Se trataba de un tráfico moderado, que se resolvía sin contratiempos ni incidentes.

Por el camino al cementerio sólo iba un hombre. Caminaba despacio, con la cabeza baja y apoyado en un bastón negro. Este hombre se llamaba Piepsam, Lobgott Piepsam, y de ninguna otra manera. Hemos indicado expresamente su nombre porque en lo sucesivo va a comportarse de la forma más singular.

Vestía de negro, pues iba de camino a las tumbas de sus seres queridos. Llevaba un sombrero de copa basto y arqueado, una levita reluciente por el uso, pantalones que le venían tan cortos como estrechos y guantes de cabritilla desgastados por todas partes. Su cuello, un cuello largo y seco con una gran nuez, asomaba por entre unas solapas que se estaban deshilachando; sí, ciertamente estaban algo rozadas, sus solapas. Pero cuando el hombre levantaba la cabeza, cosa que hacía de vez en cuando para ver lo que le faltaba todavía para llegar al cementerio, ofrecía algo realmente digno de verse: un rostro raro, sin lugar a dudas una de esas caras que no se olvidan fácilmente.

Era una cara rasurada y pálida. Entre las concavidades de las mejillas, sin embargo, asomaba una nariz cuya punta iba en aumento como si se tratara de un bulbo, inflamada de un color rojo desmesurado y antinatural y que, por si fuera poco, rebosaba de innumerables y diminutos pólipos, excrecencias insanas que le procuraban un aspecto irregular y fantástico. Esta nariz, cuya profunda incandescencia generaba un agudo contraste frente a la palidez mate de la superficie del rostro, tenía algo de inverosímil y pintoresco, parecía postiza, como una nariz de carnaval, como una broma melancólica. Pero no era éste el caso... La boca, una boca ancha de comisuras hundidas, aquel hombre la mantenía fuertemente cerrada, y cuando alzaba la mirada, enarcaba las cejas negras, atravesadas de pelillos blancos, hasta que topaban con el ala del sombrero, de manera que se pudiera apreciar con la mayor claridad posible sus lastimosas ojeras y lo inflamados que tenía los ojos. En definitiva, era un rostro al que uno no podía negarle por mucho tiempo la más viva simpatía.

La figura de Lobgott Piepsam no era nada alegre y casaba mal con aquella tarde tan encantadora, resultando demasiado afligida incluso para alguien que se dispone a visitar las tumbas de sus seres queridos. Pero si uno miraba en su interior, se veía obligado a reconocer que Piepsam tenía motivos más que suficientes para ello. Estaría un poco deprimido, ¿verdad?... Resulta difícil hacer comprensible una cosa así a personas tan alegres como vosotros... Se sentiría un poco desgraciado, ¿verdad? Un poco maltratado. Pues, ¡ay!, lo cierto es que no era sólo «un poco» de todas estas cosas, sino que lo era en alto grado, por no decir, sin exagerar, que su situación era realmente desesperada.

En primer lugar, bebía. Pero de eso ya se hablará más adelante. Además había enviudado, era huérfano y todos lo habían abandonado. No había ni un alma en este mundo que lo quisiera. Su mujer, nacida Lebzelt, le había sido arrebatada al darle un hijo antes de transcurridos los seis meses. Era el tercer hijo y nació muerto. También los otros dos habían fallecido. Uno de difteria, y el otro por nada, así, sin más, quizá por insuficiencia general. Por si fuera poco, no mucho después perdió su puesto de trabajo: lo pusieron ignominiosamente de patitas en la calle, y ello por esa pasión que era más fuerte que Piepsam.

Hubo un tiempo en que había sido capaz de ofrecerle cierta resistencia, aunque de vez en cuando se rendía desmedidamente a ella. Pero cuando le fueron arrebatados la mujer y los niños, cuando, sin el menor apoyo, despojado de toda la familia, se quedó solo en este mundo, el vicio logró dominarlo por completo y fue venciendo más y más la resistencia de su ánimo. Había sido empleado de una compañía de seguros, una especie de copista de rango superior con noventa Reichsmark al mes. No obstante, hallándose en estado de enajenación, se hizo culpable de una grave negligencia y, tras repetidas amonestaciones, terminó por ser despedido como persona de poca confianza.

Evidentemente, eso no provocó ninguna elevación moral en Piepsam, sino que lo hizo caer en la ruina más absoluta. Y es que tenéis que saber que la desgracia aniquila la dignidad de la persona: siempre viene bien tener cierta idea de estas cosas. Se trata de un asunto muy singular y algo espinoso. No sirve de nada que el hombre se diga insistentemente a sí mismo que es inocente: en la mayoría de los casos se menospreciará por su desgracia. Sin embargo, el menosprecio por uno mismo y el vicio mantienen la más escabrosa relación mutua. Se alimentan recíprocamente y son tan cómplices el uno del otro que es un horror. Eso mismo le sucedió a Piepsam. Bebía porque no se respetaba, y se respetaba cada vez menos y menos porque el fracaso continuamente renovado de todos sus buenos propósitos carcomía la confianza que tenía en sí mismo. En casa, en el armario, solía haber una botella llena de un líquido de color amarillo veneno, un líquido pernicioso cuyo nombre no vamos a decir, por si acaso. Frente a este armario Lobgott Piepsam había llegado a estar literalmente de rodillas, mordiéndose la lengua; y aun así, siempre terminaba por sucumbir... No es de nuestro agrado contaros esta clase de cosas, pero lo cierto es que no dejan de ser instructivas. En fin, el caso es que Piepsam iba por el camino al cementerio, empujando un bastón negro frente a él. La suave brisa del día también flotaba en torno a su nariz, pero él no se daba cuenta. Con las cejas extremadamente enarcadas, tenía la mirada extraviada y turbia fija en el vacío; un hombre desgraciado y perdido. De pronto percibió un ruido tras él y atendió: un suave zumbido se aproximaba velozmente a lo lejos. Piepsam se dio la vuelta y se detuvo... Era una bicicleta, cuyos neumáticos crujían sobre el suelo cubierto con una fina capa de gravilla y que se acercaba a toda carrera, aunque en ese momento empezó a disminuir la velocidad, ya que Piepsam estaba en medio del camino.

En el sillín iba un hombre joven, un muchacho, un turista despreocupado. ¡Ay, a fe mía que no pretendía en absoluto contarse entre los grandes y nobles de esta Tierra! Llevaba una bicicleta de mediana calidad, no importa la marca, una bici de unos doscientos marcos, a ojo. Y con ella salía a pasear un poco por el campo, recién venido de la ciudad, adentrándose con sus pedales relucientes en la libre naturaleza de Dios, ¡hurra! Llevaba una camisa de colores cubierta con una chaqueta gris, polainas deportivas y el gorrito más gracioso del mundo: una auténtica monería de gorrito, a cuadros marrones y con un botón en su extremo. Por debajo asomaba un grueso mechón despeinado de pelo rubio que le sobresalía por encima de la frente. Sus ojos eran de un azul centelleante. Se estaba aproximando como si fuera la vida misma e hizo sonar el timbre. Pero Piepsam no se movió ni un ápice del camino. Se quedó allí mismo, mirando cara a cara a la vida con expresión impertérrita.

La vida, por su parte, le dedicó una mirada de disgusto y pasó despacio junto a él, Piepsam también se puso a caminar de nuevo. Pero en cuanto la bicicleta lo hubo adelantado, dijo poco a poco y articulando mucho las palabras.

–Número nueve mil setecientos siete.

Dicho esto, apretó fuertemente los labios y miró al frente sin pestañear, mientras percibía que la perpleja mirada de la vida descansaba sobre él.

Se había vuelto hacia él, apoyando una mano en el sillín y avanzando lentamente.

–¿Cómo? –preguntó.

–Número nueve mil setecientos siete –repitió Piepsam–. Oh, nada. Es que voy a denunciarle.

–¿Que me va a denunciar? –preguntó la vida, girándose aún más y avanzando con lentitud aún mayor, lo que lo obligaba a hacer esforzados equilibrios de un lado a otro con el manillar...

–Sin duda –respondió Piepsam a una distancia de cinco o seis pasos.

–¿Por qué? –preguntó la vida, bajando de la bicicleta. Estaba ahí, de pie, y parecía muy expectante.

–Eso lo sabe usted muy bien.

–Pues no, no lo sé.

–Tiene que saberlo.

–Pero no lo sé –dijo la vida–, y además, ¡me interesa bien poco!

Dicho esto se volvió hacia la bici para montar de nuevo

en ella. No cabe duda de que el muchacho no tenía pelos en la lengua.

–Voy a denunciarle porque circula usted por aquí; no ahí fuera, en la avenida, sino aquí, en el camino al cementerio –dijo Piepsam.

–¡Pero, señor mío! –dijo la vida con una risa enojada e impaciente, girándose de nuevo y deteniéndose...–. Aquí hay huellas de bicicletas por todo el camino... Todo el mundo circula por aquí...

–Eso me da igual –repuso Piepsam–. Yo voy a denunciarle.

–¡Pues muy bien, haga usted lo que le dé la gana! –exclamó la vida, montando de nuevo en la bici.

Y montó de verdad. No se puso en evidencia tratando de montar sin conseguirlo. No tuvo que apoyar el pie ni una sola vez, sino que se sentó con aplomo en el sillín y ya empezaba a poner empeño en alcanzar de nuevo la velocidad que respondía a su temperamento.

–Si ahora sigue circulando por aquí, por el camino al cementerio, segurísimo que voy a denunciarle –dijo Piepsam con voz temblorosa y más aguda.

Pero a la vida eso le importaba bien poco. Continuó circulando a velocidad cada vez mayor.

Si en ese momento hubierais visto la cara de Lobgott Piepsam, os habríais llevado un buen susto. Apretaba los labios con tanta fuerza que sus mejillas e incluso la nariz incandescente se habían desplazado por completo, y bajo esas cejas enarcadas de forma tan poco natural, sus ojos estaban siguiendo con expresión demencial el vehículo que se alejaba. De pronto se precipitó hacia delante. Recorrió a la carrera el corto trayecto que ya lo separaba de la máquina y aferró la bolsa del sillín. Se agarró a ella con las dos manos, prácticamente se colgó de ella y, todavía con los labios apretados de forma sobrehumana, mudo y con mirada salvaje, empezó a tirar con todas sus fuerzas de la bicicleta que trataba de seguir avanzando y de mantener el equilibrio. Quien lo viera podría dudar de si tenía la malvada intención de impedir la marcha del joven o si le había embargado el deseo de dejarse arrastrar, de montarse atrás y circular con él, adentrándose con los pedales relucientes en la libre naturaleza de Dios, ¡hurra!... La bicicleta no pudo resistirse por mucho tiempo a aquella carga desesperada. Se detuvo, se inclinó, se cayó al suelo.

Llegados a este punto, la vida ya empezaba a mostrarse grosera. Tras haber logrado mantenerse en pie apoyándose en una pierna, levantó el brazo derecho y le dio al señor Piepsam semejante golpe en le pecho que éste retrocedió varios pasos, tambaleándose. Entonces dijo, con un tono que se henchía amenazador:

−¡Oiga, estará usted borracho! Si a usted, tío raro, se le vuelve a ocurrir retenerme, le voy a dar una buena paliza, ¿me ha entendido? ¡Le voy a romper los huesos! ¡Entérese bien!

Y dicho esto le dio la espalda al señor Piepsam, se encasquetó el gorro con un gesto indignado y montó otra vez en la bici. No, desde luego que no tenía pelos en la lengua, el muchacho. Tampoco esta vez fracasó al montar. Como la vez anterior, bastó con que tomara impulso para volver a estar firmemente asentado en el sillín y dominar enseguida la máquina. Piepsam vio su espalda alejarse cada vez más aprisa.

Él se quedó ahí, jadeando, mientras seguía a la vida con los ojos... No se caía, no le sucedía ninguna desgracia, no se le pinchaba la rueda y no había piedra que le obstaculizara el camino. Siguió circulando elásticamente, sin más. Entonces Piepsam empezó a gritar y a renegar... Aunque se trataba más bien de un berrido, pues aquella voz ya no era humana.

–¡Usted no va a seguir circulando! –gritó–. ¡No lo hará! Circulará usted por ahí fuera, y no por el camino al cementerio, ¿me oye?... ¡Va a bajarse ahora mismo, inmediatamente! ¡Ah! ¡Ah! ¡Voy a denunciarle! ¡Voy a demandarle! ¡Ay, Señor, Dios mío, si te cayeras, si por casualidad te cayeras, canalla desvergonzado, te pisotearía, te daría con la bota en la cara, maldito mocoso...!

¡Nunca se había visto nada igual! ¡Un hombre que reniega a gritos de camino al cementerio, un hombre que berrea con la cabeza hinchada, un hombre que baila de tanto renegar, que hace cabriolas, que agita desordenadamente brazos y piernas y es incapaz de contenerse! La bicicleta ya no estaba a la vista, pero Piepsam seguía pataleando en el mismo lugar.

–¡Cogedle! ¡Cogedle! ¡Circula por el camino al cementerio! ¡Tirad al suelo a ese maldito presumido! Ah... Ah... Si te agarrase, cómo iba a arrearte, perro estúpido, fanfarrón del demonio, bufón de corte, jovenzuelo ignorante... ¡Va a bajarse ahora mismo! ¡Va a bajarse en este mismo instante! ¿Es que nadie va a pararle los pies a ese infame?... Conque paseando, ¿eh? Y por el camino al cementerio, ¿verdad? ¡Bribón! ¡Mocoso impertinente! ¡Maldito simio! Conque los ojos azules, ¿eh? ¿Y qué más? ¡¡Que el demonio te los arranque, jovenzuelo ignorante, ignorante, ignorante!!...

Llegado a este punto, Piepsam pasó a pronunciar ciertas frases hechas que no podemos reproducir aquí, echaba espuma por la boca y, con voz quebrada, prorrumpía en los insultos más ofensivos, mientras la frenética rabia de su cuerpo aumentaba por momentos. Un par de niños con una cesta y un perro pinscher acudieron desde la avenida, treparon por la cuneta y rodearon al hombre vociferante, mirando con curiosidad su rostro descompuesto. También les llamó la atención a algunas personas que trabajaban ahí atrás, en las obras de los edificios de nueva planta, o que acababan de iniciar su pausa del almuerzo, por lo que tanto los hombres como las mujeres que mezclaban el mortero se unieron al grupo procedentes del camino. Pero Piepsam seguía enfureciéndose sin parar y la cosa se estaba poniendo cada vez más fea. Ciego y delirante, agitaba los puños contra el cielo y en todas las direcciones, pataleaba con las piernas, giraba sobre sí mismo, doblaba las rodillas para volver a incorporarse enseguida de un salto debido a su esfuerzo desmedido por gritar lo más alto posible. No se tomaba ni una pausa en sus vituperios, casi no se daba tiempo ni para respirar, y uno podía preguntarse con asombro de dónde le salían todas aquellas palabras. Tenía la cara espantosamente hinchada, el sombrero de copa le había resbalado hasta la nuca y su pechera se le salía del chaleco. Y eso que para entonces ya había llegado a las consideraciones generales y farfullaba cosas que no tenían absolutamente nada que ver con lo que había sucedido. Eran tanto alusiones a su vida licenciosa como de tipo religioso, expresadas con un tono de lo más inadecuado y negligentemente entreveradas de insultos.

—¡Sí, eso, venid! ¡Venid todos! —vociferó—. ¡Pero no vosotros, no sólo vosotros, que vengan también los demás, los de los gorritos y los ojos azules! ¡Voy a gritaros unas cuantas verdades al oído que os van a dejar de piedra, pobres desgraciados!... ¿Qué? ¿Os reís? ¿Os encogéis de hombros?... Yo bebo. ¡Pues sí, bebo! ¡Es más, soy un borracho, si queréis oírlo! ¿Y eso qué quiere decir? ¡No penséis que os vais a reír los últimos! Llegará el día, chusma inútil, en que Dios nos juzgará a todos... Ah... Ah... El Hijo del Hombre vendrá de entre las nubes, estúpidos inocentes, ¡y su justicia no es de este mundo! Os lanzará a todos a la oscuridad eterna, a vosotros, alegres criaturas, donde será el llanto y el...

Para entonces Piepsam ya estaba rodeado por un grupo considerable. Algunos se reían, mientras otros lo miraban con el ceño fruncido. Aún habían venido más obreros y argamaseras de la obra. Un cochero se apeó del coche, que dejó en la carretera para, fusta en mano, sumarse también al grupo tras atravesar la cuneta. Un hombre agarró a Piepsam del brazo y lo sacudió, pero no sirvió de nada. Una tropa de soldados que marchaban por el lugar alargaron el cuello entre risas para verlo. El pinscher ya no pudo contenerse por más tiempo, así que hincó en el suelo las patas delanteras y, con el rabo atrapado bajo el cuerpo, le aulló directamente a la cara.

De repente Lobgott Piepsam volvió a gritar una sola vez con todas sus fuerzas:

−¡Vas a bajarte, te vas a bajar ahora mismo, jovenzuelo ignorante!

Dicho esto, trazó un amplio semicírculo con el brazo y se desplomó. Se quedó ahí tendido, repentinamente enmudecido, un amorfo montón negro en medio de tantos curiosos. Su arqueado sombrero de copa salió volando, rebotó una sola vez contra el suelo y también quedó tendido.

Dos albañiles se inclinaron sobre el inmóvil Piepsam y discutieron el caso con el tono probo y sensato de los trabajadores. Entonces uno de ellos se puso en camino y desapareció a paso rápido. Los que quedaron atrás aún procedieron a efectuar algunos experimentos con el inconsciente. Uno lo roció con agua de un cubo, otro sacó su botella, vertió un poco de aguardiente en la palma de la mano y le frotó las sienes. Pero ninguno de estos esfuerzos se vio coronado por el éxito.

Así transcurrió un rato. Después se oyó un sonido de ruedas y un coche se acercó por la avenida. Era una ambulancia y se detuvo ahí mismo: iba tirada por dos lindos caballitos y con una cruz roja desmesuradamente grande pintada a cada lado. Dos hombres de elegante uniforme bajaron del pescante y, mientras uno de ellos se dirigía a la parte trasera del coche para abrirla y sacar la camilla desplazable, el otro se colocó de un salto en el camino al cementerio, hizo a un lado a los mirones y, con la ayuda de un hombre del pueblo, llevó al señor Piepsam hasta el coche. Lo pusieron en la camilla y lo introdujeron en el coche como se introduce un pan en el horno, a lo que la puerta se cerró nuevamente con un chasquido y los dos hombres de uniforme volvieron a subir al pescante. Todo esto se efectuó con la máxima precisión, con un par de gestos ensayados, plis plas, como en un espectáculo de monos amaestrados.

Y entonces se llevaron a Lobgott Piepsam de ahí.

GLADIUS DEI

(1902)

1

Múnich resplandecía. Sobre las solemnes plazas y los templos de blancas columnatas, los monumentos neoclásicos y las iglesias barrocas, las fuentes con sus surtidores, los palacios y los jardines de la Residencia se extendía radiante un cielo de seda azul, y las amplias, claras y bien calculadas perspectivas de la ciudad, flanqueadas por zonas verdes, se extendían bajo las emanaciones solares de un primer y hermoso día de junio.

Piar de pájaros y júbilo secreto en todas las callejuelas... Mientras en las plazas y en las hileras de casas ruedan, bullen y zumban los quehaceres sosegados y entretenidos de esta ciudad bella y apacible. Viajeros procedentes de todas las naciones suben las escalinatas de los museos y circulan de aquí para allá en los pequeños y lentos coches de punto, mirando a derecha e izquierda, en arbitraria curiosidad, y alzando la vista para ver las fachadas...

Hay muchas ventanas abiertas y un gran número de ellas

deja escapar alguna melodía: ejercicios de piano, violín o violoncelo, honrados y bienintencionados esfuerzos de diletante. En cambio, los ensayos del Odeón, y eso se nota enseguida, se llevan a cabo muy en serio en varios pianos de cola.

Proliferan los jóvenes que caminan silbando el tema de Nothung*, llenan por la noche el gallinero del moderno teatro y, con revistas literarias en los bolsillos laterales de sus chaquetas, entran y salen de la universidad y de la Biblioteca Nacional. Delante de la Academia de Bellas Artes, que extiende sus brazos blancos entre la Türkenstrasse y el Siegestor, se detiene una carroza de la corte. Y en lo alto de la rampa, en grupos abigarrados, de pie, sentados y tumbados, se reúnen los modelos, ancianos pintorescos, niños y mujeres vestidas con el traje típico de las montañas de Franconia.

La indolencia y un moroso deambular rigen en las principales calles del norte... Por aquí nadie vive apremiado y consumido precisamente por la codicia, sino que se persiguen fines más agradables. Jóvenes artistas ataviados con pequeños sombreros rojos en la coronilla, corbatas sueltas y sin bastón –despreocupados aprendices que pagan el alquiler con sus bocetos de colores–, pasean para dejar que esa mañana radiante y azul inspire su ánimo al tiempo que siguen a las jovencitas con la mirada, a estas mujeres guapas y algo bajas, de trenzas recogidas en lo alto de la cabeza,

---

* Nothung es la espada de Siegmund y de Siegfried en la tetralogía operística de Richard Wagner *El anillo del Nibelungo*.

pies un poco demasiado grandes y costumbres irreprochables... Una casa de cada cinco tiene buhardillas cuyos cristales centellean al sol. De vez en cuando, entre la hilera de
las casas burguesas, destaca algún edificio artístico, obra de
algún arquitecto joven e imaginativo, de alzado amplio y
arcos rebajados, con ornamentación extravagante, lleno de
gracia y estilo. Y de repente, en algún lugar, el portal de una
fachada monótona en exceso aparece rodeado por una
audaz improvisación de líneas fluyentes y colores luminosos, bacantes, sirenas y rosáceos desnudos...

Nunca dejará de ser un placer contemplar los escaparates
de las ebanisterías y de los bazares de modernos artículos de
lujo. ¡Cuánto fantasioso confort, cuánto humor lineal en la
configuración de todos los objetos! Por todas partes se
hallan diseminados los pequeños comercios de esculturas,
marcos y antigüedades, desde cuyos escaparates nos con-
templan con noble coquetería los bustos de las mujeres del
Quattrocento florentino. E incluso el dueño de la más pequeña y barata de todas estas tiendas te habla de Donatello y de
Mino da Fiesole como si hubiera recibido personalmente de
sus manos el derecho a reproducir sus obras...

Pero allí, en el Odeonsplatz, delante de la imponente
Loggia frente a la que se extiende el extenso suelo de
mosaico y, un poco más allá, el Palacio del Regente, la gente
se apiña en torno a los amplios ventanales y vitrinas de
la gran galería de arte, la espaciosa tienda de belleza de
M. Blüthenzweig. ¡Qué maravilloso esplendor en el escaparate! Reproducciones de las obras maestras de todas las
pinacotecas de la Tierra, encuadradas en valiosos marcos

teñidos y ornamentados con gran refinamiento y un gusto de sencillez preciosista; copias de cuadros modernos, fantasías que constituyen un deleite para los sentidos y en los que la Antigüedad parece haber renacido de forma cómica y realista; esculturas renacentistas en vaciados perfectos; cuerpos desnudos de bronce y frágiles copas decorativas; copas de arcilla de pie esbelto surgidas de un baño de vapores metálicos y recubiertas de colores irisados; encuadernaciones de lujo, verdaderos triunfos de las nuevas artes decorativas, obras de poetas de moda envueltas en un esplendor decorativo y elegante. Y entre todas estas cosas, los retratos de artistas, músicos, filósofos, actores y poetas, exhibidos para satisfacer la sempiterna curiosidad del pueblo por las personalidades... En el primer escaparate, el que limita con la librería adyacente, un caballete exhibe un cuadro de gran tamaño frente al que se apiña la multitud: una valiosa fotografía de tonalidades rojizas embutida en un marco ancho y cubierto de oro viejo, una pieza espectacular, la copia del gran éxito de la gran Exposición Universal de aquel año, a cuya visita todavía invitan unos carteles arcaizantes y de gran efecto desde las columnas anunciadoras, en medio de programas de conciertos y recomendaciones de productos de aseo artísticamente elaboradas.

Mira a tu alrededor. Fíjate en los escaparates de las librerías. Tus ojos se encontrarán con títulos como *El arte de la decoración desde el Renacimiento, La educación del sentido cromático, El Renacimiento en las modernas artes aplicadas, El libro como obra de arte, El arte decorativo, Hambrientos de arte...* Y has de saber que estos libros que invocan el despertar artístico

se compran y leen por millares, y que por las noches se
habla de exactamente estos mismos temas frente a audito-
rios repletos...

Si estás de suerte, puede salirte personalmente al encuentro alguna de esas mujeres famosas que estamos acostumbrados a contemplar por medio del arte, una de esas
damas ricas y bellas de un rubio Tiziano artificial y con joyas
de diamantes, cuyas perturbadoras facciones han sido in-
mortalizadas por la mano de algún retratista genial y cuya
vida amorosa está en boca de toda la ciudad... Reinas de las
fiestas de artistas durante el carnaval, un poco maquilladas,
desprendiendo una distinguida coquetería, ansiosas de agradar y dignas de una devota entrega. Y mira, por ahí recorre
la Ludwigstrasse un pintor famoso en su coche, en compañía de su amante. La gente señala el vehículo, se detiene y
sigue a la pareja con la mirada. Mucha gente saluda. Y no
falta demasiado para que también se cuadren los policías.

El arte florece, el arte lo gobierna todo, el arte extiende
sobre la ciudad su cetro rodeado de rosas y sonríe. Impera
un interés generalizado y respetuoso por su prosperidad, a
su servicio se ofrecen un ejercicio y una propaganda masi-
vos, esforzados y devotos, se le rinde un culto fiel a la línea,
al ornamento, a la forma, a los sentidos, a la belleza...
Munich resplandecía.

2

Un joven venía caminando por la Schellingstrasse. Rodeado por los timbrazos de los ciclistas, se encaminaba por en

medio del entarimado de madera hacia la amplia fachada de la iglesia de San Luis. Al verlo era como si una sombra pasara por delante del sol, o como si el recuerdo de momentos difíciles nos atravesara el ánimo. ¿Es que a él no le gustaba ese sol que sumergía su bella ciudad en un resplandor de fiesta? ¿Por qué iba ensimismado, ajeno a todo, con los ojos fijos en el suelo al caminar?

No llevaba sombrero, cosa que, dada la libertad de vestimenta que imperaba en una ciudad tan tolerante, no podía escandalizar a nadie. En lugar del sombrero se había subido la capucha de una capa ancha y negra, que le ensombrecía la frente baja y prominente, le cubría las orejas y le rodeaba las flacas mejillas. ¿Qué tortuosos dolores de conciencia, qué escrúpulos y qué tormentos autoinfligidos habían sido capaces de vaciar de tal modo estas mejillas? ¿Acaso no resulta terrible, en un día soleado como éste, ver la aflicción habitando en las concavidades de las mejillas de un hombre? Las oscuras cejas se le volvían mucho más espesas al alcanzar el delgado puente de la nariz que, grande y protuberante, le saltaba de la cara, y tenía los labios gruesos y abultados. Cuando alzaba sus ojos castaños, bastante juntos, se le formaban arrugas transversales en la frente angulosa. Miraba con expresión de conocimiento, limitación y sufrimiento. Visto de perfil, su rostro parecía idéntico al de un antiguo retrato pintado por un monje y que se conserva en Florencia en la celda estrecha y dura de un monasterio desde el cual, hace muchos años, se alzó una protesta terrible y aniquiladora contra la vida y su triunfo...

Hieronymus venía por la Schellingstrasse, con paso lento

y firme, al tiempo que mantenía cerrada su amplia capa por dentro con las dos manos. Dos jovencitas —dos de esas criaturas guapas y algo bajas, de trenzas recogidas en lo alto de la cabeza, pies un poco demasiado grandes y costumbres irreprochables–, que callejearon por su lado cogidas del brazo y con ánimo aventurero, se dieron un codazo y se pusieron a reír, inclinando el torso, hasta salir corriendo de la risa que les causaba su capucha y su rostro. Pero él no se dio cuenta. Cabizbajo y sin mirar a derecha ni a izquierda, cruzó la Ludwigstrasse y subió la escalinata de la iglesia.

Los grandes batientes de la puerta central estaban abiertos de par en par. A lo lejos, en algún lugar de la sagrada penumbra, fría, húmeda y repleta del humo de las velas votivas, se podía apreciar una débil incandescencia rojiza. Una anciana de ojos enrojecidos se levantó del reclinatorio y se arrastró con sus muletas por entre las columnas. Por lo demás, la iglesia estaba vacía.

Hieronymus se humedeció la frente y el pecho en la pila, dobló la rodilla frente al altar mayor y después se quedó de pie en la nave central. ¿No daba la impresión de que su figura hubiera crecido aquí dentro? Permanecía erguido e inmóvil, con la cabeza muy alta; su nariz grande y protuberante parecía saltar avasalladora por encima de los gruesos labios, y ya no tenía los ojos fijos en el suelo, sino que miraba con audacia al frente, a lo lejos, hacia el crucifijo y el altar mayor. Así se quedó impertérrito un buen rato. A continuación volvió a doblar la rodilla al retroceder y abandonó la iglesia.

Subió por la Ludwigstrasse, con lentitud y firmeza, cabizbajo, por en medio de la amplia calzada sin asfaltar, en dirección a la imponente Loggia con sus estatuas. Pero una vez en el Odeonsplatz alzó la vista, de forma que se le formaron arrugas transversales en la frente angulosa, y refrenó sus pasos: le había llamado la atención el grupo de gente que se había apiñado delante de los escaparates de la gran galería de arte, de la espaciosa tienda de belleza de M. Blüthenzweig.

La gente iba de escaparate en escaparate, se señalaba los tesoros expuestos e intercambiaba sus opiniones, mirando por encima del hombro de quienes tuvieran delante. Hieronymus se mezcló entre los presentes y también se puso a contemplar todas estas cosas, inspeccionándolo todo, pieza por pieza.

Vio las reproducciones de las obras maestras de todas las pinacotecas de la Tierra, los valiosos marcos con su sencilla extravagancia, las esculturas renacentistas, los cuerpos de bronce y los retratos de artistas, músicos, filósofos, actores y poetas; lo miró todo y le dedicó un instante a cada objeto. Manteniendo firmemente cerrada la capa por dentro con las dos manos, en giros pequeños y breves, iba moviendo la cabeza encapuchada de una cosa a otra, y bajo las cejas oscuras, que se le volvían mucho más espesas en el puente de la nariz y que ahora estaba enarcando, sus ojos, con expresión roma, fría y de extrañeza, miraron durante un rato cada uno de los objetos. Así llegó hasta el primer escaparate, ese que albergaba aquel cuadro que tanto llamaba la atención, se quedó un rato mirando por encima del hombro de la gente que se empujaba frente a él y por fin logró colarse hacia delante, muy cerca del cristal.

Aquella gran fotografía de tonalidades rojizas, enmarcada con excelente gusto en oro viejo, estaba expuesta sobre un caballete en medio del escaparate. Era una virgen, un trabajo de sensibilidad claramente moderna, libre de toda convención. La figura de la madre sagrada, desnuda y bella, era de cautivadora femineidad. Tenía perfilados en negro los grandes y sensuales ojos, y los labios, de sonrisa delicada y extraña, estaban entreabiertos. Sus finos dedos, algo tensos y levemente agarrotados, rodeaban las caderas del niño, una criatura desnuda de delgadez distinguida y casi primitiva, que jugaba con el pecho de la madre mientras, con una inteligente mirada de soslayo, dirigía la mirada al espectador.

Otros dos muchachos que también contemplaban el cuadro junto a Hieronymus estaban conversando sobre él. Eran dos hombres jóvenes que bajo el brazo llevaban unos libros que habían ido a buscar a la Biblioteca Nacional o que se disponían a devolver, muchachos de formación humanística, versados en arte y en ciencia.

–Que el diablo me lleve, pero... ¡quién fuera ese niño! –dijo uno.

–Es evidente que pretende darnos envidia –añadió el otro–. ¡Una mujer peligrosa!

–¡Una mujer para volverse loco! Así a cualquiera le asaltan las dudas sobre el dogma de la Inmaculada Concepción...

–Sí, desde luego no da precisamente la impresión de que no la hayan tocado nunca... ¿Has visto el original?

–Por supuesto. Me impresionó mucho. En color aún parece mucho más afrodisíaca... Sobre todo los ojos.

–Ciertamente, el parecido es extremo...

–¿Por qué lo dices?

–¿No conoces a la modelo? Para pintarlo ha utilizado a su pequeña sombrerera. Prácticamente se puede decir que es su retrato, aunque ha extremado un poco la parte más morbosa... La pequeña sombrerera es más inofensiva.

–Eso espero. La vida sería demasiado difícil si hubiera muchas mujeres como esta *mater amata*...

–La ha comprado la Pinacoteca.

–¿De veras? ¡No me digas! Pues desde luego, sabe muy bien lo que se hace. El tratamiento de la encarnadura y las líneas del drapeado son verdaderamente pasmosos.

–Sí, es un tipo de gran talento.

–¿Lo conoces?

–Un poco. Hará carrera, eso seguro. Ya ha comido dos veces en la mesa del Regente...

Esto último lo dijeron cuando ya se disponían a despedirse.

–¿Te veré esta noche en el teatro? –preguntó uno de ellos–. La Asociación Dramática presenta *La mandrágora* de Maquiavelo.

–¡Ah, estupendo! Eso suena muy bien. En principio tenía pensado ir al teatro de variedades, pero seguramente optaré por el bueno de Nicolás. Hasta luego...

Se separaron, retrocedieron unos pasos y después siguieron caminos opuestos. Gente nueva pasó a ocupar su lugar con el fin de poder ver de cerca aquel cuadro de tanto éxito. Pero Hieronymus permaneció inmóvil en su sitio. Tenía la cabeza muy adelantada y se podía percibir cómo sus manos, con las que se cerraba la capa por dentro a la altura del pecho, se convertían en puños agarrotados. Ya no tenía las cejas enarcadas con aquella expresión de asombro, fría y un poco hostil; ahora habían descendido y se habían vuelto sombrías. Las mejillas, parcialmente cubiertas por la capucha negra, parecían aún más cóncavas que antes y tenía los gruesos labios terriblemente pálidos. Fue bajando paulatinamente la cabeza hasta el punto de terminar contemplando fijamente la obra de abajo arriba. Le temblaban las aletas de la enorme nariz.

Aún debió de quedarse un cuarto de hora más en esta postura. La gente se iba relevando a su alrededor, pero él no se movió de su sitio. Por fin empezó a girar muy lentamente sobre sus talones y se fue.

3

Pero el cuadro de la Virgen se fue con él. Tenía su imagen siempre presente: ya estuviera en su cuarto estrecho y austero o de rodillas en alguna fría iglesia, su alma escandalizada la veía en todo momento, desnuda y bella, con esos ojos sensuales y perfilados en negro y sus labios de enigmática sonrisa. Y no había oración alguna capaz de espantarla.

Pero en la tercera noche aconteció que Hieronymus recibió una orden y una invocación desde lo Alto, instándolo a intervenir y a alzar su voz contra toda aquella irreflexiva infamia y contra la descarada pretensión de belleza. Fue inútil que, como Moisés, apelara a la torpeza de su lengua: la voluntad de Dios se mostró inflexible y en alta voz le exigió a su pusilanimidad que realizara este sacrificio bajo las risas de sus enemigos.

Así que se puso en marcha de buena mañana y, porque Dios así lo quería, recorrió el camino que llevaba a la galería de arte, a la gran tienda de belleza de M. Blüthenzweig. Llevaba subida la capucha y se cerraba la capa por dentro con las dos manos al caminar.

4

Empezaba a hacer bochorno. El cielo estaba descolorido y amenazaba tormenta. También esta vez había mucha gente apiñada frente a los escaparates de la galería de arte, pero sobre todo en el que exhibía el cuadro de la Virgen. Hieronymus sólo le dedicó una mirada fugaz. A continuación bajó el picaporte de la puerta recubierta de carteles y revistas artísticas.

–¡Dios así lo quiere! –se dijo al entrar en la tienda.

Una mujer joven que un momento antes había estado escribiendo algo en un libro muy grande que había en un atril, una criatura guapa, morena, de trenzas recogidas en lo alto de la cabeza y los pies un poco demasiado grandes, se encaminó hacia él y le preguntó amablemente en qué podía servirlo.

–Muchas gracias –dijo Hieronymus en voz baja, mirándola muy seriamente a los ojos y frunciendo el ceño de su angulosa frente–. No es con usted con quien quiero hablar, sino con el propietario de la tienda, el señor Blüthenzweig.

Aunque después de vacilar un poco, la joven se alejó de

él y regresó a su ocupación anterior. Hieronymus se quedó solo en medio de la tienda.

Todo lo que fuera se exhibía en unos pocos ejemplares, aquí dentro estaba apilado y se extendía generosamente en cantidad veinte veces mayor: un auténtico derroche de colores, líneas y formas, de estilo, gracia, buen gusto y belleza. Hieronymus miró lentamente a uno y a otro lado y después apretó aún más los pliegues de su capa negra.

Había varias personas en la tienda. En una de las anchas mesas que atravesaban la estancia había un caballero de traje amarillo y perilla negra que contemplaba una carpeta con dibujos franceses que de vez en cuando le suscitaban una risa desdeñosa. Un joven con aspecto de mal pagado y de dieta vegetariana lo atendía, llevándole nuevas carpetas para que las contemplara. Enfrente de aquel caballero desdeñoso, una respetable anciana examinaba modernos bordados artísticos, grandes flores fabulosas en tonos pálidos dispuestas verticalmente una junto a otra sobre tallos largos y rígidos. También ella recibía la esforzada atención de un empleado de la tienda. En una segunda mesa, tocado con una gorra de viaje y con una pipa de madera en la boca, había un inglés. Vestido con ropa resistente, rasurado, de expresión fría y de edad indefinida, escogía entre figuras de bronce que el señor Blüthenzweig le llevaba personalmente. Sostenía por la cabeza la refinada figura de una pequeña muchacha desnuda que, inmadura y de miembros delicados, mantenía las pequeñas manos castamente cruzadas sobre el pecho, y la examinaba detenidamente haciéndola girar despacio sobre sí misma.

El señor Blüthenzweig, un hombre de barba cerrada corta y castaña y ojos relucientes de idéntico color se movía a su alrededor frotándose las manos al tiempo que alababa a la pequeña muchacha con todo su vocabulario.

–Ciento cincuenta marcos, *sir* –dijo en inglés–. Arte de Múnich, *sir.* Delicadísima, desde luego. Una figura llena de encanto, ¿sabe usted? Es la gracia personificada, *sir.* De veras, extremadamente bella, gentil y admirable.

Dicho esto aún se le ocurrió algo más y añadió:

–De lo más atractivo y tentador.

Y volvió a empezar desde el principio.

Tenía la punta de la nariz un poco inclinada sobre el labio inferior, de modo que, generando un sonido levemente jadeante, no cesaba de olfatear a través del bigote. A veces se aproximaba al comprador inclinándose levemente, como si tuviera intención de seguirle el rastro. Al entrar Hieronymus, el señor Blüthenzweig lo examinó fugazmente de esta guisa, pero enseguida volvió a centrar su atención en el inglés.

La respetable anciana había hecho su elección y abandonó la tienda. Entró un nuevo caballero. El señor Blüthenzweig lo olfateó brevemente como si quisiera averiguar así el grado de su disposición para la compra y dejó en manos de la joven contable la tarea de atenderlo. El caballero se limitó a comprar un busto de loza fina de Piero, hijo del espléndido Medici, y se fue otra vez. También el inglés se disponía a marcharse. Finalmente había decidido adquirir la pequeña muchacha y partió acompañado por las reverencias del señor Blüthenzweig. Entonces el marchante se dirigió a Hieronymus y se plantó ante él.

–Usted dirá –dijo sin mucha humildad.

Hieronymus mantuvo la capa cerrada por dentro con ambas manos y miró al señor Blüthenzweig directamente a la cara sin parpadear. Separó lentamente los gruesos labios y dijo:

–Vengo a verle por el cuadro que tiene en ese escaparate, la fotografía grande de la Virgen.

Tenía la voz ronca y sin modulación.

–Claro, muy bien –dijo el señor Blüthenzweig con viveza y empezó a frotarse las manos–: setenta marcos con marco y todo, señor. Es inalterable... Una reproducción de primera. De lo más atractivo y encantador.

Hieronymus guardó silencio. Inclinó la cabeza bajo la capucha y se encogió un poco mientras hablaba el marchante. Después se enderezó de nuevo y dijo:

–Voy a hacerle ya de entrada la observación de que no estoy en situación de comprar nada ni, en términos generales, tengo tampoco la intención de hacerlo. Lamento tener que desengañarle en sus expectativas. No puedo por menos de compadecerle en el caso de que esta circunstancia le genere alguna aflicción. Pero en primer lugar soy pobre y, en segundo lugar, no me gustan los objetos que usted expone a la venta. No, no puedo comprar nada.

–No puede... ¡Así que no puede! –dijo el señor Blüthenzweig, olfateando sonoramente–. Bien, en ese caso, ¿puedo preguntarle...?

–A juzgar por lo que creo saber de usted –prosiguió Hieronymus–, me estará despreciando por no estar en situación de comprar nada.

–Hum... –dijo el señor Blüthenzweig–. ¡En absoluto! Es sólo que...

–Aun así le ruego tenga la bondad de escucharme y tener en cuenta mis palabras.

–Tener en cuenta... Hum. ¿Puedo preguntarle...?

–Puede preguntarme –dijo Hieronymus–, y yo voy a responderle. He venido a pedirle que saque inmediatamente de su escaparate ese cuadro, la fotografía grande, la de la Virgen, y que no vuelva a exhibirla nunca más.

El señor Blüthenzweig se quedó un rato mirando a Hieronymus a la cara sin decir palabra, como si le retara a sentir algún embarazo por la extravagancia de sus palabras. Pero como eso no fue de ningún modo el caso, olfateó fuertemente y espetó:

–¿Tiene usted la bondad de hacerme saber si se encuentra aquí en calidad de representante de algún cargo público que le autorice a darme directrices, o qué es lo que le ha traído...?

–Oh, no –respondió Hieronymus–. Carezco de toda autoridad o dignidad oficial. El poder no está de mi lado, señor. Lo único que me ha traído aquí es mi conciencia.

El señor Blüthenzweig movía la cabeza pugnando por encontrar las palabras adecuadas, resopló fuertemente por la nariz a través de su bigote y trató de recuperar el habla. Por fin dijo:

–Su conciencia... Pues bien, en ese caso será tan amable de... tomar buena nota de que... de que su conciencia es para nosotros... ¡para nosotros no tiene la menor importancia!

Dicho esto se dio media vuelta, regresó rápidamente a su atril situado al fondo de la tienda y se puso a escribir. Los dos dependientes se reían de buena gana. También la guapa muchacha se reía por lo bajo encima de su libro de cuentas. En cuanto al señor de amarillo con perilla negra, resultó ser extranjero, pues era evidente que no había entendido palabra de la conversación. Por el contrario, seguía ocupado con los dibujos franceses, haciendo oír de vez en cuando su risa desdeñosa.

–Por favor, despache al caballero –dijo el señor Blüthenzweig por encima del hombro a su ayudante. Después siguió escribiendo. El joven con aspecto de mal pagado y de dieta vegetariana se dirigió a Hieronymus, haciendo un esfuerzo por aguantar la risa, acompañado también por el otro vendedor.

–¿Podemos servirle en alguna otra cosa? –preguntó suavemente el mal pagado.

Hieronymus mantuvo su mirada atormentada, opaca y, con todo, penetrante, impertérritamente fija en él.

–No –repuso–, no puede servirme en ninguna otra cosa. Le ruego saque el cuadro de la Virgen del escaparate inmediatamente y para siempre.

–Esto... ¿Por qué?

–Es la Santa Madre de Dios... –dijo Hieronymus con contención.

–Ciertamente... De todos modos, ya ha oído usted que el señor Blüthenzweig no parece estar dispuesto a responder a sus deseos.

–Pero hay que tener en cuenta que se trata de la Santa

Madre de Dios –insistió Hieronymus, con la cabeza temblorosa.

–En efecto. ¿Y qué? ¿Es que no se pueden exhibir vírgenes? ¿No se pueden pintar?

–¡Pero no así! ¡Así no! –dijo Hieronymus casi en un susurro, irguiéndose mucho y agitando varias veces la cabeza con vehemencia. Su angulosa frente aparecía profundamente surcada por largas arrugas transversales por debajo de la capucha–. Sabe usted muy bien que lo que alguien ha pintado ahí es el vicio personificado... ¡La mismísima lujuria desnuda! Yo mismo he podido oír por boca de dos personas sencillas e inconscientes que estaban mirando este cuadro que su imagen les hace dudar del dogma de la Inmaculada Concepción...

–Ah, permítame, no se trata de eso... –dijo el joven vendedor con una sonrisa de suficiencia. En sus horas libres trabajaba en la redacción de un cuaderno sobre el movimiento artístico moderno y estaba perfectamente capacitado para mantener una conversación culta–. Este cuadro es una obra de arte –siguió diciendo–, y hay que medirla con la vara que le corresponde. Ha alcanzado un gran éxito en todas partes. El Estado lo ha adquirido...

–Sí, ya sé que el Estado lo ha adquirido –dijo Hieronymus–. También sé que el pintor ha sido invitado dos veces a la mesa del Regente. El pueblo habla de ello y Dios sabe cómo interpretará el hecho de que alguien reciba tan altos honores por una obra como ésta. ¿Qué nos demuestra esta circunstancia? La ceguera del mundo, una ceguera que sería inconcebible si no se basara en la más desvergonzada hipocresía. Este artefacto ha surgido de la sensualidad y es desde la sensualidad como se goza de él... ¿Es verdad o no? Responda. ¡Responda también usted, señor Blüthenzweig!

Se produjo una pausa. Hieronymus parecía esperar muy en serio una respuesta mientras miraba alternativamente con sus ojos atormentados y penetrantes a los dos vendedores, que a su vez lo miraban a él curiosos y perplejos, y a la espalda convexa del señor Blüthenzweig. Reinaba el silencio. Sólo el señor de amarillo con perilla negra, reclinado sobre los dibujos franceses, dejaba oír de vez en cuando su risa desdeñosa.

–¡Es verdad! –prosiguió Hieronymus, y en su ronca voz temblaba una profunda indignación...–. ¡No se atreven ustedes a negarlo! Pero en ese caso, ¿cómo es posible celebrar en serio al pergeñador de este artefacto, como si hubiera aumentado en uno más los bienes ideales de la humanidad? En ese caso, ¿cómo es posible permanecer frente a él, entregándose irreflexivamente al indigno deleite que genera y acallar la propia conciencia con la palabra «belleza»; es más, persuadirse seriamente de que al contemplarlo se está rindiendo honor a un estado noble, selecto y extremadamente digno del ser humano? ¿Es esto pérfida ignorancia o abyecta hipocresía? Mi entendimiento enmudece al llegar a este punto... ¡Enmudece frente al hecho absurdo de que a un hombre, por el estúpido y confiado desarrollo de sus instintos animales, le sea dado alcanzar tan alta celebridad en la Tierra!... Belleza... ¿Qué es belleza? ¿Qué es lo que hace surgir esa belleza y sobre qué actúa? ¡Resulta imposible no saberlo, señor Blüthenzweig!

Pero ¿cómo se puede conocer tan a fondo una circunstancia y no quedar sumido en la repugnancia y pesadumbre al contemplarla? ¡Es un acto criminal confirmar la ignorancia de los niños desvergonzados y de los descarados inconscientes mediante la glorificación y la sacrílega devoción de la belleza, reforzándola y contribuyendo a su poder, pues ellos están lejos del sufrimiento, pero aún más lejos de la redención!... «Tú, desconocido, eres un agorero», me responderán ustedes. Pero el conocimiento, les digo, es el tormento más hondo del mundo. Sin embargo, es el purgatorio sin cuya depuración mortificante a ningún alma humana le es dado alcanzar la curación. No es el descarado infantilismo ni la abyecta despreocupación lo que cuenta, señor Blüthenzweig, sino esa Revelación en la que agonizan y se extinguen las pasiones de nuestra carne repugnante.

Silencio. El señor de amarillo con perilla negra despotricó un momento.

—Más vale que se vaya —dijo el mal pagado con suavidad.

Pero Hieronymus no hizo el menor ademán de marcharse. Extremadamente erguido bajo su capa con capucha, los ojos ardientes, estaba en medio de la galería de arte y dejaba que sus gruesos labios, con su sonido duro y simultáneamente oxidado, articularan sin cesar palabras de condena...

—«¡Arte!», exclama usted. ¡Deleite! ¡Belleza! ¡Envolved el mundo en belleza y otorgadle a cada objeto la nobleza del estilo...! ¡Apartaos de mí, infames! ¿Acaso pretendéis cubrir con colores lujosos la miseria del mundo? ¿Es que pensáis que con la algarabía festiva del suntuoso buen gusto

podréis ahogar los gemidos de la Tierra sufriente? ¡Os equi-
vocáis, desvergonzados! ¡Dios no admite burlas, y es un
horror a sus ojos la descarada idolatría que rendís a la resplandeciente superficie...! «Tú, desconocido, desprecias el
arte», me contestarán ustedes. ¡Pues les digo que mienten!
¡Yo no desprecio el arte! ¡El arte no consiste en un engaño
sin escrúpulos que induce con sus poderes de seducción a
reforzar y confirmar la vida de la carne! El arte es la antorcha sagrada que compasivamente ilumina todas las profundidades insondables, los vergonzosos y terribles abismos de
la existencia. ¡El arte es el fuego divino que se ha de pren-
der en el mundo para que, en redentora misericordia, se
inflame y se desvanezca junto con toda su ignominia y su
tormento...! Saque usted, señor Blüthenzweig, saque usted
la obra de ese pintor famoso de su escaparate... Es más,
haría usted bien lanzándola a las llamas y esparciendo sus
cenizas a los cuatro vientos. ¡A todos los cuatro vientos!

En ese momento se interrumpió su desagradable voz.
Había retrocedido un paso con vehemencia, había arran-
cado un brazo de la cobertura que le brindaba la capa
negra, estirándolo todo lo que pudo con un gesto apasionado y, con una mano extrañamente deforme y agarrotada
que temblaba sin cesar de arriba abajo, señaló el escaparate, justo el lugar que ocupaba el cuadro de la Virgen que
tanto llamaba la atención de todos. Permaneció impertérrito en esta postura dominadora. Su nariz grande y protuberante parecía saltarle de la cara con expresión autorita-
ria, y sus cejas oscuras, mucho más espesas sobre el puente
de la nariz, estaban tan enarcadas que la frente angulosa,

ensombrecida por la capucha, se había fruncido por completo en anchas arrugas transversales y se había encendido un inquieto rubor sobre las concavidades de sus mejillas.

Pero llegado este momento el señor Blüthenzweig se dio media vuelta. Sea porque la pretensión de quemar su reproducción de setenta marcos le indignara sinceramente, o sea porque los discursos de Hieronymus hubieran agotado su paciencia en general, el caso es que ofreció la viva imagen de una ira justificada e intensa. Señaló la puerta de la tienda con el portaplumas, resopló excitado varias veces a través de su bigote, pugnó por recobrar el habla y, finalmente, espetó con la mayor firmeza:

–Mire, si no desaparece usted ahora mismito de mi vista, me encargaré de que el empaquetador le facilite la salida, ¡¿me ha comprendido?!

–¡Oh, usted no va a acobardarme, no va a echarme de aquí, no me va a hacer callar! –exclamó Hieronymus, apretando con el puño los extremos de la capucha por encima del pecho y negando temerariamente con la cabeza–. Sé que estoy solo y desamparado, ¡y aun así no voy a callar hasta que usted me escuche, señor Blüthenzweig! ¡Saque usted el cuadro de su escaparate y quémelo hoy mismo! ¡Pero no se limite a quemar eso! ¡Queme también estas estatuillas y bustos cuya contemplación nos somete al pecado, queme estos jarrones y adornos, estas recuperaciones desvergonzadas del paganismo, estos versos eróticos de envoltura lujosa! ¡Queme usted todo lo que contiene su tienda, señor Blüthenzweig, pues es una inmundicia a los ojos de Dios! ¡Quémelo, quémelo, quémelo todo! –exclamó ya fuera de sí, haciendo un salvaje y amplio movimiento circular–. Ha llegado el momento de segar esta cosecha... No hay dique que contenga la desvergüenza de estos tiempos... Pero yo le digo que...

–¡Krauthuber! –logró farfullar con esfuerzo el señor Blüthenzweig, volviéndose hacia una puerta del fondo–. ¡Venga enseguida!

Lo que salió a la luz como resultado de esta orden fue una cosa maciza y más que violenta, una criatura humana monstruosa y desmesurada, de una plenitud terrorífica cuyos miembros henchidos, rebosantes y saturados se transformaban amorfos por doquier sin transición alguna... ¡Una desmedida figura gigantesca que avanzaba arrastrándose pesadamente por el suelo con intenso resuello, un ser alimentado a base de cebada, un hijo del pueblo de espantosa corpulencia! En lo alto de su rostro podía apreciarse un desflecado mostacho de foca, mientras un imponente delantal de cuero embadurnado de engrudo le cubría el cuerpo, y llevaba las mangas amarillas de la camisa arremangadas sobre los fabulosos brazos.

–Tenga la bondad de abrirle la puerta a este caballero, Krauthuber –dijo el señor Blüthenzweig– y, en el caso de que aun así no supiera encontrarla, ayúdele a salir a la calle.

–¿Uh? –dijo el hombre, mirando alternativamente con sus diminutos ojos de elefante a Hieronymus y a su enfurecido patrón... Era un sonido sordo que denotaba una fuerza tremenda contenida con esfuerzo. Después, haciéndolo temblar todo a su paso, fue hasta la puerta y la abrió.

Hieronymus se había puesto muy pálido. «Queme

usted...», iba a decir, pero ya sentía cómo le había hecho dar media vuelta una descomunal fuerza superior contra la que era impensable cualquier resistencia y cómo estaba siendo empujado lenta e inconteniblemente en dirección a la puerta.

–Yo soy débil... –logró farfullar–. Mi carne no soporta la violencia... No la resistiría, no... Pero ¿qué importa eso? ¡Queme usted...!

Entonces enmudeció. Se hallaba en el exterior de la tienda. El gigantesco peón del señor Blüthenzweig había terminado por soltarlo con un pequeño golpecito seguido de un empujón, de manera que, apoyándose en una mano, se había desplomado de lado sobre el escalón de piedra. Y tras él se cerró la puerta de vidrio con un tintineo.

Se incorporó. Estaba de pie y mantenía cerrada con el puño la capucha por encima del pecho mientras respiraba con dificultad, dejando colgar libremente la otra mano por debajo de la capa. En las concavidades de sus mejillas se había posado una palidez grisácea. Las aletas de su nariz grande y protuberante se hinchaban y se cerraban en repetidos estremecimientos. Sus feos labios se habían deformado hasta generar una expresión de odio desesperado y sus ojos encendidos y extáticos recorrían errabundos la bella plaza.

No vio las miradas curiosas fijas en él en medio de las risas. Sobre la superficie de mosaico de la gran Loggia sólo veía las vanidades del mundo, las mascaradas de las fiestas de artistas, los adornos, jarrones, piezas decorativas y objetos de estilo, las estatuas y bustos desnudos de mujer, los pintorescos renacimientos del paganismo, los retratos de las bellezas más célebres creados por mano de artista, los versos eróticos de lujosa envoltura y los panfletos propagandísticos del arte amontonados en una enorme pirámide que ardía con llamas fragorosas bajo el griterío jubiloso del pueblo sojuzgado por sus palabras terribles... Frente a la pared amarillenta de nubes que se había ido aproximando desde la Theatinerstrasse y en la que empezaban a retumbar sordamente los truenos vio una ancha espada en llamas que se erigía sobre la ciudad bajo la luz azufrada...

–*Gladius Dei super terram*... –susurraron sus gruesos labios e, irguiéndose más en su capa de capucha, con un oculto y espasmódico blandir del puño en dirección al suelo, murmuró con un estremecimiento–: *cito et velociter!**

---

* «La espada de Dios caerá rápida y veloz sobre la Tierra.» Alusión a una profecía de Savonarola inspirada en el Libro de Josué, 23, 16.

Los hambrientos

Un estudio

En el instante en que Detlef se sintió más íntimamente afectado por la sensación de estar de más, se dejó arrastrar, como sin querer, por el tumulto festivo y desapareció sin despedirse de la vista de aquellas dos personas.

Se abandonó a una corriente que lo llevó a lo largo de una de las paredes de la suntuosa sala del teatro, y hasta que no se supo lejos de Lilli y del pequeño pintor no ofreció resistencia y tomó pie: lo hizo cerca del escenario, apoyándose en la curvatura sobrecargada de dorados de un palco del proscenio, entre una barbuda cariátide barroca con la cabeza gacha por el peso de la carga y su compañera femenina, cuyos turgentes senos apuntaban a la sala. Hizo un esfuerzo para adoptar, a pesar de todo, una postura de confortable contemplación, atisbando de vez en cuando a través de los anteojos y deslizando la mirada por toda aquella multitud resplandeciente, aunque evitando un punto del gentío.

La fiesta estaba en su momento culminante. Al fondo de los palcos abombados la gente comía y bebía en mesas con mantel, mientras los caballeros, con fracs negros o de algún otro color y con enormes crisantemos en el ojal, se inclinaban desde los antepechos sobre los empolvados hombros de unas damas embutidas en trajes fantásticos y ataviadas con peinados extravagantes, señalando entre parloteos el abigarrado tumulto de la sala, que se aislaba en grupos o se desplazaba como en una corriente, estancándose y uniéndose en remolinos para separarse enseguida otra vez creando fugaces juegos de colores...

Las mujeres, con sus fluyentes vestidos, los sombreros anchos como gabarras atados bajo la barbilla con una grotesca lazada y apoyadas en largos bastones, sostenían frente a los ojos unos binóculos de larga manija, mientras las mangas abombadas de los trajes de los hombres casi llegaban a tocar las alas de sus grises sombreros de copa... Las bromas más sonoras llegaban hasta los palcos, donde de vez en cuando alguien alzaba la copa de champán o de cerveza en señal de saludo. Con la cabeza inclinada hacia atrás, la gente se apretujaba frente al escenario abierto, en el que se estaba representando alguna excentricidad multicolor y ruidosa. Después, al cerrarse el telón, todo el mundo retrocedió entre carcajadas y aplausos. La orquesta arrancó de nuevo sus bramidos. La gente se empujaba mientras deambulaba de un lado a otro. Y la luz amarilla que llenaba por entero la fastuosa sala, mucho más intensa que la luz diurna, procuraba un resplandeciente centelleo a los ojos de los presentes, mientras todos, en inspiraciones aceleradas y vagamente ansiosas, absorbían el vaho cálido y excitante de las flores y el vino, los alimentos, el polvo, los cosméticos, el perfume, los cuerpos festivamente acalorados...

La orquesta dejó de tocar. La gente se detuvo cogida del brazo y mirando risueña al escenario, en el que, entre rechinares y jadeos, ya se estaba representando una nueva función. Cuatro o cinco personas disfrazadas con trajes de campesino estaban parodiando con clarinetes y gangosos instrumentos de cuerda la batalla cromática de la música de Tristán... Detlef cerró por un instante los ojos, que le ardían. Sus sentidos eran tan refinados que no le quedaba más remedio que percibir la agónica nostalgia de la unión expresada en estas notas aun a pesar de la arbitraria deformación a que estaban siendo sometidas, y de pronto volvió a invadirlo la asfixiante melancolía del solitario que, movido por la envidia y el amor, se había perdido por una hija normal y corriente de la vida...

Lilli... Su alma articuló su nombre con una mezcla de súplica y de ternura. Y entonces sí que ya no pudo seguir negándole a su mirada que se deslizara secretamente hacia ese lejano punto... Sí, todavía estaba allí atrás, en el mismo lugar en que la había dejado un rato antes, y de vez en cuando, al dividirse la multitud, podía verla entera. Allí estaba, con su vestido blanco bordado de plata, la rubia cabeza un poco ladeada y las manos a la espalda, apoyada en la pared y mirando a los ojos al pequeño pintor mientras charlaba. Sí, lo miraba directamente a los ojos con picardía y sin ambages, a unos ojos tan azules, despejados y cristalinos como los suyos propios...

¿De qué estarían hablando? ¿De qué seguirían hablando todavía? Ay, esas charlas que fluyen tan ligeras y sin esfuerzo de la fuente inagotable que proporcionan la candidez, la falta de pretensiones, la inocencia y el buen humor, y de la que él, serio y lento a causa de una vida de ensoñación y de conocimiento, a fuerza de constataciones paralizantes y de angustia creativa, no sabía beber. Se había ido. En un arrebato de orgullo, desesperación y generosidad se había escabullido y había dejado solas a aquellas dos criaturas para después, a lo lejos, tener todavía ocasión de percibir, con el ahogo de los celos en la garganta, la sonrisa cómplice de alivio con la que se habían librado por fin de su opresiva presencia.

¿Por qué había venido, por qué había vuelto hoy una vez más? ¿Qué le impelía a mezclarse, para su propio tormento, con esa masa de los despreocupados que lo rodeaba y estimulaba sin llegar a acogerlo nunca realmente? ¡Bien lo conocía, ese deseo! «Nosotros, los solitarios», había escrito en algún lugar en un momento de callado reconocimiento, «nosotros, los soñadores desheredados y apartados de la vida, que dejamos que nuestros cavilosos días transcurran lejos de todo y en un aislamiento artificial y glacial... Nosotros, que irradiamos a nuestro alrededor un frío soplo de insuperable extrañeza en cuanto dejamos ver entre las criaturas vivas nuestras frentes señaladas por el estigma del conocimiento y del desánimo... Nosotros, pobres espectros de la existencia, saludados con temeroso respeto por los demás, pero enseguida abandonados de nuevo a nosotros mismos para que nuestra mirada profunda y conocedora no les empañe por más tiempo su alegría... Todos nosotros cultivamos en nuestro interior una añoranza furtiva y consuntiva por lo cándido, lo sencillo y lo vivo, por un poco de amistad, de entrega, de confianza y de felicidad humana. Esa "vida" de la que estamos excluidos no se nos presenta como algo extraordinario –también nosotros lo somos– ni se nos aparece como una visión de sangrienta grandeza y de salvaje hermosura: lo que constituye el imperio de nuestra nostalgia es la vida concebida como lo normal, lo decente y lo estimable: ¡la vida en toda su seductora banalidad!...»

Miró hacia los dos que seguían charlando, al tiempo que una oleada de risas benévolas que atravesó la sala interrumpió el sonar de los clarinetes que desfiguraban aquella lánguida y dulce melodía de amor hasta convertirla en el más clamoroso sentimentalismo... Vosotros lo sois, sintió. Vosotros sois esa vida cálida, graciosa y alocada tal y como se enfrenta en una perpetua antítesis al mundo del espíritu. Pero no os penséis que éste os desprecia. No os creáis ni una sola de sus muecas de desdén. Nosotros os perseguimos en secreto; nosotros, duendes de la profundidad y mudos monstruos de conocimiento, os miramos a distancia mientras en nuestros ojos arde una afanosa nostalgia por ser vuestros iguales.

¿Se nos rebela el orgullo? ¿Acaso está tratando de negar que nos sentimos solos? ¿Fanfarronea diciendo que la obra del espíritu le asegura a nuestro amor una unión más elevada con las criaturas de todos los tiempos y lugares? Sí, pero ¿con cuáles? ¡Sólo con nuestros iguales, con seres sufrientes, y añorantes, y pobres, y nunca con vosotros, los de los ojos azules, los que no tenéis necesidad de espíritu!...

Había empezado el baile. Las representaciones en el escenario habían terminado. La orquesta resonaba y cantaba con brío. Sobre el suelo pulido se deslizaban, giraban y balanceaban las parejas. Y Lilli bailaba con el pequeño pintor. ¡Con qué encanto le brotaba la linda cabecita del cáliz que formaban sus rígidas solapas bordadas en plata! Avanzando y girando, ágiles y distendidos, iban recorriendo su reducido espacio. Él había vuelto el rostro hacia ella y, sonrientes, entregándose controladamente a la dulce trivialidad de los ritmos, continuaban hablando.

Una emoción que parecía creada por unas manos que agarrotaban y modelaban su interior invadió de pronto al solitario. ¡A pesar de todo, sois míos, y yo estoy por encima de vosotros!, sintió. ¿Es que no contemplo entre sonrisas la simplicidad de vuestras almas? ¿No percibo y retengo con un amor sarcástico cada ingenua agitación de vuestros cuerpos? A la vista de vuestro inconsciente trasiego, ¿no se preparan en mi interior las fuerzas de la palabra y de la ironía, hasta el punto de que me palpita el corazón por el afán de imitaros y por la placentera sensación de dominio que me produce exponer vuestra estúpida felicidad a la compasión del mundo bajo la luz de mi arte?...

Pero llegado a este punto volvió a derrumbarse en su interior, sorda y nostálgicamente, todo lo que se había estado construyendo con tanta obstinación. ¡Ay, ojalá por una sola vez, sólo por una noche como aquélla, pudiera no ser un artista, sino un ser humano! Escapar por una vez de la maldición que dicta inquebrantable que no debes ser, sino contemplar. Que no debes vivir, sino crear. Que no debes amar, sino conocer. ¡Por una vez vivir, amar y alabar movido por sensaciones ingenuas y simples! ¡Por una vez, estar *entre* vosotros, *en* vosotros, *ser* vosotros, los que estáis vivos! ¡Por una vez, tragaros en sorbos deleitosos, oh delicias de lo banal...!

Entonces se estremeció de repente y desvió la mirada. Le parecía como si todos aquellos rostros atractivos y acalorados reflejaran una expresión escrutadora y asqueada en cuanto notaban su presencia. De pronto, el deseo de poner tierra por medio, de ir en busca del silencio y de la oscuridad, se le hizo tan intenso que no pudo resistirlo por más tiempo. Sí, salir de ahí, marcharse del todo sin despedirse, igual que momentos antes se había retirado del lado de Lilli, y una vez en casa, apoyar la cabeza calenturienta y desdichadamente embriagada sobre una almohada fresca. Caminó en dirección a la salida.

¿Se daría cuenta? Lo conocía tan bien, este desaparecer, este escabullirse en silencio, orgulloso y desesperado, de una sala, de un jardín o de algún centro de alegre sociabilidad, con la secreta esperanza de, por un instante fugaz, deslizar una sombra por el horizonte de aquella criatura luminosa a la que se adora, de procurarle un momento de afectada reflexión y de compasión... Se detuvo y miró una vez más a la sala. Una súplica creció en su interior. ¿Resistir, estar junto a ella, aunque sea de lejos, y esperar algún instante imprevisto de felicidad? Era inútil. Quedaba descartada toda aproximación, toda comprensión, toda esperanza. ¡Vete, sal a la oscuridad, apoya la cabeza entre las manos y llora, si puedes, si es que existen las lágrimas en tu mundo de rigidez, de desolación, de hielo, de espíritu y de arte! Entonces abandonó la sala.

Un dolor ardiente que lo atravesaba en silencio se había

acomodado en su pecho, pero al mismo tiempo también una esperanza insensata e irracional... Ella tenía que darse cuenta, tenía que comprender, tenía que venir, que salir en pos de él. Aunque sólo fuera por compasión, tendría que retenerlo a medio camino y decirle: «Quédate, alégrate, te quiero». Y él se fue extremando la lentitud, aunque sabía, sabía con la más absoluta certeza, que ella, la pequeña danzante y charlatana Lilli, no iba a venir de ningún modo.

Eran las dos de la mañana. Los corredores estaban desiertos y las vigilantes asintieron adormecidas tras los largos mostradores de la guardarropía. Se embutió en su abrigo, cogió el sombrero y el bastón y abandonó el teatro.

En la plaza, en la iluminada niebla blanquecina de la noche invernal, había coches de punto formando una larga hilera. Con la cabeza gacha y el lomo abrigado con mantas, los caballos esperaban inmóviles frente a los coches al tiempo que los cocheros, embozados, pisoteaban la nieve en grupos para entrar en calor. Detlef hizo una señal a uno de ellos y, mientras el hombre preparaba a su animal, aguardó en la salida del vestíbulo iluminado y dejó que el aire frío y seco le refrescara las ardientes mejillas.

El regusto insípido que le había dejado el vino espumoso le hizo sentir ganas de fumar. Sacó mecánicamente un cigarrillo, alumbró una cerilla y lo encendió. Y entonces, en el preciso instante en que se extinguió la llamita, le ocurrió algo que al principio no acertó a comprender y que lo dejó desconcertado y horrorizado, con los brazos colgándole del cuerpo, algo a lo que no acertó a sobreponerse y que no iba a poder olvidar...

A medida que recuperaba la vista del fugaz deslumbramiento que le había producido la llama de la cerilla, empezó a emerger de la oscuridad un rostro asilvestrado, de facciones hundidas y barba pelirroja, cuyos ojos inflamados y rodeados por terribles ojeras miraban fijamente a los suyos con una expresión de cruel sarcasmo y cierta mirada escrutadora y ansiosa... A sólo dos o tres pasos de él, los puños profundamente enterrados en los bolsillos de los pantalones, el cuello de su andrajosa chaqueta subido, se apoyaba en una de las farolas que flanqueaban la entrada del teatro el hombre que poseía aquella cara tan plena de sufrimiento. Recorrió enteramente con la mirada la figura de Detlef, desde su abrigo de pieles sobre el que colgaban los anteojos hasta los zapatos de charol, para después volver a taladrarle los ojos con esa ansiosa y ávida expresión escrutadora. Aquella persona sacó aire desdeñosamente por la nariz una sola vez... y después su cuerpo se estremeció en el aire helado mientras sus fofas mejillas parecieron hundirse todavía más, sus párpados se cerraban con un estremecimiento y las comisuras de sus labios descendían hasta formar una expresión de malicia y amargura a la vez.

Detlef quedó petrificado. Pugnaba por comprender... De pronto, adquirió conciencia de la apariencia de bienestar y de buena vida con la que él, el participante en la fiesta, debió de haber abandonado el vestíbulo, hecho una seña al cochero y sacado el cigarrillo de su pitillera de plata. Alzó involuntariamente la mano, a punto de darse una palmada en la cabeza. Avanzó un paso hacia aquella persona, tomó aire para hablar, para explicarle... No obstante, terminó entrando en silencio en el coche que ya estaba preparado. Estuvo a punto de olvidarse de darle la dirección al cochero, desconcertado y fuera de sí por la imposibilidad de aclarar las cosas.

¡Qué equivocación, Dios mío! ¡Qué terrible malentendido! ¡Ese miserable y marginado lo había mirado con deseo y amargura, con ese violento desprecio que no es sino envidia y nostalgia! Pero ese hambriento, ¿no había hecho alarde de su situación hasta cierto punto? En su temblor, en su amarga y sarcástica mueca, ¿no se había manifestado el deseo de impresionarlo, de procurarle a él, el descaradamente feliz, una sombra en el horizonte, un momento de afectada reflexión y de compasión? Te equivocas, amigo, fallaste en tu efecto: tu lamentable imagen no es para mí una advertencia terrible y vergonzosa de algún mundo extraño y horrible. ¡Si tú y yo somos hermanos!

¿Lo sientes aquí, camarada, aquí, encima del pecho, y te arde? ¡Qué bien conozco esa sensación! ¿Y por qué has venido a pesar de todo? ¿Por qué no te quedas en la oscuridad, obcecado y orgulloso, sino que buscas tu sitio bajo ventanales iluminados detrás de los cuales se celebran la música y las risas de la vida? ¿Acaso no conozco yo también ese deseo enfermizo que te impulsó a ir hasta allí para cebar tu desgracia, una desgracia a la que se puede llamar indistintamente «odio» o «amor»?

Nada me resulta ajeno en toda esa aflicción que te invade. ¡Y tú creías avergonzarme! ¿Qué es el espíritu? ¡El odio que juega! ¿Qué es el arte? ¡La nostalgia que da forma! Los dos tenemos nuestra casa en el país de los engañados, de los hambrientos, de los acusadores y de los negadores, y también compartimos las horas traidoras llenas de desprecio por nosotros mismos, pues nos pierde ese denigrante amor que sentimos por la vida, por la necia felicidad. Pero tú no has sabido reconocerme.

¡Una equivocación! ¡Una equivocación!... Y mientras este lamento lo invadía por completo, en algún hondo lugar de su pecho resplandecía una intuición que era dolorosa y dulce a la vez... ¿Es que sólo se equivocaba aquél? ¿Dónde está el final del error? ¿No será que toda la nostalgia de la Tierra no es más que un error, empezando por la mía propia, por mi nostalgia de una vida sencilla e impulsiva, de esa vida muda que desconoce tanto la transfiguración por el espíritu y el arte como la redención por la palabra? Ay, todos somos hermanos, nosotros, criaturas de una voluntad que sufre sin sosiego. Y, sin embargo, no sabemos reconocernos. Nos hace falta otro amor, otro...

Una vez en casa, sentado entre sus libros, cuadros y bustos de mirada serena, se sintió conmovido por estas piadosas palabras: «Niños, amaos los unos a los otros...».

Un instante de felicidad
(1904)

¡Silencio! Vamos a mirar en el interior de un alma. De pasada, por así decirlo, muy por encima y sólo durante unas pocas páginas, pues estamos terriblemente ocupados. Venimos de Florencia, de tiempos antiguos*. Allí se están tratando unos asuntos difíciles y de extrema importancia. Y una vez hayan sido resueltos... ¿adónde iremos? A la corte, tal vez, a un palacio real, ¿quién sabe? Cosas extrañas, que relumbran tenuemente, están pugnando por encontrar su lugar... ¡Anna, mi pobre y pequeña baronesa Anna, no tenemos mucho tiempo para ti!

Un compás de tres por cuatro y el tintineo de las copas... tumulto, vahos, zumbidos y pasos de baile: sí, ya nos conocen, conocen nuestra pequeña debilidad. ¿Es porque allí el dolor adquiere su mirada más profunda y nostálgica por lo que nos gusta tanto acechar los lugares en los que la vida celebra sus ordinarias fiestas?

---

* Por esas fechas, Thomas Mann estaba trabajando en su obra teatral *Fiorenza* (1905), ambientada en la Florencia de los Medici.

–¡Brigada! –exclamó el barón Harry, capitán de caballería, por toda la sala al tiempo que dejaba de bailar. Con el brazo derecho todavía sostenía a su dama por la cintura mientras hincaba la mano izquierda en la cadera–. ¡Esto no es un vals, sino una marcha fúnebre, hombre! No tiene usted ritmo en el cuerpo. No hace más que ir flotando por ahí. Que vuelva a tocar el subteniente Von Gelbsattel, a ver si conseguimos un poco de ritmo. ¡Retírese, brigada! ¡Póngase a bailar, si es que eso lo hace mejor!

Y el brigada se puso en pie, se cuadró y sin mediar palabra le cedió su sitio en el podio al subteniente Von Gelbsattel, que enseguida se dispuso a aporrear el chirriante y zumbador piano con sus manos grandes, blancas y muy abiertas.

Y es que, desde luego, el barón Harry sí que tenía ritmo en el cuerpo: ritmo de vals y de marcha militar, buen humor y orgullo, felicidad y espíritu victorioso. Su casaca de húsar con cordones dorados le sentaba muy bien a su rostro joven y acalorado que no mostraba el menor asomo de inquietud o de reflexión. Tenía la piel un poco quemada por el sol, como suele ser habitual entre las personas rubias, aunque él tuviera la cabellera y el bigote castaños, y para las damas eso era un rasgo de coquetería. La cicatriz roja sobre la mejilla derecha le prestaba a su expresión abierta un aire de salvaje descaro. No se sabía si respondía a un tajo de arma blanca o a una caída del caballo... En cualquier caso, seguro que sería algo glorioso. Y además, bailaba como un dios.

En cambio, el brigada iba «flotando por ahí», si se nos permite utilizar la expresión del barón Harry en sentido figurado. Sus párpados eran demasiado largos, de modo que nunca acertaba a abrir los ojos por completo. También el uniforme le quedaba algo desaliñado y poco convincente, y sabe Dios cómo habría ido a parar a la carrera militar. Se había prestado sólo a regañadientes a participar en esa diversión con las «Golondrinas» en el casino, pero había acudido a pesar de todo, pues tenía que andarse con ojo y no despertar suspicacias, en primer lugar porque su origen era sólo burgués y, en segundo lugar, porque existía una especie de libro suyo, una serie de relatos poéticos que él mismo había escrito o «compuesto», como se suele decir, y que estaba al alcance de todo el mundo en las librerías. Esto último tenía que despertar a la fuerza cierta desconfianza hacia él.

La sala del casino de oficiales de Hohendamm era larga y ancha. En realidad era demasiado espaciosa para los treinta caballeros que esa noche se estaban divirtiendo en ella. Las paredes y la tribuna de los músicos estaban decoradas con drapeados falsos de yeso pintado de rojo, y del techo, de pésimo gusto, colgaban dos deformadas arañas de cristal cuyas velas ardían torcidas y goteaban. Sin embargo, el suelo entarimado había sido pulido durante toda la mañana por siete húsares a los que se había hecho llamar expresamente para este cometido. Por otra parte, ni siquiera los señores oficiales podían pedir un lujo mayor en un villorrio, en una Abdera y Vetusta como era Hohendamm. Y lo que aún pudiera faltarle en esplendor a la fiesta quedaba compensado por esa atmósfera singular y pícara que daba su impronta a la velada, por la sensación prohibida y temeraria de poder estar con las «Golondrinas». Incluso los estúpidos ordenanzas se sonreían con socarronería cuando renovaban las botellas de champán en las cubiteras que había junto a las mesitas cubiertas de manteles blancos a lo largo de tres paredes de la sala, mirando a su alrededor y bajando la mirada con una risita, como sirvientes que, de forma callada e irresponsable, prestaban su ayuda a un temerario desmán... Y todo eso sólo por las «Golondrinas».

Las Golondrinas, las Golondrinas..., ¿a qué viene tanta Golondrina? Pues es que ¡eran las «Golondrinas de Viena»! Recorrían el país como una bandada de aves migratorias, volaban de ciudad en ciudad y actuaban en salas de opereta o en teatros de variedades de quinta fila, cantando desinhibidas y con voces jubilosas y cantarinas su lema y su canción estrella:

> *Cuando vuelvan las golondrinas,*
> *¡ya verán!, ¡ya verán!*

Era una buena canción, de un humor que se captaba fácilmente, y la entonaban bajo los aplausos de la parte más comprensiva del público.

Y así sucedió que las «Golondrinas» llegaron a Hohendamm para cantar en la cervecería Gugelfing. En Hohendamm había guarnición, todo un regimiento de húsares, por lo que tenían motivos para esperar un interés superior al habitual por parte de quienes marcaban el tono en la ciudad. Pero encontraron mucho más que eso: encontraron auténtico entusiasmo. Noche tras noche tenían a sus pies a los oficiales solteros, que escuchaban la canción de las golondrinas y bebían la amarilla cerveza de Gugelfing a su salud. No pasó mucho tiempo antes de que también acudieran los caballeros casados, y una noche incluso se presentó el coronel Von Rummler en persona, quien siguió todo el programa con tenso interés y terminó por manifestar en varias ocasiones su incondicional reconocimiento por la labor de las «Golondrinas».

Pero entonces fue madurando entre los subtenientes y capitanes de caballería el plan de llevar a las «Golondrinas» al terreno de la intimidad –al menos a una parte de ellas, a las diez más guapas, por ejemplo–, invitándolas a pasar una divertida velada en el casino con mucha juerga y vino espumoso. De cara al resto del mundo se suponía que los caballeros de mayor rango no debían saber nada del asunto, por lo que, con todo el pesar de su corazón, tuvieron que mantenerse al margen. Por otra parte, no sólo los subtenientes solteros, sino también los tenientes y los capitanes de caballería casados participaban en la fiesta, y además –y eso era lo más emocionante, la verdadera guinda del pastel– iban a acudir en compañía de sus esposas.

¿Obstáculos y objeciones? El teniente Von Levzahn había encontrado la frase adecuada: ¡para el soldado, los obstáculos y las objeciones están ahí para vencerlos y disiparlas! Que los probos ciudadanos de Hohendamm, si se enteran, se escandalicen de que los oficiales reúnan a sus esposas con las «Golondrinas»... Desde luego, ellos sí que no podían permitirse el lujo de hacer nada parecido. Pero existe un nivel, unas regiones descaradas de la vida situadas por encima de todas las demás, en las que uno vuelve a ser libre para hacer eso mismo que a un nivel inferior resultaría ignominioso y deshonroso. Por otra parte, ¿no estaban los honorables nativos ya más que acostumbrados a asumir toda clase de conductas singulares por parte de sus húsares? Los oficiales podían cabalgar por la acera a plena luz del día si se les pasaba por la cabeza: de hecho, eso ya había ocurrido. Una vez, por la tarde, hubo un tiroteo en la plaza del mercado y sólo podían haber sido los oficiales. ¿Y acaso se le había ocurrido a alguien protestar por eso? La siguiente anécdota ha sido atestiguada por varias fuentes.

Una mañana, entre las cinco y las seis, el capitán de caballería Harry, algo achispado, regresaba de una reunión nocturna en compañía de algunos camaradas: el capitán de caballería Von Hühnemann, así como los tenientes y subtenientes Le Maistre, barón Truchsess, Von Trautenau y Von Lichterloh. Cuando los caballeros atravesaron el viejo puente, les salió al encuentro un aprendiz de panadero que, con una gran cesta de panecillos y silbando despreocupadamente una canción, iba siguiendo su camino en aquella fresca mañana.

–¡Trae eso! –exclamó el barón Harry, agarrando la cesta por el asa y volteándola tres veces en círculo con tanta habilidad que no se le cayó ni un solo panecillo, para finalmente, formando un enorme arco que atestiguaba la fuerza de su brazo, lanzarla muy lejos a las turbias aguas. Cuando vio flotar y hundirse sus panecillos, el aprendiz de panadero, al principio petrificado de miedo, levantó los brazos entre lamentos y adoptó una actitud desesperada. Pero al cabo de un rato, después de que aquellos caballeros se hubieran deleitado con su terror infantil, el barón Harry le lanzó una moneda cuyo valor triplicaba el del contenido de la cesta, a lo que los oficiales reemprendieron entre risas su camino de regreso. Entonces aquel muchacho comprendió que se las había tenido que ver con gente de alcurnia y no dijo nada más...

Esta historia pronto estuvo en boca de la gente, pero ¡pobre del que tuviera el atrevimiento de torcer el gesto al escucharla! Ya sea entre sonrisas o rechinar de dientes... Si venía del barón Harry y de sus camaradas había que aceptarla sin rechistar. ¡Unos señores, eso es lo que eran! ¡Los señores de Hohendamm! Y así es como las esposas de los oficiales terminaron por juntarse con las «Golondrinas».

Parecía que el brigada no era más hábil en el baile que tocando el vals, pues, sin participar siquiera en él, se sentó con una reverencia a una de las mesas, junto a la pequeña baronesa Anna, la esposa del barón Harry, a quien dirigió unas tímidas palabras. El joven se veía completamente incapaz de conversar con las «Golondrinas». Sentía auténtico pavor frente a ellas, pues se le había metido en la cabeza que esta clase de chicas siempre lo miraba con extrañeza, no importa lo que él les dijera. Y eso al brigada le resultaba doloroso. Pero dado que, como es habitual en muchas naturalezas pusilánimes y torpes, incluso la peor de las músicas lo sumía en un humor somnoliento y meditabundo, y dado que tampoco la baronesa Anna, que sentía por él la más absoluta indiferencia, le dedicó más que alguna que otra respuesta distraída, pronto enmudecieron los dos y se limitaron a contemplar los balanceos y las piruetas del baile, con una sonrisa un poco rígida y algo desencajada que, curiosamente, tenían en común.

Las velas de las arañas de cristal temblaban y goteaban de tal modo que habían quedado completamente deformadas por excrecencias nudosas y semirrígidas de estearina, y bajo ellas giraban y se deslizaban las parejas al son de los fogosos ritmos del subteniente Von Gelbsattel. Los pies marcaban grandes pasos de puntillas, giraban elásticamente sobre sí mismos y se deslizaban de nuevo. Las largas piernas de los caballeros se arqueaban un poco para después estirarse como en un resorte, rebotar y avanzar lejos en un balanceo. Las faldas volaban. Las chaquetas de los húsares se mezclaban en un remolino multicolor y, con una voluptuosa inclinación de la cabeza, las damas apoyaban la cintura en los brazos de los danzantes.

El barón Harry apretaba con fuerza considerable a una «Golondrina» asombrosamente guapa contra su casaca repleta de cordones, al tiempo que mantenía el rostro muy cerca del suyo y la miraba directamente a los ojos. La baronesa Anna seguía a la pareja con una sonrisa. Un poco más allá el elegante subteniente Von Lichterloh se llevaba rodando a una «Golondrina» pequeña, gorda, redonda como una bola y con un escote extraordinario. Pero bajo una de las arañas de cristal, la señora del capitán de caballería Von Hühnemann, que amaba el champán por encima de todo, bailaba en círculo, en una entrega total, con una tercera «Golondrina», una criatura encantadora y cubierta de pecas y cuyo rostro resplandecía a más no poder por ser objeto de un honor tan poco frecuente.

—Querida baronesa —le dijo un poco más tarde la señora de Von Hühnemann a la señora del teniente Von Truchsess—, estas muchachas no son tan incultas, después de todo: saben enumerar con los dedos a todas las guarniciones de caballería del Reich...

Bailaban juntas porque había dos damas que sobraban en el grupo, y no se percataron de que poco a poco todo el mundo se iba apartando del escenario para dejar que las dos quedaran completamente solas y expuestas a todas las miradas. Al fin se dieron cuenta, quedándose inmóviles una al lado de la otra en medio de la sala, acribilladas por las risas, el aplauso y los bravos...

A continuación llegó el momento de beber champán, y los ordenanzas corrían con sus guantes blancos de mesa en mesa para servir. Pero entonces fue preciso que las «Golondrinas» se pusieran a cantar una vez más; daba igual si se habían quedado o no sin aliento.

Ahí estaban, en fila sobre el podio que ocupaba uno de los extremos de la sala y poniendo ojitos picarones. Tenían los hombros y brazos desnudos, y el diseño de su atuendo consistía en un chaleco de color gris claro cubierto por un frac más oscuro de golondrina. Lo completaban con medias grises de cuadradillo y zapatos muy escotados de tacón extremadamente alto. Las había rubias y morenas, algunas benévolamente gordas y otras de interesante flacura, unas con las mejillas extrañamente cubiertas de mate carmín y otras de rostro tan blanco como el de un payaso. Pero la más guapa de todas seguía siendo la pequeña morena de brazos infantiles y ojos almendrados con la que el barón

Harry acababa de bailar. También a la baronesa Anna le pareció la más guapa de todas, y siguió sonriendo.

Las «Golondrinas» ya estaban cantando y el subteniente Von Gelbsattel las acompañaba al piano, volviendo la cabeza hacia ellas, para lo que tenía que torcer mucho el torso y aporrear las teclas con los brazos muy estirados. Cantaron al unísono que eran pájaros alegres que habían recorrido el mundo entero, llevándose consigo todos los corazones cada vez que partían otra vez. Después cantaron una canción melodiosa en extremo que empezaba con las palabras:

> *¡Sí, sí, los militares,*
> *que nos gustan de verdad!*

y que terminaba de manera muy similar. Pero entonces, dado el impetuoso reclamo del público, entonaron una vez más la canción de las golondrinas, y los caballeros, que prácticamente se la sabían tan bien como ellas, cantaron a coro:

> *Cuando vuelvan las golondrinas,*
> *¡ya verán!, ¡ya verán!*

La sala retumbaba por efecto de la canción, de las risas y del golpeteo metálico de las botas con espuelas que marcaban el ritmo.

También la baronesa Anna se puso a reír de tanto desmán y temeridad. Ya se había reído tanto a lo largo de la noche que le dolía la cabeza y el corazón y le hubiera encantado cerrar los ojos en paz, en la oscuridad, si no fuera porque Harry aún estaba hasta tal punto por la labor...

–Hoy estoy contenta –le había dicho hacía un rato a su vecina de mesa, en un instante en que ella misma lo creyó así. Pero eso le valió el silencio y una mirada sarcástica que le había hecho darse cuenta de que no estaba bien visto divulgar esta clase de cosas. Cuando uno está contento, se comporta como tal y ya está. Constatarlo y manifestarlo ya empezaba a resultar temerario y singular... Claro que decir «estoy triste» habría sido directamente impensable.

La baronesa Anna había crecido en la hacienda que su padre tenía junto al mar sumida en una soledad y un silencio tales, que todavía tenía una tendencia excesiva a dejar fuera de consideración esta clase de cosas, y eso a pesar de que tenía miedo de parecer extraña a los demás y deseaba con fervor ser exactamente igual a todo el mundo para que la quisieran un poco... Tenía las manos pálidas y una melena color rubio ceniza demasiado pesada para su carita delgada y de delicada osamenta. En medio de sus claras cejas se trazaba una arruga vertical que le procuraba cierto aire de opresión y de vulnerabilidad a su sonrisa...

Y es que la pobre amaba a su marido... ¡Y que no se ría nadie! Lo amaba incluso por la historia de los panecillos, lo amaba de forma cobarde y desafortunada, a pesar de que él la engañaba y le maltrataba el corazón a diario como un niño. Sufría de amor por él como una mujer que desprecia su propia debilidad y delicadeza y sabe que el poder de la fuerza y la felicidad es el que tiene la razón en este mundo.

Sí, se entregaba a ese amor y a sus sufrimientos igual que antaño, cuando él, en un fugaz arrebato de ternura, la pretendió y ella se entregó a él: con el sediento deseo que una criatura solitaria y soñadora siente por la vida, la pasión y los disturbios del sentimiento...

Un compás de tres por cuatro y el tintineo de las copas... tumulto, vahos, zumbidos y pasos de baile: éste es el mundo y el reino de Harry. Pero también es el reino de los sueños de Anna, pues en él habita la felicidad, lo ordinario, el amor y la vida.

¡Sociabilidad! Oh, sociabilidad inocua y festiva, veneno enervante, degradante y seductor de encantos estériles, enemiga y rival del pensamiento y de la paz, ¡eres algo terrible...! Allí estaba ella, tardes y noches enteras, atormentada por la estridente antítesis entre el vacío absoluto y la vacuidad de su alrededor y la excitación febril que imperaba como consecuencia del vino, el café, la música sensual y el baile. Allí se quedaba sentada, viendo cómo Harry cautivaba a mujeres guapas y alegres, no porque lo hicieran especialmente feliz, sino porque su vanidad le exigía mostrarse con ellas ante la gente, como una criatura feliz que siempre anda bien provista, no está excluida de ningún lugar y no conoce la nostalgia... ¡Cuánto le dolía esa vanidad y, sin embargo, cuánto lo amaba! ¡Qué dulce resultaba encontrarlo tan apuesto, joven, maravilloso y deslumbrante! ¡Hasta qué punto el amor que sentían por él las demás hacía que el suyo propio se inflamara, mortificándola...! Y cuando todo había terminado, cuando al final de una fiesta que ella había pasado angustiada y sufriendo por su causa él se deshacía en alabanzas inconscientes y egoístas de las horas transcurridas, entonces llegaban esos instantes en los que el odio y el desprecio que sentía igualaban a su amor, en los que en el fondo de su corazón lo llamaba «granuja» y «fatuo» y trataba de castigarlo con su silencio, con un silencio ridículo y desesperado...

¿Lo sabemos bien, pequeña baronesa Anna? ¿Estamos dando voz a todo lo que se oculta detrás de tu pobre sonrisa mientras cantan las «Golondrinas»? Y después viene ese estado lamentable e indigno en que, avanzada la madrugada, yaces en la cama tras tanta sociabilidad inocua y gastas todas las fuerzas de tu espíritu en reflexionar sobre bromas, gracias y respuestas atinadas que deberías haber pronunciado para resultar digna de amor y que, sin embargo, no has sabido encontrar. Y hacia el amanecer vienen esos sueños que, cuando ya estás muy debilitada por el dolor, hacen que llores en su hombro para que él te consuele con una de sus palabras vacuas, amables y convencionales, y que tú de pronto te veas invadida por el vergonzoso contrasentido que reside en que sea precisamente en su hombro sobre el que llores por todas las cosas de este mundo...

Aunque, si se pusiera enfermo..., ¿verdad? ¿Acertamos si decimos que un pequeño e insignificante malestar por su parte puede generarte todo un mundo de sueños en el que lo ves como tu sufriente pupilo y en el que él yace ante ti impotente y quebrantado y entonces, por fin, te pertenece en exclusiva? ¡No te avergüences! ¡No te aborrezcas a ti misma! A veces la desgracia nos hace ser un poco malvados... Eso ya lo sabemos y nos hacemos cargo, pequeña y pobre alma. ¡Hemos visto cosas mucho peores en nuestros viajes! Claro que podrías ocuparte un poco por ese joven brigada de párpados demasiado largos que está sentado a tu lado y que de buen grado compartiría su soledad con la tuya. ¿Por qué lo rechazas? ¿Por qué lo desprecias? ¿Porque es de tu propio mundo y no del otro en el que rige la alegría y el orgullo, la felicidad, el ritmo y los aires de victoria? Ciertamente, resulta muy difícil no sentirse cómoda en un mundo y tampoco en el otro... ¡Lo sabemos! Pero no hay reconciliación posible...

El rugiente aplauso arrancó en pleno postludio del subteniente Von Gelbsattel, y las «Golondrinas» habían terminado. Saltaron directamente del podio sin emplear los escalones, cayendo pesadamente o entre aleteos, y los caballeros se apremiaban unos a otros con tal de ayudarlas. El barón Harry auxilió a la pequeña morena de brazos infantiles; lo hizo con toda precisión y conocimiento de causa. Le pasó un brazo por los muslos y otro por la cintura, se tomó su tiempo para depositarla en el suelo y se puede decir que casi la llevó en volandas a las mesas del champán, donde llenó su copa hasta hacerla rebosar y brindó con ella, lenta y alusivamente, al tiempo que la miraba a los ojos con una sonrisa penetrante y carente de objeto. Había bebido mucho y la cicatriz resplandecía roja en su blanca frente, que destacaba con fuerza en su rostro quemado por el sol. Pero estaba jovial y desenvuelto, claramente achispado y nada turbado por la pasión.

La mesa estaba justo enfrente de la que ocupaba la baronesa Anna, en el otro extremo longitudinal de la sala, y mientras la baronesa intercambiaba palabras triviales con alguien de su proximidad, atendía ansiosa a las risas procedentes del otro lado y espiaba vergonzosa y furtivamente cada uno de aquellos movimientos, sumida en ese estado de dolorosa tensión que, mecánicamente y respetando todas las formas sociales, permite mantener una conversación con alguien y, sin embargo, tener la mente en otra parte, junto a la otra persona a la que se está observando...

Una o dos veces le dio la impresión de que la mirada de la pequeña «Golondrina» había rozado la suya... ¿La conocería? ¿Sabría quién era? ¡Qué bella es! ¡Qué fresca, seductora e irreflexivamente llena de vida! Si por lo menos Harry la amara, se consumiera por ella, si sufriera por su causa, Anna habría podido perdonarlo, comprenderlo, compadecerse... Y de pronto sintió que la nostalgia que ella misma sentía por la pequeña «Golondrina» era más ardiente y profunda que la de Harry.

¡La pequeña «Golondrina»...! ¡Por el amor de Dios, si se llamaba Emmy y era de lo más vulgar! Aunque maravillosa con esos mechones negros que le rodeaban un rostro ancho y deseable, los ojos almendrados, una boca grande llena de dientes blancos y centelleantes y los brazos morenos, blandos y tentadores. Lo más hermoso de ella eran los hombros: al hacer determinados movimientos, sus articulaciones giraban con una suavidad incomparable... El barón Harry sentía un enorme interés por esos hombros. De ningún modo estaba dispuesto a permitir que se los cubriera, sino que inició una ruidosa pelea por el chal que ella se había obcecado en emplear para este fin... Y a todo esto, absolutamente nadie, ni el barón Harry, ni su esposa, ni ninguna otra persona, habría sido capaz de darse cuenta de que esta criatura desamparada a la que el vino ponía sentimental se había pasado la noche consumiéndose por el joven brigada que momentos antes había sido expulsado del piano por su falta de ritmo. Sus ojos somnolientos y su forma de tocar la habían emocionado, antojándosele noble, poética y procedente de otro mundo, mientras que ya conocía demasiado bien la forma de ser del barón Harry, que le parecía de lo más aburrida, y se sentía profundamente desgraciada y llena de pesar porque el brigada, por su parte, no le había prestado la más mínima señal de amor...

Las velas, prácticamente consumidas, ardían turbias en el humo de los cigarrillos que flotaba en estratos azulados sobre las cabezas. El olor a café atravesó la sala. Una atmósfera insípida y pesada, el vaho de la fiesta y las emanaciones de la multitud condensadas y confundidas por los osados perfumes de las «Golondrinas» se posaban sobre todas las cosas, sobre las mesas cubiertas de manteles blancos y las cubiteras con el champán, sobre la gente trasnochada y desahogada y sus zumbidos, carcajadas, risitas y flirteos.

La baronesa Anna había dejado de hablar. La desesperación y esa terrible confluencia de nostalgia, envidia, amor y desprecio por sí misma que hemos dado en llamar «celos» y que no deberían existir si queremos que el mundo marche bien, habían sojuzgado hasta tal punto su corazón que ya no le quedaban fuerzas para disimular. ¡Que viera cómo se sentía, que se avergonzara de ella, para que en su pecho hubiera al menos un solo sentimiento que le estuviera dedicado!

Miró hacia allí... El jueguecito de aquellos dos estaba yendo demasiado lejos y todo el mundo asistía a él con curiosidad y entre risas. Harry se había inventado una nueva modalidad para luchar tiernamente con la pequeña «Golondrina». Insistía en intercambiar los anillos con ella y, con las rodillas fuertemente apoyadas contra las suyas, la retenía en la silla tratando de atrapar desenvueltamente su mano en una caza frenética y abriendo el pequeño puño que ella mantenía fuertemente cerrado. Por fin se salió con la suya. Y bajo el ruidoso aplauso de la sociedad logró arrebatarle con dificultad el delgado anillo en forma de serpiente y deslizó triunfante su propia alianza matrimonial en el dedo de la joven.

Entonces la baronesa Anna se puso en pie. La ira y el sufrimiento, el anhelo de esconderse en algún rincón oscuro con el peso de toda la amargura que sentía a causa de la amada futilidad de su esposo, el deseo desesperado de castigarlo con un escándalo, de atraer de algún modo su atención, pudieron con ella. Pálida, empujó su silla hacia atrás y recorrió enteramente la sala en dirección a la puerta.

Su partida llamó la atención. Repentinamente sobria, la gente se miró con seriedad. Un par de caballeros llamaron en voz alta a Harry por su nombre. El ruido cesó.

Y entonces sucedió algo muy extraño: la «Golondrina» Emmy tomó partido decididamente por la baronesa Anna. Sea porque un universal instinto femenino a favor del dolor y del sufrimiento amoroso influyera en su actitud, sea porque el propio pesar que sentía por el brigada de párpados somnolientos le hicieron ver en la baronesa Anna a una compañera, el caso es que actuó para sorpresa de todos.

–¡Es usted un canalla! –dijo en voz muy alta en medio de aquel silencio, al tiempo que apartaba al barón Harry de un empujón.

Sólo fue esta frase: «Es usted un canalla». Y entonces, de pronto, se halló al lado de la baronesa Anna, que ya tenía el picaporte en la mano.

–¡Perdone! –dijo en voz muy baja, como si en aquel círculo no hubiera nadie más que mereciera oírlo–. Aquí tiene el anillo.

Dicho esto deslizó la alianza matrimonial de Harry en la mano de la baronesa Anna. Y de repente la baronesa Anna notó la carita ancha y cálida de la joven contra su mano y sintió arder en ella un beso blando y fervoroso.

–¡Perdone! –susurró la pequeña «Golondrina» una vez más antes de salir corriendo.

Pero la baronesa Anna ya estaba fuera, en la oscuridad, completamente aturdida todavía, aguardando a que este acontecimiento inesperado adquiriera forma y sentido en su interior. Y entonces sucedió que un instante de felicidad, una felicidad dulce, cálida y secreta, le cerró por un momento los ojos...

¡Alto ahí! ¡Ni una palabra más! ¡Fijaos en ese pequeño y valioso detalle! ¡Ahí estaba ella, encantada y cautivada sólo porque esa locuela trotamundos había ido a besarle la mano!

Y ahí te dejamos, baronesa Anna, con un beso en la frente. ¡Buena suerte! Nosotros nos vamos. ¡Duerme! Pasarás toda la noche soñando con la «Golondrina» que vino a ti y serás un poquito feliz.

Pues un instante de felicidad, un pequeño arrebato y delirio de dicha, nos conmueve el corazón cuando esos dos mundos entre los que vaga descarriada la nostalgia aciertan a encontrarse en una fugaz y engañosa proximidad.

En casa del profeta
(1904)

Hay lugares extraños, mentes extrañas, regiones extrañas del espíritu, elevadas y miserables. En la periferia de las grandes ciudades, allí donde las farolas se vuelven más escasas y los gendarmes patrullan por parejas, hay que subir las escaleras de las casas hasta que ya no se pueda avanzar más para acceder a las oblicuas buhardillas en donde unos genios jóvenes y pálidos, criminales del sueño, incuban apáticamente y de brazos cruzados sus pensamientos, o para llegar a los talleres de decoración barata e insignificante donde unos artistas solitarios, indignados y consumidos por dentro, hambrientos y orgullosos, luchan inmersos en una nube de humo por sus más extremos y confusos ideales. Es aquí donde hallaremos el fin, el hielo, la pureza y la nada. Aquí carece de validez todo contrato, toda concesión, toda tolerancia, toda mesura y todo valor. Aquí el aire es tan poco denso y tan honesto que las miasmas de la vida son incapaces de medrar. Aquí rige la obstinación, la más extrema consecuencia, el yo que reina desesperado, la libertad, el delirio y la muerte...

Era un Viernes Santo, a las ocho de la noche. Varias de las personas a las que Daniel había invitado llegaron en aquel mismo instante. Habían recibido invitaciones en formato cuartilla en las que un águila se llevaba por los aires, cogida con las garras, una daga desenvainada y que, en una escritura singular, exhortaban a su receptor a que asistiera a la reunión que se celebraría el Viernes Santo con objeto de la lectura de las proclamaciones de Daniel; así es como, en la hora fijada, coincidieron en aquella calle desierta y sombría del arrabal frente al banal edificio en alquiler en el que se hallaba la morada terrenal del profeta.

Algunos ya se conocían e intercambiaron saludos. Se trataba del pintor polaco y de la flaca muchacha que vivía con él; del poeta, un semita larguirucho y de barba negra acompañado por su voluminosa y pálida esposa ataviada con largas túnicas colgantes, una personalidad de aspecto simultáneamente marcial y enfermizo, espiritista y capitán de caballería fuera de servicio; y de un joven filósofo con apariencia de canguro. El novelista, un caballero de sombrero rígido y cuidado bigote, era el único que no conocía a nadie. Procedía de una esfera muy distinta y había ido a parar allí por pura casualidad. Mantenía cierta relación con la vida, y uno de sus libros era leído en los circuitos burgueses. Estaba decidido a comportarse con agradecimiento, con severa humildad y, en todo, como una criatura que estaba siendo tolerada. Siguió a cierta distancia a los demás al interior de la casa.

Subieron las escaleras, un escalón tras otro, apoyados en la barandilla de hierro forjado. Guardaban silencio, pues eran personas que conocían el valor de la palabra y no acostumbraban a hablar inútilmente. A la tenue luz de las lamparitas de petróleo que había sobre los alféizares de las ventanas en los recodos de la escalera, iban leyendo al pasar los nombres que había en las puertas de las viviendas. Así pasaron de largo por el hogar y el nido de inquietudes de un empleado de una agencia de seguros, de una comadrona, de una lavandera, de un «agente» y de un callista, en silencio, sin desprecio, pero sintiéndose extraños. Ascendían por la estrecha caja de la escalera como a través de un pozo en penumbra, con confianza y sin detenerse, pues desde allá arriba, desde ese lugar en el que ya no se puede avanzar más, les esperaba un resplandor, el temblor de un reflejo suave y fugaz que procedía de la altura más extrema.

Por fin se hallaban en la meta, justo debajo del tejado, a la luz de seis velas que ardían en varios candelabros distintos sobre una mesita cubierta con palias desteñidas que había al final de la escalera. En la puerta, ya con el aspecto de la entrada a un desván, alguien había colgado un letrero de cartón gris que, en tipos romanos trazados con carboncillo, rezaba «Daniel». Llamaron al timbre...

Les abrió un niño cabezón y de mirada cordial vestido con un traje azul nuevo y botas relucientes, con una vela en la mano, y les iluminó oblicuamente el camino a través del corredor pequeño y oscuro hasta una estancia abuhardillada sin empapelar, completamente vacía a excepción de un perchero de madera. Sin mediar palabra, con un gesto acompañado de un sonido gutural y balbuceante, el niño invitó a los presentes a dejar allí sus cosas, y cuando el novelista, movido por una genérica simpatía, le formuló una pregunta, se hizo definitivamente patente que el niño era mudo. A continuación guió de nuevo con su luz a los invitados a través del corredor, esta vez hacia otra puerta distinta, y les hizo entrar. El novelista entró el último. Llevaba levita y guantes, decidido a comportarse como si estuviera en una iglesia.

Una claridad generada por veinte o veinticinco velas encendidas que vibraban y centelleaban festivamente imperaba en la estancia de dimensiones moderadas en la que entraron. Una joven que llevaba un vestido sencillo con puños y cuello de color blanco, María Josefa, la hermana de Daniel, de semblante puro y necio, se hallaba muy cerca de la puerta y les iba estrechando la mano a todos a medida que llegaban. El novelista la conocía. Había coincidido con ella en una tertulia literaria. En aquella ocasión la había visto muy erguida en su asiento, con la taza en la mano, y la había oído hablar de su hermano con voz clara y fervorosa. Adoraba a Daniel.

El novelista lo buscó con la mirada...

–No está aquí –dijo Maria Josefa–. Está ausente, no sé dónde. Pero su espíritu estará entre nosotros y seguirá frase por frase las proclamaciones mientras sean leídas.

–¿Quién las va a leer? –preguntó el novelista con voz contenida y reverente.

Se tomaba aquello en serio. Era una persona de buenas intenciones y con una íntima humildad, lleno de respeto por todas las manifestaciones del mundo, dispuesto a aprender y a honrar todo lo que fuera digno de ser honrado.

–Un discípulo de mi hermano –respondió María Josefa–
que va a venir desde Suiza. Aún no está aquí. Lo estará en
el momento oportuno.

Frente a la puerta, apoyado sobre una mesa y con el
canto superior arrimado contra el techo inclinado, se mostraba a la luz de las velas un gran dibujo al pastel realizado
con trazos amplios y vehementes que representaba a Napoleón calentándose, en actitud tosca y despótica, los pies cal-
zados con botas de cañonero a la lumbre de la chimenea. A
la derecha de la entrada se erigía un baúl parecido a un
altar sobre el que, entre velas que ardían en candelabros
plateados, extendía sus manos la talla policromada de un
santo que tenía los ojos dirigidos hacia lo alto. Delante había un reclinatorio y, al aproximarse, uno se podía percatar
de la presencia de una pequeña fotografía de aficionado
que había sido apoyada verticalmente contra uno de los
pies del santo y que representaba a un hombre joven de
unos treinta años, de frente tremendamente elevada, pálida e inclinada hacia atrás, y un rostro rasurado y huesudo
como de ave de presa que denotaba una concentrada espi-
ritualidad.

El novelista se quedó un rato frente al retrato de Daniel.
A continuación, con suma precaución, se atrevió a entrar
un poco más en la estancia. Tras una gran mesa redonda
cuyo tablero pulido en tonos amarillos mostraba, rodeada
de una corona de laurel, la misma águila portadora de una
daga que ya habían tenido ocasión de ver en las invitaciones, entre las butacas bajas de madera, asomaba una silla
gótica severa, estrecha y empinada como si se tratara de un

trono o de un sitial. Un banco largo y de hechura sencilla, recubierto de tela barata, se extendía frente al espacioso nicho que formaba la confluencia del muro y del tejado y en la que había embutida una ventana baja. Estaba abierta, seguramente porque la estufa cerámica, baja y rechoncha, se había caldeado demasiado, y abría la vista a una porción de noche azul en cuya profundidad y vastedad se perdían, en forma de puntos incandescentes de color amarillo, las farolas de gas distribuidas irregularmente en intervalos cada vez mayores.

Pero delante de la ventana se estrechaba la estancia hasta formar un aposento con aspecto de alcoba que estaba iluminado con mayor claridad que el resto de la buhardilla y que parecía medio gabinete, medio capilla. Al fondo había un diván recubierto de una tela fina y pálida. A la derecha se veía una librería tapada con una sábana en cuyo extremo superior ardían varias velas dispuestas en candelabros y lamparillas de aceite de formas antiguas. A la izquierda había una mesa cubierta con un mantel blanco que exhibía un crucifijo, un candelabro de siete brazos, un vaso lleno de vino tinto y un plato con un trozo de pastel de pasas. En el primer término de la alcoba, sin embargo, se erigía sobre un podio plano, frente a un candelabro de hierro que la sobrepasaba, una columna de escayola dorada cuyo capitel había sido recubierto con una palia de altar de seda roja. Y sobre ella descansaba una pila escrita de hojas de papel en formato folio: las proclamaciones de Daniel. Un papel pintado claro y estampado con pequeñas guirnaldas estilo Imperio cubría las paredes y la parte inclinada del techo. Una mascarilla mortuoria, guirnaldas de rosas y una gran espada oxidada colgaban de la pared. Y además del gran retrato de Napoleón, había diseminados por la estancia, en ejecuciones de lo más diverso, los retratos de Lutero, Nietzsche, Moltke, Alejandro VI, Robespierre y Savonarola...

–Todas estas cosas han sido vividas por él –dijo María Josefa, tratando de escudriñar el efecto que había causado la decoración en el rostro respetuosamente inexpresivo del novelista.

Pero entretanto habían llegado nuevos invitados, con solemnidad y en silencio, y la gente empezaba a acomodarse con actitud decorosa en bancos y sillas. Aparte de los que habían llegado al principio, ahora también habían tomado asiento un dibujante de extravagante aspecto, con un decrépito rostro infantil, una dama coja que solía hacerse presentar como «poetisa erótica», una joven madre soltera de ascendencia aristocrática que había sido repudiada por su familia, pero que carecía de toda pretensión espiritual y que única y exclusivamente había sido acogida en este círculo a causa de su maternidad, una escritora de cierta edad y un músico jorobado... Unas doce personas en total. El novelista se había retirado al nicho de la ventana para sentarse, y María Josefa se había acomodado en una silla que había muy cerca de la puerta, las manos entrelazadas sobre las rodillas. Así es como esperaron al discípulo procedente de Suiza que estaría allí en el momento oportuno.

De repente llegó también una dama rica que solía visitar por pura afición esta clase de celebraciones. Había llegado hasta aquí en su cupé de seda procedente del centro de la ciudad, de su suntuosa casa con gobelinos y marcos de puerta de *giallo antico*, había subido todos los escalones y ahora, bella, perfumada y lujosa, entraba por la puerta, ataviada con un vestido de paño azul bordado en amarillo y con un sombrero parisino sobre su cabello de un castaño caoba, sonriendo con ojos como pintados por Tiziano. Venía por curiosidad, por aburrimiento, por el placer que sentía por los contrastes, por su buena predisposición hacia todo lo que se saliera un poco de lo normal, por una encantadora extravagancia. Saludó a la hermana de Daniel y al novelista, que era un visitante asiduo de su casa, y se sentó en el banco que había frente al nicho de la ventana, entre la poetisa erótica y el filósofo con apariencia de canguro, como si eso fuera lo más normal del mundo.

–He estado a punto de llegar tarde –le dijo en voz baja, con su boca bella y expresiva, al novelista que estaba sentado tras ella–. Tenía invitados a tomar el té y la reunión se ha alargado un poco...

El novelista estaba muy emocionado y daba gracias a Dios por haberse presentado con un atavío respetable. «¡Qué hermosa es!», pensó. «Merece ser la madre de una hija así...»

–¿Y la señorita Sonja? –le preguntó por encima del hombro...–. ¿No ha traído usted a la señorita Sonja?

Sonja era la hija de aquella dama rica y, a los ojos del novelista, un espécimen increíblemente afortunado de criatura, un prodigio de formación universal, la viva personificación de un ideal de cultura. Pronunció su nombre dos veces porque le generaba un placer indescriptible articularlo.

–Sonja está enferma –dijo la rica dama–. Sí, imagínese, se ha herido en un pie. Oh, no es nada, una hinchazón, una pequeña infección o tumescencia. Ya se lo han intervenido. Quizá ni siquiera hubiera hecho falta, pero ella misma lo ha querido así.

–¡Ella misma lo ha querido! –repitió el novelista en un susurro entusiasta–. ¡En eso la reconozco! Pero, dígame, ¿cómo puedo comunicarle mi sentimiento?

–Oh, ya la saludaré yo de su parte –dijo la rica dama. Y como él guardó silencio, añadió–: ¿O es que no le basta con eso?

–No, no me basta –dijo el novelista en voz extremadamente baja, y dado que ella valoraba sus libros, repuso con una sonrisa:

–Pues entonces envíele alguna florecilla.

–¡Gracias! –dijo él–. ¡Gracias! ¡Lo haré!

Y por dentro pensaba: «¿Una florecilla? ¡Un ramillete! ¡Un ramo entero! ¡Aun antes de desayunar me acercaré mañana en un coche de punto hasta la florista...!». Y sintió que mantenía cierta relación con la vida.

Entonces se percibió un ruido fugaz en el exterior, se abrió la puerta para volver a cerrarse enseguida bruscamente y, a los ojos de los invitados y a la luz de las velas, apareció un joven bajo y robusto vestido con un traje oscuro: el discípulo de Suiza. Sobrevoló la estancia con una mirada amenazadora, acudió con vehementes zancadas hasta la columna de escayola que había frente a la alcoba, se puso de pie tras ella sobre el podio plano con un ahínco tal que parecía como si quisiera echar raíces en él, agarró el pliego superior del manuscrito y empezó a leer de inmediato.

Tendría unos veintiocho años y era feo y de cuello corto. Su cabello rapado formaba una punta de excepcional longitud que se internaba en su frente ya de por sí estrecha y surcada. Su rostro, rasurado, hosco y rudo, mostraba una nariz de dogo, bastos pómulos, las mejillas hundidas y labios gruesos y prominentes que parecían articular las palabras con dificultad, a regañadientes y con una especie de blanda ira. Su rostro era tosco, pero también pálido. Leía con voz salvaje y excesivamente alta, aunque interiormente temblara, oscilara y se mostrara afectada por la falta de aliento. La mano con que sostenía el pliego escrito era ancha y roja, y aun así se estremecía. Constituía una siniestra mixtura de brutalidad y debilidad, y lo que leía concordaba extrañamente con esta impresión.

Eran sermones, metáforas, tesis, leyes, visiones, profecías y unos llamamientos que más bien parecían órdenes del día, que se sucedían pintoresca e imprevisiblemente unos a otros en una mezcla de estilos compuesta tanto por un apocalíptico tono de salterio como por términos técnicos que procedían tanto del vocabulario estratégico militar como de la terminología filosófico-crítica. Un yo febril y terriblemente irritado se incorporaba lentamente en un delirio solitario de grandeza, amenazando al mundo con un torrente de palabras violentas. *Christus imperator maximus* era su nombre, y reclutaba tropas dispuestas a morir para someter el orbe, emitía mensajes, dictaba sus inflexibles condiciones, exigía castidad y pobreza, y repetía una y otra vez, en un ilimitado alboroto y con una especie de voluptuosidad *anti natura*, el mandamiento de la obediencia incondicional. Se nombró a Buda, Alejandro, Napoleón y Jesús como sus humildes antecesores, aunque todos estos eran indignos de soltarle siquiera los cordones de los zapatos al emperador espiritual...

El discípulo leyó durante una hora. Entonces, con mano temblorosa, tomó un trago del vaso de vino tinto y echó mano de nuevas proclamaciones. Tenía la estrecha frente perlada de sudor, los gruesos labios le palpitaban y entre palabra y palabra, fatigado y vociferante, expulsaba aire continuamente por la nariz con un breve y sonoro bufido. Ese yo solitario cantaba, rabiaba y daba órdenes. Se perdía en imágenes delirantes, se hundía en un remolino de absurdidades para volver a salir inesperadamente a flote en algún lugar totalmente imprevisto. Se mezclaban las maledicencias y los hosannas, el incienso y el vapor de la sangre. El mundo era conquistado y redimido en batallas atronadoras...

Habría sido difícil determinar cuál era el efecto que las proclamaciones de Daniel estaban causando en los oyentes. Algunos, la cabeza muy inclinada hacia atrás, miraban al techo con ojos apagados. Otros, profundamente agachados sobre las rodillas, tenían el rostro enterrado entre las manos. Los ojos de la poetisa erótica se velaban de forma extraña cada vez que resonaba la palabra «castidad», y el filósofo con apariencia de canguro escribía de vez en cuando algo incierto en el aire con su índice largo y torcido. El novelista hacía rato que buscaba en vano una posición adecuada para su dolorida espalda. A las diez le sobrevino la visión de un bocadillo de jamón, pero la ahuyentó con hombría.

Hacia las diez y media los oyentes pudieron apreciar que el discípulo estaba sosteniendo el último folio en su derecha enrojecida y temblorosa. Ya se había terminado.

—¡Soldados! —concluyó, en el límite más extremo de sus fuerzas, fallándole la voz atronadora—: ¡Para su saqueo os lego... el mundo!

Entonces bajó del podio, escudriñó a todos los presentes con mirada amenazadora y salió con vehemencia por la puerta tal y como había llegado.

Los oyentes aún permanecieron inmóviles un minuto más en la misma posición que habían adoptado al final. Entonces se pusieron en pie como si lo hubieran decidido al unísono y se fueron enseguida, después de que cada uno de ellos, susurrando una palabra en voz baja, hubiera estrechado la mano de María Josefa, que volvía a estar, callada y pura, muy cerca de la puerta.

Fuera, el niño mudo estaba dispuesto otra vez. Iluminó el camino a los invitados hasta la guardarropía, les ayudó a ponerse los abrigos y, a través de la oscura escalera de cuyo punto más alto, el reino de Daniel, caía el inquieto resplandor de las velas, los guió hasta la puerta de la casa, que abrió con llave. Uno tras otro, los invitados salieron a la desolada calle del arrabal.

El cupé de la dama rica la estaba esperando delante de la casa. Se pudo apreciar cómo el cochero, sentado en el pescante entre dos luminosas farolas, saludó llevándose al sombrero la mano que sostenía la fusta. El novelista acompañó a la dama rica hasta la portezuela.

—¿Qué impresión le ha causado? —preguntó.

—No me gusta manifestarme sobre esta clase de cosas —respondió—. Quizá sea verdaderamente un genio o algo parecido...

—Es verdad; en el fondo, ¿qué es un genio en realidad...? —repuso pensativo—. En este Daniel se dan todas las premisas: la soledad, la libertad, la pasión espiritual, la grandiosidad del punto de vista, la fe en sí mismo, incluso la proximidad entre crimen y locura. ¿Qué le falta? ¿Tal vez el lado humano? ¿Un poco de sentimiento, de nostalgia, de amor? Claro que todo esto no es más que una hipótesis totalmente improvisada... Salude usted a Sonja —añadió todavía cuando ella le tendió la mano desde el asiento, al tiempo que, tenso, trataba de leer en la expresión de su rostro cómo iba a tomarse que le hablara simplemente de «Sonja», y no de la «señorita Sonja» o de «su respetable hija».

Pero dado que ella valoraba sus libros, lo toleró con una sonrisa.

—Lo haré de su parte.

—¡Gracias! —dijo él, y una oleada de esperanza lo confundió por un instante—. ¡Ahora voy a cenar como un lobo!

Sí, mantenía cierta relación con la vida.

Hora difícil

(1905)

Se levantó del escritorio, de su pequeño y frágil secreter; se levantó como un desesperado y, con la cabeza gacha, se dirigió al extremo opuesto de la habitación hacia la estufa, que se erguía larga y esbelta como una columna. Puso las manos en los azulejos, pero ya se habían enfriado casi por completo, pues hacía rato que había pasado la medianoche. Así, sin haber recibido el pequeño bienestar que buscaba, apoyó en ella la espalda, juntó entre toses los faldones de su bata de noche, de cuyas solapas sobresalía la guirindola de encaje, un poco ajada ya de tanto lavarla, y resolló con esfuerzo por la nariz para tomar un poco de aire, puesto que, como de costumbre, estaba resfriado.

Se trataba de un resfriado especial y siniestro que nunca terminaba de abandonarlo por completo. Tenía los párpados inflamados y las aletas de la nariz desolladas, y el resfriado descansaba en su cabeza y sus miembros como una embriaguez pesada y dolorosa. ¿O es que la culpa de toda aquella debilidad y pesadez la tenía el fastidioso arresto domiciliario que el médico le había vuelto a imponer desde hacía semanas? Sólo Dios sabe si hacía bien en ello. Tal vez fuera cierto que aquel eterno catarro y las convulsiones en el pecho y en el bajo vientre lo hacían necesario, y por otra parte el tiempo en Jena era malo, desde hacía semanas y semanas. Efectivamente, hacía un tiempo miserable y odioso que se percibía en todos los nervios del cuerpo, un tiempo desolado, tenebroso y frío, y el viento de diciembre que aullaba en el tubo de la estufa, desamparado y dejado de Dios, sonaba a páramo nocturno bajo una tormenta, o a confusión y pesadumbre incurable del alma. Pero desde luego que no era bueno, ese estrecho cautiverio, no era bueno para los pensamientos ni para el ritmo de la sangre del que éstos, al fin y al cabo, procedían...

La habitación hexagonal –desnuda, sobria e incómoda, con su techo encalado sumergido en una nube de humo de tabaco, su papel pintado con diseños romboidales sobre el que colgaban siluetas de cartulina en marcos ovalados, y sus cuatro o cinco muebles de finas patas– estaba bañada por la luz de las dos velas que ardían en el secreter, a la cabeza del manuscrito. Cortinajes rojos colgaban del marco superior de las ventanas, como meras banderillas, simples cotones recogidos simétricamente. Pero eran rojas, de un rojo cálido y brillante, y él las apreciaba y no estaba dispuesto a prescindir de ellas bajo ningún concepto, pues llevaban algo de voluptuosidad y sensualidad a la ascética y austera estrechez de su habitación...

Desde su lugar junto a la estufa miró, con un parpadeo fugaz y dolorosamente esforzado, hacia la obra que acababa de rehuir, hacia esa carga, esa presión, ese tormento de su conciencia, ese mar que había que beber, esa terrible misión que constituía su orgullo y su miseria, su cielo y su perdición. Avanzaba a rastras, se congestionaba, se detenía... ¡Otra vez, otra vez más! La culpa la tenía el tiempo, y su catarro, y su cansancio. ¿O era la obra? ¿Tal vez su propio trabajo, un engendramiento funesto y consagrado a la desesperación?

Se había puesto en pie para procurarse un poco de distancia respecto a su obra, pues muchas veces alejarse físicamente del manuscrito permitía adquirir una visión general, una mirada de más amplio alcance sobre el tema, y de este modo uno se veía más capacitado para adoptar las disposiciones pertinentes. Sí, había casos en los que la sensación de alivio que producía el alejamiento del campo de batalla generaba un efecto inspirador. Y esta clase de inspiración resultaba más inocente que la opción de tomar licor o café solo y fuerte... La tacita estaba encima de la mesa. ¿Y si eso le ayudaba a superar el obstáculo? ¡No, no, más café no! No sólo el médico, sino también una segunda persona más respetable, le había desaconsejado con cautela que tomara tanto: ese otro, ese hombre de Weimar,* a quien quería con anhelante hostilidad. Él sí que era sabio. Él sí que sabía vivir y crear; él no se maltrataba a sí mismo; estaba henchido de consideración para con su propia persona...

En la casa reinaba el silencio. Sólo el viento era perceptible, un viento que soplaba veloz por la Schlossgasse, y la lluvia cuando el aire empujaba sus sonoras gotas contra las

---

* Es decir, Goethe, amigo y rival de Schiller.

ventanas. Todo el mundo estaba durmiendo: el casero y los suyos, Lotte y los niños. Y él seguía solo y despierto junto a la estufa ya fría y escudriñaba con esfuerzo en dirección a esa obra en que le hacía creer su insatisfacción enfermiza... El cuello blanco le sobresalía en toda su longitud del pañuelo, y por entre los faldones de su bata de noche se le podían vislumbrar las piernas algo zambas. Llevaba el cabello pelirrojo apartado de la frente delicada y alta, cubriéndole las orejas con finos rizos y dejando despejadas unas leves depresiones por encima de las sienes que tenía irrigadas por venitas azules. En la raíz de su nariz grande y ganchuda, inesperadamente rematada por una punta blanquecina, se le juntaban mucho las cejas espesas y más oscuras que la cabellera, otorgándole a su mirada de ojos hundidos e inflamados un aire trágicamente contemplativo. Obligado a respirar por la boca, siempre tenía abiertos los finos labios, y sus pecosas mejillas, macilentas de tanto encierro, estaban flojas y se le hundían...

¡No, no estaba saliendo bien y todo era inútil! ¡El ejército! ¡Tenía que haber hecho salir al ejército! ¡El ejército era la base de todo! Y ya que no podía ser llevado ante la vista, ¿se podía pensar siquiera en el arte descomunal que requería imponerlo a la imaginación? Por otra parte, el héroe no era un héroe: ¡se mostraba innoble y frío! ¡El punto de partida era equivocado, y también el lenguaje era equivocado, y en su conjunto todo eso no era más que una clase magistral de historia, seca y sin brío, prolija, descarnada y perdida para el escenario!

Pues bien, se había terminado. Un fracaso. Una empresa fallida. Bancarrota. Así se lo iba a escribir a Körner, al bueno de Körner, que todavía creía en él y que, en su ingenua confianza, mostraba apego por su genio. Se burlaría, imploraría y rabiaría, su amigo. Le recordaría que también el *Don Carlos* había sido fruto de dudas, esfuerzos y cambios, pero finalmente, tras todo aquel tormento, había demostrado ser excelente en múltiples aspectos, una acción gloriosa. Pero aquello fue distinto. Por entonces aún era un hombre capaz de apoderarse de un tema con mano afortunada y de configurarlo hasta la victoria. ¿Escrúpulos y batallas? Sí, desde luego. Y también es verdad que había estado enfermo, probablemente incluso más enfermo que ahora. Por entonces era un indigente, un fugitivo, un ser enemistado con el mundo, oprimido y paupérrimo en lo humano. ¡Pero joven, era muy joven! Sin importar lo profundamente doblegado que estuviera, su mente siempre había sabido incorporarse dócilmente de forma fulminante, y tras las horas de aflicción habían llegado otras de fe y de triunfo interior. Pero ahora estas últimas ya no llegaban, o apenas lo hacían. Una sola noche de inspiración llameante, en la que, bajo una luz de genial apasionamiento, vislumbraba lo que podía llegar a crear si le fuera dado disfrutar siempre de una gracia semejante, tenía que pagarla con una semana entera de oscuridad y de parálisis. Estaba cansado: con sólo treinta y siete años ya estaba en las últimas. Ya no experimentaba esa fe en el futuro que había sido su estrella en la desgracia. Y así era; ésta era la desesperante verdad: los años de penuria y de futilidad que él había tomado por años de calvario y de iniciación, habían sido en realidad sus años más ricos y fructíferos. Y ahora que le había caído en suerte un poco de felicidad, ahora que había abandonado ese filibusterismo del espíritu para adquirir cierta legitimidad y concertar una relación burguesa, ahora que tenía cargo y honores, ahora que tenía mujer e hijos, precisamente ahora estaba agotado y en las últimas. Fracasar y desesperarse: eso era todo lo que le quedaba.

Suspiró, se apretó los ojos con las manos y recorrió la habitación como un animal acorralado. Lo que acababa de pensar era tan terrible que se sentía incapaz de quedarse quieto en el mismo lugar en que ese pensamiento le había acometido. Se sentó en una silla que había apoyada en la pared, dejó caer las manos entre las rodillas y fijó sombríamente la vista en el entarimado del suelo.

La conciencia... ¡Con qué fuerza le estaba gritando la conciencia! Había pecado, había cometido un pecado contra sí mismo en el transcurso de todos aquellos años, un pecado contra ese delicado instrumento que era su cuerpo. Los desórdenes de su juventud, las noches en vela y los días encerrado en un cuarto y respirando humo de tabaco, siendo todo espíritu y olvidándose del cuerpo, los estimulantes con los que se había impelido a seguir trabajando... Todo eso terminaba por vengarse, ¡y se estaba vengando ahora!

Pero si todo eso se estaba vengando, él iba a plantarles cara a esos dioses que primero le enviaban la culpa para después infligirle el castigo. Él había vivido como tenía que vivir, no había tenido tiempo de ser sabio o precavido. Aquí, en este preciso lugar del pecho: cada vez que respiraba, tosía o bostezaba, siempre en el mismo punto, ese dichoso dolor, esa pequeña, endemoniada, aguda y perforadora advertencia que no callaba desde que cinco años antes contrajera en Erfurt aquel catarro con fiebres, aquella violenta enfermedad pulmonar. ¿Qué le estaba diciendo ese dolor? En realidad él sabía demasiado bien lo que le decía, ya se podía poner el médico como quisiera. No tenía tiempo para tratarse con sensata precaución, para administrar moralmente sus recursos. Lo que quería hacer tenía que hacerlo pronto, hoy mismo, rápido... ¿Moralidad? Finalmente, ¿cómo es posible que precisamente su pecado, su entrega a lo perjudicial y destructivo, se le antojara moralmente más lícito que toda sabiduría y fría disciplina? ¡No eran éstas, no era el arte despreciable de la buena conciencia lo que constituía lo moralmente lícito, sino la lucha y la necesidad, la pasión y el dolor!

El dolor... ¡Cómo le henchía el pecho esa palabra! Se incorporó y se cruzó de brazos. Y su mirada, bajo las cejas pelirrojas y juntas, se avivó con un bello clamor. Aún no se ha alcanzado la desgracia, la desgracia todavía no es total, mientras aún se la pueda dotar de una denominación orgullosa y noble. Una cosa sí era imprescindible: ¡la buena disposición para procurarle nombres grandes y bellos a la vida! ¡No atribuir el propio sufrimiento al aire viciado o al constipado! Conservar la salud suficiente para mostrarse patético... y así, ¡ver más allá del cuerpo, sentir más allá de él! ¡Ser ingenuo sólo en este punto, aunque sabio en todos los demás! Creer, poder creer en el dolor... Al fin y al cabo, él creía en el dolor, tan profundamente, tan fervorosamente, que su fe le decía que nada que fuera fruto del dolor podía ser realmente inútil o malo. Su mirada se deslizó de nuevo hacia el manuscrito y cruzó los brazos con más fuerza sobre el pecho... El propio talento ¿acaso no era dolor? Y si eso de ahí, esa infortunada obra, le estaba generando sufrimiento, ¿no sería que estaba bien así? ¿No se trataría incluso de una buena señal? Su talento nunca había fluido a borbotones, y no empezaría a sentir verdadera desconfianza hacia él hasta el momento en que lo hiciera. El talento sólo fluía a borbotones en los chapuceros y diletantes, en las personas ignorantes y fáciles de satisfacer que no vivían bajo la verdadera presión y disciplina del talento. Y es que el talento, señoras y señores de ahí abajo, del fondo de la platea, el talento no es algo ligero, no es algo retozón, no es un simple saber hacer. En su raíz el talento es una necesidad, un conocimiento crítico en torno al ideal, una insatisfacción cuya habilidad no se crea ni se incrementa más que a fuerza de tormento. Y para los más grandes, para los más insatisfechos, el propio talento es el más doloroso de los látigos... ¡Nada de quejas! ¡Nada de fanfarronerías! ¡Pensar con humildad y paciencia en lo que se ha tenido que soportar! Y aunque ni un solo día de la semana, ni una sola hora se haya visto libre de dolor, ¿qué más da? Menospreciar los lastres y los resultados, minusvalorar las exigencias, las quejas y las fatigas... ¡Eso es lo que nos hace ser grandes!

Se puso en pie, sacó la caja de rapé y aspiró ansioso. Después se lanzó las manos a la espalda y caminó con tanta vehemencia por la habitación que las llamas de las velas se agitaron por influjo de la corriente... ¡Grandeza! ¡Singularidad! ¡La conquista del mundo con un nombre inmortal!

¿Qué valía la felicidad de los eternamente anónimos frente a una meta semejante? ¡Ser conocido, conocido y amado por todos los pueblos de la Tierra! ¡Sí, parlotead de egocentrismo, vosotros que no tenéis ni idea de la dulzura de este sueño y de este afán! Todo lo extraordinario es egocéntrico, siempre y cuando sufra. ¡Ya podéis quedaros mirando, os dice, vosotros que carecéis de misión y para los que todo resulta tanto más fácil en esta Tierra! Mientras que la ambición añade: ¿es que tanto sufrir ha podido ser en vano? ¡Grande, tiene que hacerme grande...!

Tenía tensas las aletas de la gran nariz, y su mirada era amenazadora y errabunda. Había deslizado con profundidad y vehemencia la mano derecha bajo la solapa de su bata de noche, mientras la izquierda le colgaba en un puño del cuerpo. Un rubor fugaz se le había posado en las descarnadas mejillas, una llamarada surgida de las brasas de su egoísmo de artista, de aquella pasión por su propio yo que ardía inapagable en su interior más profundo. Conocía bien la secreta embriaguez de ese amor. A veces le bastaba con contemplarse la mano para sentirse invadido por una ternura entusiasta hacia sí mismo, a cuyo servicio había decidido poner todas las armas que le habían sido dadas en cuanto a talento y arte. Era lícito que lo hiciera, no había nada indigno en ello. Pues aún más profundamente que este egocentrismo residía también en él la conciencia de que, aun así, se estaba consumiendo y sacrificando desinteresadamente al servicio de algo más elevado, aunque ciertamente sin mérito alguno por su parte, sino forzado por la necesidad. Y en ello radicaba todo su celo: en que no hubiera nadie más grande que él que no hubiera sufrido también en mayor medida que él por ese algo más elevado.

¡Nadie...! De pronto se detuvo, la mano en los ojos, el torso medio ladeado, en actitud esquiva, como dispuesto a la fuga. Sin embargo, ya estaba sintiendo en su corazón el aguijón de ese pensamiento inevitable: el pensamiento en el otro, en ese ser luminoso, ansioso de actuar, sensual, divinamente inconsciente, en ése de Weimar al que quería con anhelante hostilidad... Y una vez más, como siempre, con profunda inquietud, con apresuramiento y celo, sentía que se ponía en marcha en su interior el esfuerzo mental que seguía inevitablemente a este pensamiento: el esfuerzo que exigía afirmar y delimitar su propia identidad y su propio arte frente a los del otro... ¿De verdad que ese otro era más grande que él? ¿En qué? ¿Por qué? Cuando él vencía, ¿lo hacía a costa de un sangriento «aun así»? Y su posible derrota, ¿llegaría a ser nunca un espectáculo trágico? Podía ser un dios, tal vez... Pero desde luego que no era un héroe. Sin embargo, ¡resulta más fácil ser un dios que ser un héroe! Más fácil... ¡El otro lo tenía más fácil! Separar con mano sabia y afortunada el conocimiento de la creación: eso sí que tenía que dar frutos de forma alegre, fecunda y sin tormento. No obstante, ¡si la creación es algo divino, se podía decir que el conocimiento es heroico, y entonces quien creara al tiempo que conocía sería las dos cosas, un dios y un héroe!

La voluntad de hacer lo más difícil... ¿Podía intuirse siquiera qué grado de disciplina y superación personal le exigía una frase, una severa reflexión? Pues a la postre era un ignorante y de poca formación, un soñador obtuso y

delirante. Resultaba más difícil escribir una carta de Julius*
que crear la mejor de las escenas: ¿y no era ya sólo por eso
lo más elevado? Desde el primer anhelo rítmico de su arte
interior en pos de un tema, de una materia, de una posibilidad de efusión verbal..., hasta la reflexión, la imagen, la
palabra, la línea: ¡menudo combate! ¡Menudo calvario!
Prodigios de nostalgia eran sus obras, nostalgia por la
forma, por la configuración, la limitación, la corporeidad;
prodigios de nostalgia por acceder al mundo luminoso del
otro, de ese que, directamente y por boca divina, llamaba
por su nombre a todas las cosas que lucían bajo el sol.

Pero aun así, y a pesar de ese otro: ¿dónde había un artista de su talla, un poeta como él mismo? ¿Quién creaba,
como él, de la nada, partiendo únicamente de su propio
pecho? ¿No sería que los poemas habían nacido ya en su
alma bajo la forma de una música, de una pura imagen pri-
migenia del ser, mucho tiempo antes de que tomaran pres-
tados las metáforas y los ropajes del mundo de las apariencias? Historia, conocimiento del mundo, pasión: todo eso
no son más que medios y pretextos para referirse a algo que
tiene bien poco que ver con ello, para algo que tiene su
patria en las profundidades órficas. Palabras, conceptos:
meras teclas pulsadas por su arte para hacer sonar la melodía de un arpa invisible... Y esto ¿alguien lo sabía? Es verdad
que lo elogiaban mucho, las buenas gentes; lo elogiaban
por la fuerza de carácter con que pulsaba esta o aquella

* Alusión a las *Cartas filosóficas* (1886) de Schiller, que recrean una correspondencia ficticia entre dos jóvenes llamados «Julius» y «Raphael».

tecla. Y su palabra favorita, su *pathos* más extremo, la gran campana con la que llamaba a las festividades más elevadas del alma, les resultaba atractiva a muchos... «Libertad»... Ciertamente, entendía por ella más y también menos que todos esos que se regocijaban jubilosos al oírla. Libertad... ¿Qué significa eso? ¿No será simplemente un poco de dignidad burguesa frente al trono de los soberanos? ¿Podéis imaginar siquiera todo lo que un espíritu puede llegar a querer decir con esta palabra? ¿Libertad de qué? ¿De qué más? Quizá incluso de la felicidad, de la felicidad humana, de esa ligadura de seda, de esa dulce y amable obligación...

De la felicidad... Sus labios se contrajeron involuntariamente. Era como si hubiera vuelto la mirada hacia su interior, y entonces, poco a poco, dejó caer la cara entre las manos... Estaba en la habitación contigua. Una luz azulada fluía de la linterna, y la cortina de flores cubría con pliegues serenos la ventana. Estaba junto a la cama y se inclinó sobre la dulce cabeza que descansaba en la almohada... Se le había ensortijado un rizo negro sobre esa mejilla que parecía relumbrar con la palidez de las perlas, y tenía los labios infantiles entreabiertos en el sueño... ¡Mi mujer! ¡Mi amada! ¿Fuiste en pos de mi nostalgia y viniste a mí para ser mi felicidad? ¡Quieta, lo eres! ¡Y duerme! No abras ahora estas pestañas dulces y de larga sombra para mirarme; no me muestres esos ojos tan grandes y oscuros que tienes a veces, como si quisieras preguntarme quién soy y me estuvieras buscando. ¡Por el amor de Dios, te quiero muchísimo! Lo que pasa es que a veces no acierto a encontrar mi sentimiento, porque estoy demasiado cansado de sufrir y de batallar por esa misión que me encomienda mi propio yo. Y no debo ser excesivamente tuyo, no debo ser nunca plenamente feliz en ti, por el bien de eso que constituye mi misión...

La besó, se separó del dulce calor de su sueño, miró a su alrededor y regresó. El sonido de la campana le recordó lo avanzada que estaba ya la noche, pero también parecía anunciarle benévolamente el final de una hora difícil. Suspiró de alivio y sus labios se cerraron con firmeza. Fue y tomó la pluma... ¡Nada de cavilaciones! Estaba demasiado hundido para permitirse el lujo de cavilar. ¡Nada de descender al caos o, por lo menos, nada de demorarse en él! Al contrario, era precisamente de ese caos, que es la plenitud, de donde tenía que sacar a la luz todo lo que tuviera validez y madurez suficientes para adquirir forma. Nada de cavilaciones: ¡a trabajar! Delimitar, excluir, configurar, terminar...

Y la terminó; terminó la obra de su sufrimiento. Quizá no le estuviera saliendo bien, pero el caso es que la terminó. Y cuando la hubo terminado, mira por dónde, resultó que también le había salido bien. Y del fondo de su alma, de la música y de la idea, nuevas obras pugnaron por salir a la superficie, configuraciones tintineantes y resplandecientes cuya forma sagrada permitía intuir prodigiosamente la patria infinita de la que habían salido, al igual que en la concha podemos oír el bramido del mar en el que fue pescada.

SANGRE DE WELSUNGOS*
(1906)

Como eran las doce menos siete minutos, Wendelin entró en la antesala del primer piso y tocó el gong. Con las piernas muy abiertas, con sus pantalones hasta las rodillas de color violeta y de pie en una alfombra de oratorio desteñida por los años, golpeaba el metal con el mazo. Aquel broncíneo escándalo, salvaje, caníbal y exagerado para el fin que perseguía, resonó por doquier: en los salones de la izquierda y en los de la derecha, en la sala de billar, la biblioteca y el invernadero, retumbando de arriba abajo en toda la casa, cuya atmósfera convenientemente caldeada estaba perfumada con un aroma dulce y exótico. Por fin cesó, y durante siete minutos Wendelin se ocupó en resolver otros asuntos mientras Florian, en el comedor, daba los últimos toques a la mesa del almuerzo. Pero a las doce en punto aquella beli-

---

* En la mitología escandinava y germánica, los welsungos (o «volsungos», según la transcripción castellana a partir del nórdico antiguo *Völsungar*) son una estirpe heroica que el dios Wotan, bajo el nombre de Wälse, engendró con una mortal. De ella descienden Siegmund, Sieglinde y el hijo de ambos, Siegfried, personajes popularizados por la tetralogía wagneriana *El anillo del Nibelungo*.

cosa advertencia resonó por segunda vez. Y entonces apareció todo el mundo.

El señor Aarenhold vino a pasos cortos procedente de la biblioteca, donde se había entretenido con sus grabados antiguos. Adquiría continuamente antigüedades literarias, primeras ediciones en todos los idiomas, libracos valiosos y vetustos. Frotándose silenciosamente las manos, preguntó con su voz contenida y un tanto doliente:

–¿Aún no ha llegado Beckerath?

–Ya vendrá. ¿Cómo no va a venir? Así se ahorra un almuerzo en el restaurante –respondió la señora Aarenhold, que había acudido sin hacer ruido desde las escaleras cubiertas por una espesa alfombra cuyo descansillo albergaba un pequeño y antiquísimo órgano de iglesia.

El señor Aarenhold parpadeó. Su mujer era un caso. Era pequeña, fea, prematuramente envejecida y estaba como agostada por un sol foráneo y más cálido de lo normal. Un collar de diamantes reposaba sobre su pecho caído. Llevaba el pelo gris arreglado en un peinado alto y complicado, hecho a base de muchos ricitos y mechones y en cuyo extremo había prendido un gran aderezo de brillantes que centelleaba en varios colores y estaba decorado con plumas blancas. El señor Aarenhold y los chicos, con buenas palabras, le habían censurado más de una vez este tocado, pero la señora Aarenhold persistía tenazmente en su gusto.

Llegaron los chicos. Eran Kunz y Märit, Siegmund y Sieglinde. Kunz, un chico apuesto y moreno de labios entreabiertos y una temeraria cicatriz de arma blanca en la mejilla, llevaba un uniforme con galones. Estaba cubriendo un periodo de seis semanas de prácticas en un regimiento de húsares. Märit apareció con un vestido suelto sin corpiño. De un rubio ceniciento, era una muchacha severa de veintiocho años de edad, con nariz ganchuda, ojos grises de ave rapaz y boca de rictus amargo. Estaba estudiando derecho y era una mujer que, con expresión desdeñosa, seguía con decisión su propio camino en la vida.

Siegmund y Sieglinde llegaron los últimos desde el segundo piso, cogidos de la mano. Eran gemelos y los más jóvenes de los cuatro hermanos: gráciles como varas y de complexión infantil a sus diecinueve años. Ella iba ataviada con un vestido de terciopelo de color rojo burdeos, demasiado pesado para su figura, y cuyo corte recordaba la moda florentina del *Cinquecento*. Él llevaba un traje con una corbata de seda cruda de color frambuesa, los delgados pies embutidos en zapatos de charol y unos gemelos decorados con pequeños brillantes. Tenía rasurada la barba fuerte y negra, de modo que también su rostro delgado y pálido y de cejas negras y juntas conservaba el aire efébico de su figura. Su cabeza la cubrían unos rizos densos, negros, forzadamente peinados a un lado y que le crecían hasta las sienes. El cabello castaño oscuro de su hermana, peinado por encima de las orejas con una raya profunda y lisa, albergaba una diadema dorada de cuyo centro colgaba una perla grande que le caía sobre la frente: un regalo que le había hecho él. En torno a una de las juveniles muñecas del muchacho colgaba una pesada cadena de oro: un regalo de ella. Los dos se parecían mucho. Ella tenía la misma nariz algo hundida, los mismos labios llenos y que cerraba sin apretar, pómulos salientes y ojos negros y brillantes. Pero en lo que más se parecían era en sus manos largas y delgadas, hasta el punto de que las de él no mostraban una forma más viril que las de ella; tan sólo las tenía algo más enrojecidas. Y siempre se las cogían, sin molestarles que las manos tanto del uno como de la otra tuvieran una leve tendencia a humedecerse...

Durante un rato el grupo permaneció de pie sin decirse nada sobre las alfombras del vestíbulo. Por fin llegó Von Beckerath, el prometido de Sieglinde. Wendelin le abrió la puerta del recibidor y él entró vestido con una levita negra y disculpó su retraso con cada uno de los presentes. Era funcionario de la administración y de familia aristocrática; pequeño, de color amarillo canario, con perilla y de una afanosa cortesía. Antes de iniciar una frase siempre tomaba aire rápidamente por la boca abierta apretando la barbilla contra el pecho.

Le besó la mano a Sieglinde y dijo:

–¡Disculpe también usted, Sieglinde! El camino del ministerio al Tiergarten es tan largo...

Todavía no se podían tutear: a ella no le gustaba. Sieglinde respondió sin titubeos:

–Muy lejos, sí. ¿Y si, dado que se ve en la obligación de recorrer un camino tan largo, abandonara usted su ministerio un poquito antes?

Y Kunz añadió, convirtiendo sus negros ojos en una rendija centelleante:

–Eso le imprimiría un decidido impulso al transcurso de nuestra rutina doméstica.

–Sí, por Dios, pero los negocios... –dijo Von Beckerath, abatido.

Tenía treinta y cinco años.

Los hermanos habían hablado con ingenio y lengua viperina, aparentemente agresivos, aunque tal vez lo hicieran sólo movidos por una innata actitud defensiva; se habían mostrado hirientes, pero seguramente sólo por el placer de decir la palabra acertada, de modo que habría resultado pedante guardarles rencor. Dejaron pasar la pobre respuesta de Von Beckerath como si les pareciera apropiada y como si la manera que había tenido de decirla no hiciera preciso que recurrieran a la defensa de su sarcasmo. El grupo se encaminó a la mesa, encabezado por el señor Aarenhold, quien quería demostrarle así al señor Von Beckerath que estaba hambriento.

Se sentaron y desdoblaron las servilletas almidonadas. En la inmensidad del descomunal comedor, cubierto de alfombras, con todas las paredes revestidas de marquetería del siglo XVIII y de cuyo techo colgaban dos arañas de cristal con bombillas eléctricas, parecía perderse la mesa familiar con sus siete comensales. Estaba arrimada junto al gran ventanal que llegaba hasta el suelo y ofrecía una amplia vista sobre el jardín todavía invernal; a sus pies, tras una verja baja, bailaba el delicado surtidor de una fuente. Unos gobelinos con idilios pastoriles que, al igual que la marquetería, habían sido el adorno de un antiguo palacio francés, cubrían la parte superior de las paredes. Se sentaron cómodamente a la mesa, en sillas con tapizado ancho y flexible de gobelino. Sobre el grueso damasco del mantel, impecablemente planchado y de un blanco resplandeciente, una copa aflautada con dos orquídeas adornaba cada cubierto. Con sus manos delgadas y cuidadosas, el señor Aarenhold se colocó los quevedos en la nariz a media altura y leyó recelosamente el menú del día, dispuesto sobre la mesa en tres ejemplares. Padecía de una debilidad del plexo solar, ese complejo nervioso que se sitúa debajo del estómago y que puede llegar a ser fuente de graves discordancias. Por eso se veía obligado a poner mucha atención en todo lo que tomaba.

Había caldo de carne con tuétano de buey, *sole au vin blanc*, faisán y piña. Nada más. Era un almuerzo familiar. Pero el señor Aarenhold estaba satisfecho: eran cosas buenas y que le iban a sentar bien. Llegó la sopa. Un pasaplatos mecánico que desembocaba en el bufé la bajó silenciosamente desde la cocina, y los criados la fueron sirviendo alrededor de la mesa, agachados, con expresión concentrada, movidos por una especie de pasión por servir. Lo hacían en unas tacitas diminutas de porcelana traslúcida y delicada. Los grumos blanquecinos de tuétano flotaban en aquel líquido caliente y de color amarillo dorado.

Una vez el consomé le hubo hecho entrar en calor, el señor Aarenhold se sintió estimulado a aligerar un poco el ambiente. Se llevó la servilleta a la boca con sus delicados dedos y buscó una forma adecuada para expresar lo que le estaba conmoviendo el espíritu.

–Tome usted otra tacita, Beckerath –dijo–. Esto alimenta. Quien trabaja tiene derecho a cuidarse, y a disfrutar haciéndolo... ¿Le gusta a usted comer? ¿Disfruta comiendo?

Si no es así, peor para usted. Para mí cada comida es una pequeña fiesta. Alguien ha dicho que la vida es bella porque ha sido organizada de manera que uno puede comer cuatro veces cada día. Completamente de acuerdo. Pero para poder honrar debidamente a esta institución hace falta cierto espíritu juvenil y un agradecimiento que no todo el mundo sabe conservar... Uno se hace viejo, es verdad, eso no lo vamos a poder cambiar. Pero de lo que se trata es de que a uno las cosas siempre le parezcan nuevas y de no acostumbrarse realmente a nada... Veamos sus circunstancias, por ejemplo –siguió diciendo mientras ponía un poco de tuétano de buey sobre una porción de panecillo y lo espolvoreaba con sal–. Están a punto de cambiar. El nivel de su existencia va a verse incrementado en una medida nada desdeñable. –El señor Von Beckerath sonrió)–. Si quiere usted disfrutar de la vida, disfrutarla de verdad, de forma consciente, incluso artística, trate de no acostumbrarse nunca a sus nuevas circunstancias. La costumbre es la muerte. Es el embrutecimiento. No se habitúe a nada, no deje que nada se convierta en algo natural, conserve un gusto infantil por las dulzuras del bienestar. Vea, yo hace sólo unos cuantos años que me encuentro en situación de permitirme algunas comodidades en la vida –el señor Von Beckerath sonrió–, y aun así le aseguro que todavía hoy, a cada nueva mañana que Dios me otorga, experimento una leve palpitación al despertar porque mi manta es de seda. Esto es espíritu juvenil... Y eso que yo sé cómo lo he conseguido. No obstante, no puedo evitar mirar a mi alrededor como si fuera un príncipe encantado...

Los chicos intercambiaron miradas de una forma tan poco considerada que el señor Aarenhold no pudo evitar darse cuenta y sintió un ostensible embarazo. Sabía que todos estaban contra él y que lo despreciaban: por su origen, por la sangre que corría por sus venas y que ellos habían recibido, por la manera en que había adquirido su riqueza, por sus aficiones que, a sus ojos, no le correspondían, por el cuidado que se dedicaba a sí mismo, al que según ellos tampoco tenía derecho, por su locuacidad blanda y poética que carecía de las inhibiciones propias del buen gusto... Él lo sabía y, en cierto modo, les daba la razón. No se sentía libre de remordimientos frente a ellos. Pero en última instancia tenía que afirmar su personalidad, llevar las riendas de su vida y también poder hablar de ello, y así es como acababa de hacerlo. Estaba en su derecho y había demostrado que merecía hacer esta observación. Es verdad que había sido un gusano, una sabandija. Pero precisamente su capacidad para sentirlo de forma tan ferviente y con tanto desprecio de sí mismo fue la causa de esa ambición tenaz y perpetuamente insatisfecha que lo había hecho grande... El señor Aarenhold había nacido en un lugar remoto del este, había contraído matrimonio con la hija de un comerciante adinerado y, a través de una empresa audaz y astuta y de grandiosas maquinaciones que habían tenido por objeto una mina, concretamente la prospección de un yacimiento de carbón, había hecho fluir hacia su cuenta una corriente de oro imponente e inagotable...

En ese momento bajaba el pescado. Los criados salieron corriendo con él desde el bufé y se distribuyeron por toda la amplitud del salón. Sirvieron la cremosa salsa que lo acompañaba y también un vino del Rin que burbujeaba levemente sobre la lengua. Los comensales pasaron a hablar de la boda de Sieglinde y Beckerath.

Ya faltaba poco. Iba a celebrarse al cabo de ocho días. Se mencionó la dote y se estipuló el recorrido que iban a seguir en su viaje de bodas a España. En realidad el señor Aarenhold fue el único en hablar de estas cuestiones, dócilmente secundado por Von Beckerath. La señora Aarenhold comía vorazmente y, a su manera habitual, respondía únicamente con nuevas preguntas que resultaban poco provechosas. Su discurso siempre estaba salpicado de palabras singulares y ricas en sonidos guturales, reminiscencias del dialecto de su infancia. Märit sentía una callada resistencia contra la boda, pues se había decidido que iba a oficiarse por la iglesia y eso ofendía sus convicciones plenamente ilustradas. Por cierto que también el señor Aarenhold sentía poco entusiasmo por esta clase de ceremonia, ya que Von Beckerath era protestante, y una boda protestante carecía de todo valor estético. Si Von Beckerath hubiera profesado la fe católica habría sido otra cosa. Kunz no dijo nada, ya que en presencia de Von Beckerath sentía vergüenza de su madre. Y ni Siegmund ni Sieglinde manifestaron el menor interés. Se tenían cogidos por las manos delgadas y húmedas entre silla y silla. De vez en cuando sus miradas se encontraban, fundiéndose y encerrando una conformidad mutua a la que no había camino ni acceso posible desde el mundo exterior. Von Beckerath estaba sentado al otro lado de Sieglinde.

–Cincuenta horas –dijo el señor Aarenhold– y, si usted quiere, estará en Madrid. Se van haciendo progresos. Yo necesité sesenta horas yendo por el camino más corto... Supongo que preferirá usted hacer el camino por tierra en vez de viajar por mar desde Rotterdam...

Von Beckerath se apresuró a manifestar que prefería el camino por tierra.

–Pero no va a dejar de lado París. Tiene usted la posibilidad de viajar directamente por Lyon... Y por otra parte Sieglinde ya conoce París. Pero no debería usted dejar pasar esta oportunidad... Dejo a su elección si prefiere hacer noche antes de llegar. Es justo que la elección del lugar en el que va a iniciar su luna de miel quede en sus manos...

Sieglinde giró la cabeza y, por primera vez, se volvió para mirar a su prometido: lo hizo libremente y sin tapujos, sin preocuparse lo más mínimo de si alguien se daba cuenta de ello. Fijó la vista en la expresión de cortesía que tenía a su lado, abriendo mucho los ojos negros, escrutadores, expectantes, interrogativos, con una mirada centelleante y seria que durante unos tres segundos habló sin emplear conceptos, como la de un animal. Sin embargo, entre silla y silla seguía sosteniendo la delgada mano de su hermano gemelo, cuyas cejas muy juntas formaban dos surcos negros sobre el puente de la nariz...

La conversación se apartó de aquel tema, vagó un rato de un extremo a otro, rozó la nueva remesa de cigarros frescos en un estuche de cinc que acababa de llegar de La Habana expresamente para el señor Aarenhold, y terminó dando vueltas alrededor de un punto, de una pregunta de naturaleza eminentemente lógica que había sido planteada como de pasada por Kunz, a saber: si suponiendo que *a* es la condición necesaria y suficiente para *b*, *b* también tendría que ser la condición necesaria y suficiente para *a*. La cuestión fue discutida e ingeniosamente desmembrada; se aportaron ejemplos, algunos se fueron por las ramas, hubo desafíos expresados en una dialéctica acerada y abstracta y los comensales se acaloraron considerablemente. Märit había aportado una distinción filosófica al debate, la existente entre la razón real y la causal. Kunz, mirándola con la cabeza muy alta, declaró que lo de la «razón causal» era un pleonasmo. Pero Märit insistió con irritación en su derecho a cultivar su propia terminología. El señor Aarenhold se puso cómodo, alzó un trocito de pan entre el dedo pulgar y el índice y se comprometió a explicarlo todo. Sin embargo, experimentó el más rotundo fracaso. Los chicos se rieron de él. Incluso la señora Aarenhold lo regañó.

–¿De qué diantre hablas? –dijo–. ¿Es que lo has aprendido? ¡Bien poca cosa has aprendido tú!

Y para cuando Von Beckerath apretó la barbilla contra el pecho y tomó aire por la boca para expresar su opinión, la conversación ya se había desviado otra vez.

Hablaba Siegmund. Habló con un tono irónicamente conmovido de la simpática sencillez y del carácter asilvestrado de un conocido suyo, que había manifestado su desconocimiento sobre cuál es la prenda de vestir que se califica de chaqué y cuál es la que recibe el nombre de esmoquin. Ese Parsifal incluso había llegado al extremo de hablar de un esmoquin a cuadros... Pero Kunz conocía un caso aún más conmovedor de ingenuidad. Trataba de alguien que se presentó con esmoquin en una reunión para tomar el té.

–¿Por la tarde con esmoquin? –dijo Sieglinde, haciendo un mohín con los labios...–. Pero si eso sólo lo hacen los animales...

Von Beckerath se rió afanosamente, especialmente dado que su conciencia le estaba recordando que también él había aparecido en más de una reunión de té con esmoquin... Así, hablando de todo un poco, se pasó de estas cuestiones de cultura general a los temas artísticos: de las artes plásticas, campo que Von Beckerath conocía bien y al que era aficionado, y de literatura y teatro, para lo que imperaba una mayor tendencia en casa de los Aarenhold, a pesar de que Siegmund se dedicaba al dibujo.

La conversación se volvió animada y se generalizó y los chicos participaron en ella con vehemencia. Hablaban bien, y empleaban para ello una gestualidad nerviosa y arrogante. Ellos iban a la cabeza del buen gusto y exigían lo más extremo. Iban más allá de todo lo que todavía fuera intención, carácter, sueño y voluntad luchadora para insistir sin piedad en las capacidades, el resultado y el éxito en la cruel competición de las fuerzas, y la obra de arte victoriosa era lo único que aceptaban con respeto, aunque sin admiración. El propio señor Aarenhold dijo a Von Beckerath:

–Es usted muy bondadoso, querido, usted toma en su defensa a la buena voluntad. ¡*Resultados*, amigo mío! Usted dice: es verdad que no está muy bien lo que hace, pero antes de pasarse al arte no era más que un campesino, y visto así no deja de ser sorprendente. Pero no, nada de eso. El resultado es absoluto. No existen las circunstancias atenuantes. Que haga algo de primer orden, o que acarree estiércol. ¿Hasta dónde habría llegado yo si tuviera su carácter agradecido? En ese caso me podría haber dicho a mí mismo: no eres más que un canalla. Resultará conmovedor si llegas a tener un despacho propio. Pero entonces yo no estaría aquí. He tenido que obligar al mundo a que me preste su respeto... Y ahora yo también quiero que me obliguen a ello los demás. Esto es Rodas, ¡y ahora tenga la amabilidad de saltar!*

Los chicos se rieron. Por un momento ya no lo despreciaban. Estaban cómoda y blandamente sentados a la mesa de la sala, en posturas indolentes, con expresión caprichosa y malcriada, acomodados en una lujosa seguridad, y sin embargo su discurso era tan agudo como en aquellos lugares en los que es lícito tenerlo, como allí donde la luminosidad, la dureza, la defensa propia y la espabilada agudeza resultan indispensables para vivir. Todo su elogio consistía en una aprobación contenida, y su crítica, ágil, despierta e irrespetuosa, desarmaba en un abrir y cerrar de ojos, deslustrando todo entusiasmo y haciendo tonto y mudo a cualquiera. Calificaban de «muy buena» toda obra que por su fría intelectualidad pareciera estar asegurada contra toda objeción, mientras que se mofaban del desacierto de la

---

* En alusión a la frase latina *Hic Rhodus, hic salta!* («¡Supón que esto es Rodas y salta!»), con la que en una fábula de Esopo se exhorta a demostrar sus habilidades a un fanfarrón que presumía de haber dado un gran salto en dicha isla.

pasión. Von Beckerath, que tendía a un vulnerable entusiasmo, ocupaba una posición difícil, especialmente dado que era el mayor de todos. Parecía ir disminuyendo paulatinamente de tamaño en su silla mientras apretaba la barbilla contra el pecho y respiraba azorado por la boca abierta, acosado por aquella alegre superioridad. Contradecían por sistema, como si les pareciera impropio, mezquino y deshonroso no contradecir; y además, contradecían estupendamente, y cuando lo hacían sus ojos se convertían en unas rendijas centelleantes. Se abalanzaban sobre una palabra, sobre una única palabra que él hubiera empleado, despedazándola, descartándola y sacando a relucir otra, otra palabra fatalmente calificativa que zumbaba, apuntaba y terminaba por dar fulminantemente en el blanco... Cuando el almuerzo llegó a su fin, Von Beckerath tenía los ojos enrojecidos y ofrecía aspecto de derrota.

De pronto –mientras los comensales espolvoreaban azúcar sobre las rodajas de piña–, Siegmund, deformando característicamente la cara al hablar como alguien deslumbrado por el sol, dijo:

–Ah, oiga usted, Beckerath, antes de que se nos olvide, una cosa... Sieglinde y yo acudimos a usted en actitud suplicante... Hoy dan la *Valquiria* en la ópera... A nosotros, a Sieglinde y a mí, nos gustaría escucharla juntos una vez más... ¿Podemos? Naturalmente, eso sólo dependerá de su paciencia y de su gracia...

–¡Qué considerados! –dijo el señor Aarenhold.

Kunz tamborileó sobre la mesa el ritmo del motivo de Hunding.

Von Beckerath, abrumado por el hecho de que existiera algo para lo que se le pedía permiso, respondió afanosamente:

–Pero, Siegmund, claro... Y usted, Sieglinde... Me parece muy razonable... No dejen de ir... Incluso soy capaz de unirme a ustedes... Hoy hay un reparto excelente...

Los Aarenhold se agacharon sobre sus platos entre risas. Von Beckerath, excluido de ellas y tratando entre parpadeos de encontrarles sentido, trató de participar en la medida de lo posible del júbilo general.

Siegmund, ante todo, dijo:

–¿Ah, sí? Pues fíjese, a mí me parece que el reparto es más bien malo. Por lo demás, cuente usted con nuestro agradecimiento, aunque creo que nos ha interpretado mal. Sieglinde y yo le pedimos poder escuchar la *Valquiria* una vez más *a solas* antes de la boda. No sé si ahora usted...

–¡Oh, naturalmente...! Lo entiendo muy bien. Me parece encantador. No dejen de ir...

–Gracias. Le estamos muy agradecidos. Entonces haré que nos preparen a Percy y a Leiermann.

–Me tomo la libertad de observar –dijo el señor Aarenhold– que tu madre y yo vamos a cenar a casa de los Erlangen, y que vamos a hacerlo con Percy y Leiermann. Así que vais a tener la bondad de conformaros con Baal y Zampa y de emplear el cupé marrón.

–¿Y las entradas? –preguntó Kunz...

–Ya hace días que las tengo –dijo Siegmund, echando la cabeza hacia atrás.

Y se rieron mientras miraban al novio a los ojos.

El señor Aarenhold, apuntando mucho los dedos, destapó una cápsula de polvo de belladona y se vertió su contenido cuidadosamente en la boca. A continuación encendió un grueso cigarrillo que no tardó en difundir un aroma exquisito. Los criados acudieron de un salto a retirar las sillas de detrás de él y de la señora Aarenhold. Se dio la orden de que se sirviera el café en el invernadero. Kunz reclamó con voz aguda que le prepararan un cabriolé para ir al cuartel.

Siegmund se estaba aseando para la ópera y ya llevaba una hora ocupado en ello. Lo caracterizaba una necesidad extraordinaria e incesante de limpieza, hasta el punto de que pasaba gran parte del día delante del lavabo. Ahora estaba de pie frente a un gran espejo estilo Imperio enmarcado en blanco, sumergía la borla en la polvera y se la aplicaba en la barbilla y las mejillas recién rasuradas, pues tenía una barba tan fuerte que cuando salía por las noches se veía obligado a despojarse de ella por segunda vez.

En aquellos momentos su figura resultaba un tanto abigarrada: vestía unos pantalones de pijama y calcetines de seda rosa, zapatillas rojas de tafilete y un batín aguatado de estampado oscuro con aplicaciones de piel de color gris. Y a su alrededor su gran dormitorio lucía en todo su esplendor, plenamente equipado con distinguidos objetos prácticos lacados en blanco y cuyas ventanas ofrecían a la vista las desnudas y nubladas colinas del Tiergarten.

Como ya estaba oscureciendo demasiado, encendió las

lámparas que, trazando un gran círculo en el techo blanco, sumían la habitación en una claridad lechosa, y descorrió los cortinajes de terciopelo de los cristales en penumbra. La luz fue absorbida por las diáfanas lunas espejadas del armario, del lavabo y del tocador. También centelleaba en los frascos de cristal tallado y en los alicatados estantes. Y Siegmund siguió trabajando en su propio cuerpo. A veces, con motivo de alguna reflexión, sus cejas muy juntas le formaban dos surcos negros sobre el puente de la nariz.

Su día había transcurrido tal y como solían transcurrir sus días: vacío y rápido. Como la representación comenzaba a las seis y media y él ya había empezado a cambiarse a las cuatro y media, apenas había tenido parte de la tarde para él. Había estado descansando en la *chaise longue* de dos a tres, a continuación había tomado el té y después aprovechó la hora sobrante para tumbarse en un profundo sillón de piel del despacho que compartía con su hermano Kunz y leer un par de páginas, respectivamente, de varias novelas de reciente publicación. Eran unos resultados literarios que él estimó miserablemente flojos; con todo, hizo enviar un par de ellas al encuadernador para que las preparara artísticamente para su biblioteca.

Es verdad que durante la mañana había estado trabajando. De diez a once había visitado el taller de su profesor. Este hombre, un artista famoso en toda Europa, se ocupaba de formar el talento de Siegmund para el dibujo y la pintura, para cuyo fin recibía del señor Aarenhold dos mil marcos al mes. Aun así, lo que Siegmund pintaba era cosa de risa. Él mismo lo sabía y estaba muy lejos de poner grandes esperanzas en su arte. Era demasiado inteligente para no comprender que las condiciones de su existencia no eran precisamente las más adecuadas para el desarrollo de un don creativo.

El equipamiento de la vida era tan rico, tan variado, tan sobrecargado, que casi no quedaba sitio para la vida misma. Cada una de las piezas de este equipamiento era tan valiosa y bella que se elevaba pretenciosamente por encima de su finalidad servil, confundiendo y gastando la atención. Siegmund había nacido en la opulencia y no cabía duda de que estaba acostumbrado a ella. Y aun así seguía siendo un hecho que esta opulencia no cesaba de entretenerlo y de excitarlo, de estimularlo con una persistente voluptuosidad. En eso, tanto si quería como si no, le sucedía como al señor Aarenhold, que ejercía el arte de no acostumbrarse realmente a nada.

Le gustaba leer y aspiraba a la palabra y al espíritu como unos recursos hacia los que lo impelía un profundo instinto. Pero nunca se había entregado a un libro para perderse en él, como sucede cuando ese libro se convierte en lo único y en lo más importante, en un microcosmos en el que no se mira más allá, en el que uno se encierra y se sumerge para absorber alimento hasta de la última sílaba. Los libros y las revistas acudían en masa a él; podía comprarlos todos, así que se acumulaban a su alrededor y cuando trataba de sumergirse en la lectura le inquietaba la cantidad de lo que todavía le quedaba por leer. No obstante, todos aquellos libros eran hechos encuadernar. En cuero prensado, provistos con la bonita insignia de Siegmund Aarenhold, espléndidos y autosuficientes, estaban allí y lastraban su vida como una posesión a la que no conseguía someter.

El día era suyo, era libre, le había sido regalado con todas sus horas desde el amanecer hasta la puesta de sol. Y aun así Siegmund no encontraba tiempo en su interior para la voluntad, y aún menos para la realización. No era un héroe, no poseía fuerzas colosales. Los preparativos, los lujosos equipamientos que precedían a aquello que supuestamente era lo propiamente dicho y lo más serio, consumían todo lo que él estaba en disposición de aportar. ¡Cuánto cuidado y energía espiritual había que invertir en un aseo completo y realizado a fondo, cuánta atención en el mantenimiento del guardarropa y de las existencias de cigarrillos, jabones y perfumes, cuánta capacidad de decisión en cada uno de esos instantes que se repetían dos o tres veces al día en los que había que elegir una corbata! Sin embargo, de eso se trataba. Era algo importante. Que los ciudadanos rubios del campo se paseen despreocupadamente con botines de tiro y cuellos abatibles. Precisamente él había de tener una apariencia inatacable e irreprochable de la cabeza a los pies...

Finalmente, nadie esperaba de él nada más que eso. A veces, en los momentos en los que se sentía levemente inquieto por lo que pudiera ser lo «propiamente dicho», sentía cómo esta falta de expectativas ajenas paralizaba de nuevo su inquietud y la disolvía... La administración del tiempo en la casa se había adoptado con la pretensión de que el día transcurriera deprisa y sin que se produjera un vacío perceptible en sus horas. La siguiente comida siempre estaba a punto de llegar. Se cenaba antes de las siete. Y la noche, esas horas en las que uno puede estar ocioso con la conciencia tranquila, era larga. Los días se desvanecían, y las estaciones iban y venían con la misma ligereza. En verano pasaban dos meses en el palacete que tenían junto al lago, con aquel jardín extenso y regio provisto de pistas de tenis, refrescantes senderos por el parque y estatuas de bronce sobre el césped segado. El tercer mes lo pasaban junto al mar, o en la alta montaña, o en hoteles que pugnaban por superar el lujo que imperaba en su propia casa... Hasta hace poco, en algunos días de invierno, había ordenado que lo llevaran a la universidad para asistir a alguna clase magistral sobre historia del arte que se celebrara a alguna hora conveniente. Pero dejó de hacerlo, pues, a juzgar por su fino sentido del olfato, los restantes caballeros que tomaban parte en ellas no se bañaban ni mucho menos todo lo que debieran...

En su lugar salía a pasear con Sieglinde. Ella siempre había estado a su lado. Había estado apegada a él desde que los dos balbucearon los primeros sonidos y dieron los primeros pasos, y él no tenía ningún amigo, ni lo había tenido nunca, aparte de esa joven que había nacido con él, y que, ricamente enjoyada, era su propio reflejo encantador y oscuro al que llevaba de la mano delgada y húmeda, mientras aquellos días tan suntuosamente cargados pasaban de largo por su lado con la mirada vacía. Siempre se llevaban flores frescas cuando salían a pasear, una violeta o un ramito de muguetes, alternándose para oler su perfume o aspirándolo los dos a la vez. Respiraban el dulce aroma al caminar entregándose a él de forma voluptuosa y negligente, mimándose de este modo a sí mismos como enfermos egoístas, embriagándose como desesperados, apartando con una mueca interior el mundo maloliente y queriéndose el uno al otro sólo por amor a su selecta inutilidad. Pero todo lo que decían era agudo y estaba brillantemente argumentado. Hablaban así de la gente que les salía al encuentro, de las cosas que habían visto, oído o leído y de las que habían hecho los demás, esos otros que sólo habían nacido para someter lo que crearan al filo de su palabra, de sus denominaciones acertadas, de sus antítesis graciosas...

Pero entonces llegó Von Beckerath, que trabajaba en el ministerio y era un hombre de familia aristocrática. Había pretendido a Sieglinde y contaba para ello con la neutralidad benevolente del señor Aarenhold, con la aprobación de la señora Aarenhold y con el vehemente apoyo de Kunz, el húsar. Había sido paciente, diligente e infinitamente cortés. Y por fin, después de que ella le hubiera dicho con frecuencia suficiente que no lo amaba, Sieglinde empezó a contemplarlo con expresión escrutadora, expectante y muda, con una mirada centelleante y seria que hablaba sin emplear conceptos, como la de un animal... Y le dijo que sí. Y el propio Siegmund, a cuyo dominio siempre se plegaba, había participado en esta decisión. Aunque se despreciaba a sí mismo por ello, no se había opuesto al enlace porque Von Beckerath trabajaba en el ministerio y era un hombre de familia aristocrática... A veces, mientras se ocupaba de su aseo, las cejas muy juntas le formaban dos surcos negros encima del puente de la nariz...

Estaba de pie sobre la piel de oso blanco que extendía las patas frente a su cama y en la que los pies se hundían hasta desaparecer, y tomó la camisa doblada del frac después de haberse lavado todo el cuerpo con agua aromática. El torso amarillento sobre el que deslizó el lino almidonado y reluciente era delgado como el de un niño y, sin embargo, estaba hirsuto de vello negro. Siguió vistiéndose con calzoncillos y calcetines de seda negra y con ligas del mismo color provistas de hebillas de plata, se puso los pantalones planchados cuyo paño negro tenía un lustre sedoso, se colocó unos tirantes blancos de seda en sus delgados hombros y, con el pie apoyado en una banqueta, empezó a abotonarse las botas de charol. Alguien llamó a la puerta.

–¿Puedo entrar, Gigi? –preguntó Sieglinde desde el exterior...

–Sí, pasa –respondió él.

Ella entró, ya arreglada. Llevaba un vestido de brillante seda verde esmeralda, cuyo escote cuadrado estaba rodeado por un ancho bordado *écru*. Justo encima de su cintura, dos pavos reales que se miraban de frente sostenían una guirnalda con el pico. Ahora no llevaba el oscuro cabello enjoyado, pero un gran diamante en forma de huevo le pendía de un fino collar de perlas sobre el cuello desnudo, cuya piel era del color de la espuma de mar ahumada. Un chal pesadamente bordado de plata le colgaba del brazo.

–No voy a ocultarte –dijo ella– que el coche nos está esperando.

–Y yo no tengo reparo en afirmar que aún va a tener que aguardar dos minutos más –dijo él, devolviéndole el golpe.

Pero terminaron siendo diez minutos. Ella se sentó en la *chaise longue* de terciopelo blanco y lo vio darse prisa.

De una enorme variedad de corbatas de colores escogió una cinta blanca de piqué y empezó a hacerse el lazo delante del espejo.

–Beckerath sigue anudándose transversalmente incluso las corbatas de colores, tal y como estaba de moda el año pasado –dijo ella.

–Beckerath –repuso él– es la existencia más trivial con la que he tenido nunca ocasión de encontrarme. –Y a continuación añadió, volviéndose hacia ella y deformando la cara al hablar como alguien deslumbrado por el sol–: Por lo demás quisiera pedirte que te abstuvieras de volver a mencionar a ese germano en el transcurso de la velada.

Ella rió brevemente y respondió:

–Puedes tener por seguro que eso no me va a exigir ningún esfuerzo.

Se puso el chaleco profundamente escotado de piqué y después se embutió en el frac, aquel frac que se había probado cinco veces y cuyo forro de suave seda le acariciaba las manos al deslizarlas a través de las mangas.

–Déjame ver qué botonadura has elegido –dijo Sieglinde acercándose a él.

Era la botonadura de amatista. Los botones de la pechera, de los puños y del chaleco blanco eran del mismo tipo.

Ella lo contempló con admiración, con orgullo, con devoción... y con una ternura profunda y oscura reflejada en sus brillantes ojos. Y como los labios se le cerraban tan levemente, sin apretarse, él se los besó. Entonces se sentaron en la *chaise longue* para hacerse carantoñas un rato más, tal y como gustaban de hacer.

–Vuelves a estar suave, muy suave –dijo ella acariciándole las rasuradas mejillas.

–Tus bracitos parecen de satén –dijo él, deslizando la mano por su delicado antebrazo y respirando al mismo tiempo el aroma a violetas que desprendía su cabello.

Ella lo besó en los ojos cerrados. Él la besó en el cuello, al lado del diamante. Los dos se besaron las manos. Imbuidos por una dulce sensualidad, cada uno de ellos amaba al otro por el cuidado malcriado y exquisito de su cuerpo y por el aroma que desprendía. Finalmente terminaron jugando como dos cachorros que se muerden con los labios. Entonces él se puso en pie.

–Será mejor que hoy no lleguemos tarde –dijo él.

Antes de ponerse en camino apretó todavía la boca del frasco de perfume contra su pañuelo, se frotó una gota en las manos delgadas y enrojecidas, tomó los guantes y afirmó estar listo.

Apagó la luz y se fueron: recorrieron el pasillo de iluminación rojiza en el que colgaban cuadros oscuros y antiguos y bajaron la escalera pasando junto al órgano. En el zaguán de la planta baja estaba Wendelin, gigantesco en su sobretodo amarillo, esperándolos con los abrigos. Dejaron que él les ayudara a ponérselos. La oscura cabecita de Sieglinde desaparecía hasta la mitad en el cuello de zorro plateado. Atravesaron el vestíbulo de piedra seguidos por el criado y salieron al exterior.

Hacía una noche apacible y nevaba un poco en copos

que parecían grandes jirones bajo la luz blanquecina. El cupé estaba parado muy cerca de la casa. El cochero, llevándose la mano al sombrero, se inclinó un poco en el pescante mientras Wendelin vigilaba la subida de los hermanos. Entonces se cerró sonoramente la portezuela, Wendelin subió de un salto al pescante junto al cochero, y el coche, que enseguida se puso a paso rápido, crujió sobre la grava del jardín delantero, atravesó deslizante la verja alta y muy abierta, giró a la derecha en una suave curva y se alejó rodando...

El pequeño y blando espacio que los albergaba había sido suavemente caldeado.

–¿Quieres que cierre? –preguntó Siegmund... Y como ella asintió, corrió los visillos de seda marrón frente a los pulidos cristales de la ventanilla.

Estaban en el corazón de la ciudad. Las luces se deslizaban a través de los visillos. En torno al paso ligero y rítmico de sus caballos y de la velocidad silenciosa del cupé que amortiguaba las irregularidades del suelo, bramaban, chirriaban y retumbaban los engranajes de la gran vida. Y aislados de todo eso, blandamente protegidos, permanecían sentados en silencio en una tapicería acolchada de seda marrón... cogidos de la mano.

El coche se detuvo frente a la puerta. Wendelin ya estaba delante de la portezuela para ayudarles a salir. Bajo la claridad que desprendían las lámparas de arco, gente gris y aterida contempló su llegada. Atravesaron el vestíbulo entre miradas escrutadoras y hostiles, seguidos por el criado. Llegaban tarde y el teatro estaba en silencio. Subieron la escalinata, lanzaron sus abrigos sobre el brazo de Wendelin, se contemplaron por un segundo en un gran espejo y entraron en el piso a través de la pequeña puerta que daba acceso a los palcos. Los recibió el ruido de las butacas y esa última efervescencia de la conversación que precede al silencio. En el instante en que el acomodador les acercó la butaca de terciopelo, la sala entera se sumió en la oscuridad. Entonces, con un salvaje acento, la obertura arrancó en el escenario.

Tempestad, tempestad... Habiendo llegado hasta aquí de forma ligera y confortable, concentrados, sin el desgaste que producen los obstáculos o las pequeñas contrariedades que alteran el humor, Siegmund y Sieglinde lograron prestar atención enseguida. Tempestad y el bramido de la tormenta; inclemencias del tiempo en el bosque. La ruda orden del dios resuena y se repite, deformada por la ira, y el trueno irrumpe obediente. El telón se alza como si lo hubiera abierto el viento tempestuoso. Ahí estaba la cabaña pagana, con las brasas del fuego relumbrando en la oscuridad y la destacada silueta del tronco del fresno en el centro. Siegmund, un hombre rosado con una barba del color del pan, apareció en la puerta de madera y se apoyó acalorado y agotado en el poste. Sus fuertes piernas envueltas en pieles y correas lo impulsaron hacia delante en unos pasos que se arrastraban trágicamente. Asomando bajo las cejas y los rizos rubios de la peluca, los ojos azules estaban dirigidos de soslayo, como en una súplica, al maestro de capilla; y al fin la música retrocedió un poco y se interrumpió para dejar oír su voz, que sonó aguda y broncínea a pesar de estarla impostando entre jadeos. Cantó brevemente que tenía que descansar, sin importar de quién fuera aquel hogar. Y al entonar la última palabra se dejó caer pesadamente sobre la piel de oso y se quedó tumbado, la cabeza apoyada en el carnoso brazo. El pecho le seguía palpitando durante el sueño.

Transcurrió un minuto, ocupado por el flujo cantarín y revelador de la música que estaba arrojando todo su caudal a los pies de los acontecimientos... Entonces entró Sieglinde por la izquierda. Tenía un pecho de alabastro que subía y bajaba maravillosamente en el escote de su vestido de muselina cubierto de pieles. Se percató con sorpresa de la presencia del desconocido, de modo que apretó la barbilla contra el pecho hasta que se le formaron pliegues, puso los labios en la posición adecuada y le dio expresión al asombro que sentía en unos tonos que ascendían cálidos y suaves de su blanca laringe y a los que daba forma con la lengua y los movimientos de la boca...

Entonces cuidó al forastero. Inclinada sobre él de manera que su pecho le salía floreciente al encuentro desde sus pieles salvajes, le pasó el cuerno con las dos manos. Él bebió. La música habló conmovedora de confortación y de refrescante alivio. Entonces los dos se contemplaron con un primer embeleso, un primer y oscuro reconocimiento, entregados silenciosamente al instante que sonaba desde el foso como un canto profundo y lánguido...

Ella le llevó hidromiel, rozó primero el cuerno con los labios y después pasó un rato mirando cómo bebía. Y de nuevo sus miradas se fundieron, de nuevo la profunda melodía languidecía allí abajo llena de nostalgia... Entonces él se puso en pie, con el ceño fruncido, en una doliente actitud defensiva, y, dejando caer los brazos desnudos, fue hasta la puerta para llevar de nuevo a la espesura del bosque, lejos de ella, su sufrimiento, su soledad y su perseguida y odiosa existencia. Ella lo llamó, y como él no quería oírla, le hizo saber sin la menor consideración, con las manos levantadas, la confesión de su propio infortunio. Él se detuvo. Ella bajó la mirada. Desde abajo la música relataba oscuramente la desgracia que los unía a los dos. Y él se quedó. Con los brazos cruzados, se quedó frente al hogar, consciente de su destino.

Llegó Hunding, barrigudo y zambo como una vaca. Tenía la barba negra atravesada de vellosidades marrones. Su enérgico motivo musical lo había anunciado ya, y se quedó allí, apoyándose sombríamente y con torpeza en su lanza, y miró con ojos de búfalo al huésped, cuya presencia, debido a una especie de salvaje educación, terminó por declarar buena y bienvenida. Su voz de bajo era herrumbrosa y colosal.

Sieglinde preparó la mesa de la cena, y mientras ella trajinaba, la mirada lenta y desconfiada de Hunding se desplazó de un lado a otro entre ella y el forastero. Ese bruto se estaba dando cuenta cabal de que los dos se parecían, de que eran de la misma clase, de esa clase independiente, rebelde y extraordinaria que él odiaba y a cuya altura no se sentía...

Entonces se acomodaron y Hunding se presentó, explicando con simpleza y pocas palabras su existencia sencilla, ordinaria y basada en el respeto general. Pero de este modo también obligó a Siegmund a darse a conocer, lo que resultaba incomparablemente más difícil. Pero Siegmund cantó: cantó aguda y maravillosamente de su vida y de sus sufrimientos, de cómo había venido al mundo con otra persona, con una hermana gemela, y... se asignó, como hace la gente que tiene que ir con cierto cuidado, un nombre falso, y proclamó divinamente el odio y la envidia con la que habían sido perseguidos su extraño padre y él mismo, el incendio de su cabaña y la desaparición de la hermana; cantó la existencia libre como los pájaros, acuciada y desacreditada, que el viejo y el joven habían llevado en el bosque y cómo al final terminó por perder también misteriosamente a su padre... Y entonces Siegmund cantó lo más doloroso de todo: su afán por unirse a la gente, su nostalgia y su infinita soledad. Cantó que había tratado de ganarse a hombres y mujeres para obtener su amistad y su amor, pero siempre había sido rechazado. Una maldición descansaba sobre él, el estigma de su extraño origen lo había marcado para siempre. Su lenguaje no era el de los demás, y el de éstos tampoco el suyo. Lo que a él le parecía bien, irritaba a la mayoría, y lo que ésta honraba desde antiguo, él lo detestaba. Siempre había vivido en medio de la disputa y de la indignación, siempre y en todas partes, con el desprecio, el odio y la injuria clavadas en la espalda sólo porque era de una clase extraña, desesperadamente diferente a los demás...

Resultaba significativo en extremo el comportamiento que Hunding mostró ante todo esto. No hubo compasión, ni comprensión en su respuesta: sólo reticencia y una sombría desconfianza frente al modo de existencia cuestionable, aventurero e irregular de Siegmund. Y cuando finalmente comprendió que a quien tenía en su propia casa era al proscrito en cuya persecución había sido llamado, se comportó exactamente tal y como cabía esperar de su grosera pedantería. Sin embargo, con esa decencia que lo caracterizaba de un modo tan espantoso, declaró que su casa era sagrada y que por aquel día iba a proteger al fugitivo, pero que al día siguiente iba a tener el honor de hacer caer a Siegmund en combate. Dicho esto le ordenó a Sieglinde con rudeza que le preparara el bebedizo nocturno y lo esperara en la cama, espetó dos o tres amenazas más y se fue, llevando consigo todas sus armas y dejando a Siegmund solo y en la situación más desesperada.

Siegmund, reclinado sobre el antepecho de terciopelo, apoyaba la oscura cabeza de niño en su mano delgada y roja. Sus cejas formaban dos surcos negros y mantenía uno de sus pies, apoyado únicamente en el tacón de la bota de charol, en un movimiento constante, haciéndolo girar sin cesar y asintiendo con la punta. Dejó de hacerlo cuando oyó un susurro a su lado:

—Gigi...

Y al volver la cabeza su boca mostraba un rictus de descaro.

Sieglinde le ofreció una cajita de nácar con cerezas en coñac.

—Los bombones de marrasquino están abajo —susurró.

Pero él sólo tomó una cereza, y mientras le quitaba el

envoltorio de papel de seda, ella se inclinó de nuevo hacia su oído y dijo:

–Ahora ella volverá enseguida con él.

–Ese aspecto no me resulta del todo desconocido –dijo él en voz tan alta que varias cabezas se volvieron hostiles en su dirección...

El gran Siegmund cantaba allí abajo a oscuras y para sus adentros. Desde lo más profundo de su pecho invocaba esa espada, la reluciente empuñadura que podría blandir si algún día saliera a relucir en luminosa agitación lo que de momento su corazón aún mantenía airadamente oculto; su odio y su nostalgia... Por un momento vio brillar en el árbol la empuñadura de la espada, pero después se extinguió su destello y el fuego del hogar, y él cayó de nuevo en un desesperado sueño... Pero entonces apoyó la cabeza en las manos, deliciosamente consternado, pues Sieglinde había venido a reunirse con él en la oscuridad.

Hunding dormía como un tronco, narcotizado, emborrachado. Los dos se alegraron juntos de que aquel pesado bobalicón hubiera sido engañado... y sus ojos tenían la misma forma de volverse pequeños al sonreír... Entonces Sieglinde miró por el rabillo del ojo al maestro de capilla, quien le dio su entrada, colocó los labios en la posición pertinente y expuso en un prolijo canto el estado de la cuestión. De una forma que partía el corazón, cantó cómo aquella joven solitaria, extraña y crecida en un mundo salvaje había sido entregada en contra de su voluntad a aquel hombre sombrío y tosco, llegando al punto de exigirle que se considerara feliz por aquel matrimonio respetable que resultaba adecuado para hacer olvidar su oscuro origen... Cantó con voz profunda y consoladora del anciano tuerto que vino a hundir aquella espada en el tronco del fresno para que la arrancara de él el único hombre que hubiera sido llamado a ello. Fuera de sí, cantó que ojalá fuera él aquel en quien pensaba, al que conocía y añoraba amargamente, un amigo que fuera más que un amigo, el consolador de su pena, el vengador de su deshonra, aquel al que antaño perdió y por el que ahora llora en la ignominia, su hermano de sufrimiento, su salvador, su liberador...

Pero entonces Siegmund rodeó a Sieglinde con sus dos brazos rosados y carnosos, le apretó la mejilla contra las pieles de su pecho, y por encima de su cabeza cantó su júbilo a los cuatro vientos con voz desenfrenada y de plateada estridencia. Su pecho ardía por el juramento que lo mantenía unido a ella, a la dulce compañera. Toda la nostalgia que había sentido en su desacreditada vida quedaba ahora aliviada en ella, y todo lo que le había sido ofensivamente negado cuando trataba de acercarse a hombres y mujeres, cuando había pretendido amor con ese descaro que no era sino timidez y la conciencia de su estigma, todo eso lo había encontrado en su persona. Tanto él como ella sufrían en la ignominia; al igual que él, también ella había sido deshonrada en su respeto, y la venganza, ¡la venganza iba a constituir ahora su amor fraternal!

Un golpe de viento aulló, la gran puerta de madera se abrió de golpe, una oleada de blanca luz eléctrica se vertió a raudales en la cabaña y de pronto, despojados de la oscuridad, estaban ahí los dos cantando el aria de la primavera y de su hermana, el amor.

Estaban reclinados sobre la piel de oso, se miraban a la luz y se cantaban cosas dulces. Sus brazos desnudos se rozaban, se cogían el uno al otro por las sienes, se miraban a los ojos y sus bocas se aproximaban mucho al cantar. Compararon entre sí sus ojos y sus sienes, sus frentes y sus voces, y las encontraron iguales. Este reconocimiento apremiante y creciente les arrancó el nombre de su padre. Entonces ella lo llamó por el suyo –«¡Siegmund! ¡Siegmund!»–, él blandió sobre su cabeza la espada que había liberado y, dichosa, le cantó quién era: su hermana gemela, Sieglinde... Él abrió embriagado los brazos hacia ella, su novia, ella se lanzó contra su pecho, el telón se cerró con un leve fragor, la música giró sobre sí misma en un remolino rugiente, estruendoso y espumeante de pasión desatada, girando una y otra vez hasta, con un imponente retumbar, detenerse de pronto.

Un clamoroso aplauso. La luz se encendió. Mil personas se pusieron en pie, se desperezaron disimuladamente y aplaudieron, con el cuerpo ya dispuesto a salir, pero con la cabeza todavía orientada hacia el escenario y los cantantes, que aparecieron uno junto al otro delante del telón corrido como personajes disfrazados frente a un puesto de feria. También Hunding salió y sonrió gentilmente, y eso a pesar de todo lo que había sucedido...

Siegmund retiró la butaca y se puso en pie. Estaba acalorado. Sobre los huesos de sus pómulos, bajo la carne rasurada, pálida y delgada de las mejillas, fosforecía un rubor.

–En la medida en que tengas a bien preguntármelo –dijo–, voy a salir a tomar un poco de aire fresco. Por cierto que Siegmund ha estado flojo.

–También la orquesta –dijo Sieglinde– se ha sentido impelida a arrastrarse terriblemente en el aria de primavera.

–¡Sentimental! –dijo Siegmund, sacudiendo sus delgados hombros dentro del frac–. ¿Vienes?

Ella aún vaciló un instante, todavía apoyada y mirando al escenario. Él la contempló mientras se ponía en pie y cogía el chal plateado para salir con él. Sus labios plenos y que se apoyaban sin apretarse se estremecieron un instante...

Fueron al *foyer*, se movieron en medio de la lenta multitud, saludaron a conocidos, dieron un paseo subiendo la escalinata, a ratos cogidos de la mano.

–Me gustaría tomar un helado –dijo ella–, si no fuera con toda probabilidad de una calidad tan pésima.

–¡Ni pensarlo! –dijo él.

Y así se comieron los dulces de su cajita, cerezas en coñac y bombones de chocolate en forma de granos de café rellenos de marrasquino.

Cuando sonó el timbre, miraron apartados y con una especie de desdén cómo la multitud se sentía apremiada y se estancaba en las entradas. Por su parte, esperaron hasta que reinó el silencio en los pasillos y entraron en su palco en el último instante, cuando la luz ya empezaba a disminuir hasta que la oscuridad, acallando y extinguiendo, se cernió sobre la confusa agitación de la sala... Sonó un timbre suave, el director alzó los brazos y el sublime estruendo que estaba bajo su mando volvió a invadir los oídos que ya habían tenido ocasión de descansar un poco.

Siegmund cantó hacia la orquesta. En comparación con la atenta sala, el foso estaba pletórico de luz y de actividad, de manos que tocaban, brazos que rascaban y mejillas hinchadas, de gente sencilla y afanosa que ejecutaban servicialmente la obra creada por una fuerza grande y apasionada, esa misma obra que se estaba reflejando ahí arriba en rostros de infantil elevación... ¡Una obra! ¿Cómo se hacía una obra? Se formó un dolor en el pecho de Siegmund, un ardor o una tirantez, algo parecido a un dulce apremio. Pero un apremio ¿hacia dónde? ¿Por qué? Todo resultaba tan oscuro, tan ultrajantemente confuso... Estaba sintiendo dos palabras: creatividad..., pasión... Y mientras el acaloramiento le latía en las sienes, tuvo la nostálgica idea de que la creatividad procedía de la pasión, cuya forma volvía a adoptar de nuevo tras haber creado. Vio a aquella mujer blanca y fatigada rendida sobre el regazo del fugitivo al que se había entregado, vio su amor y su necesidad y sintió que la vida, para ser creativa, tenía que ser así. Contempló su propia vida, esa vida compuesta de blandura y de ingenio, de mimos y de negación, de lujo y de contradicción, de suntuosidad y de claridad racional, de rica seguridad y de un odio travieso, esa vida en la que no había vivencias, sino sólo juegos de la lógica, ni sentimientos, sino sólo una aniquiladora precisión... Y en su pecho latía un ardor o una tirantez, algo parecido a un dulce apremio. Pero un apremio ¿hacia dónde? ¿Por qué? ¿Por la obra? ¿Por la vivencia? ¿Por la pasión?

¡El ruido del telón al cerrarse y un gran final! Luz, aplauso y salida en todas direcciones. Siegmund y Sieglinde dejaron que esta pausa transcurriera igual que la anterior. Casi no hablaron mientras recorrían los pasillos y escalinatas, a veces cogidos de la mano. Ella le ofreció cerezas en coñac, pero él ya no quiso más. Ella lo miró, y cuando él le devolvió la mirada, optó por apartar la suya, seguir caminando algo tensa y en silencio a su lado y dejar que él la contemplara. Bajo aquel tejido plateado, sus infantiles hombros resultaban excesivamente altos y horizontales, como se ve a veces en las estatuas egipcias. Tenía los pómulos tan encendidos como él.

Volvieron a esperar hasta que el grueso de la multitud se hubiera dispersado y en el último momento ocuparon su butaca de brazos. Un viento tempestuoso, una cabalgata en las nubes y un júbilo paganamente desgarrado. Ocho damas, de apariencia poco llamativa, representaron una barbarie virginal y risueña en el rocoso escenario. El miedo de Brünnhilde interrumpió su júbilo con horror. La ira de Wotan, que se aproximaba en toda su magnitud, dispersó de inmediato a las hermanas y cayó únicamente sobre Brünnhilde, a la que estuvo a punto de aniquilar. Después se desfogó y se fue sosegando poco a poco hasta convertirse en benevolencia y melancolía. Se estaba acabando. Entonces se abrió un gran horizonte y una intención sublime terminó por manifestarse. La consagración épica lo era todo. Brünnhilde dormía. El dios subió a lo alto de las rocas. Gruesas llamas, que echaban a volar y desaparecían en el aire, ardían alrededor del lecho de tablas. Con chispas y humo rojo en torno a ella, rodeada por el fuego danzante, encantada por el retintín y la nana de las llamas, yacía bajo su peto y su escudo* en el lecho de musgo. Sin embargo, en el vientre de aquella mujer a la que aún había tenido tiempo de salvar seguía germinando tenazmente esa estirpe odiada, irrespetuosa y elegida por los dioses en la que una pareja de gemelos había unido su pena y su sufrimiento en tan libre placer...

Cuando Siegmund y Sieglinde salieron de su palco, Wendelin ya estaba fuera, enorme en su sobretodo amarillo, y les tenía preparados los abrigos. Detrás de aquellas criaturas delicadas y muy abrigadas, sombrías y extrañas, bajó las escaleras como un esclavo gigantesco.

El coche estaba listo. Los dos caballos, altos, nobles y exactamente iguales, resistían sobre sus esbeltas patas, silenciosos y resplandecientes en la niebla de la noche invernal, y sólo de vez en cuando sacudían orgullosamente la cabeza. Aquella morada pequeña, caldeada y tapizada de seda volvió a acoger a los gemelos. Tras ellos se cerró la portezuela. Un instante, sólo un segundo, el cupé continuó parado, ligeramente conmocionado por el hábil balanceo con el que Wendelin se impulsó para unirse al cochero. Entonces, con un suave y rápido deslizamiento, el portal del teatro quedó a sus espaldas.

Y otra vez esa velocidad que rodaba sin hacer ruido al son acelerado y rítmico de los cascos de los caballos, ese dejarse llevar amortiguadamente y con suavidad por encima de las irregularidades del suelo, esa tierna protección

---

*Es decir, bajo el *Brünne* (peto medieval de armadura) y el *Schild* (escudo), en alusión al nombre de la valquiria, *Brünnhilde*.

frente a la estridente vida de alrededor. Guardaron silencio, aislados de la vida cotidiana, como si continuaran en sus butacas de terciopelo frente al escenario y, en cierto modo, sumidos todavía en la misma atmósfera. Hasta ellos no llegaba nada que pudiera apartarlos por un solo instante de aquel mundo salvaje, ardiente y exaltado que había actuado sobre ellos como un hechizo, atrayéndolos hacia sí... En un primer momento no acertaron a comprender por qué se había detenido el coche. Creyeron que algún obstáculo se habría cruzado en su camino. Sin embargo, ya se hallaban frente a la casa de sus padres, y Wendelin apareció en la portezuela.

El mayordomo había abandonado su vivienda para acudir a abrirles el portal.

—¿Han regresado ya el señor y la señora Aarenhold? —le preguntó Siegmund, mirando al mayordomo por encima del hombro y deformando la cara como alguien deslumbrado por el sol...

Todavía no habían regresado de su cena en casa de los Erlanger. Tampoco Kunz estaba en casa. Por lo que respecta a Märit, también se encontraba ausente, pero nadie sabía dónde, ya que ella seguía con decisión su propio camino en la vida.

En el vestíbulo de la planta baja se dejaron quitar los abrigos y subieron la escalera, atravesaron la antecámara del primer piso y entraron en el comedor. Descomunal, dejaba entrever todo su esplendor en la penumbra. Únicamente había luz procedente del candelabro de la mesa, en el otro extremo, y allí ya les estaba esperando Florian. Atravesaron con rapidez y sin hacer ruido toda aquella extensión alfombrada. Florian les acercó la silla en el momento de tomar asiento. Un gesto por parte de Siegmund le dio a entender que podían prescindir de él.

En la mesa había una bandeja con emparedados, un centro de frutas y una botella de vino tinto. Sobre una imponente bandeja de plata zumbaba, rodeada de accesorios, la tetera eléctrica.

Siegmund comió un emparedado de caviar y bebió con sorbos presurosos del vino que relucía oscuro en la fina copa. Entonces se quejó con voz irritada de que la composición de caviar y vino tinto era ajena a toda cultura. Con movimientos breves sacó un cigarrillo de su pitillera de plata y, reclinándose en la silla con las manos en los bolsillos, empezó a fumar con la cara deformada, haciendo pasar el cigarrillo de una comisura a otra de su boca. Sus mejillas, bajo los salientes pómulos, ya empezaban a teñirse otra vez de oscuro por culpa de la barba. Las cejas le formaban dos surcos negros por encima del puente de la nariz.

Sieglinde se había preparado un té al que añadió un chorro de borgoña. Los labios rodeaban plenos y blandos el delgado filo de la taza y, mientras bebía, sus grandes ojos negros y húmedos miraban a Siegmund.

Volvió a dejar la taza en el plato y apoyó la cabeza oscura, dulce y exótica en su mano delgada y enrojecida. Sus ojos seguían fijos en él, tan expresivos, con una locuacidad tan penetrante y fluida, que lo que realmente dijo parecía aún menos que nada en comparación con su mirada.

–¿Es que no quieres comer nada más, Gigi?

–Dado que estoy fumando –respondió él–, no cabe suponer que tenga la intención de comer nada más.

–Pero no has comido nada desde la hora del té, aparte de los bombones. Por lo menos toma un melocotón...

Siegmund sacudió los hombros y los hizo rodar de un lado a otro por debajo del frac como un niño caprichoso.

–Bien, esto me está resultando de lo más aburrido. Me voy arriba. Buenas noches.

Bebió el resto de su copa de vino tinto, lanzó a un lado la servilleta, se puso en pie y, con el cigarrillo en la boca y las manos en los bolsillos de los pantalones, desapareció en la penumbra de la sala con movimientos de malhumorado balanceo.

Fue a su dormitorio y encendió las luces. No muchas, sólo dos o tres de las lámparas que trazaban un amplio círculo en el techo, y entonces se quedó quieto, dudando sobre qué debería hacer a continuación. La despedida de Sieglinde no había sido definitiva. No era así como solían darse las buenas noches. Ella vendría todavía, de eso podía estar seguro. Se quitó el frac, se puso el batín con aplicaciones de piel y cogió un nuevo cigarrillo. Entonces se tumbó en la *chaise longue* para sentarse otra vez en ella al cabo de un momento; a continuación probó tumbándose de lado con la mejilla apoyada en el cojín de seda, se echó de nuevo boca arriba y, con las manos debajo de la cabeza, permaneció un rato así.

El aroma refinado y áspero del tabaco se mezcló con el de los cosméticos, el jabón y el agua aromática. Siegmund

inspiró todos esos perfumes que flotaban en el aire caldeado de la habitación. Era consciente de ellos y los halló más
dulces que de costumbre. Cerrando los ojos, se entregó a su
olor como alguien que disfruta dolorosamente de una mínima porción del placer y de la delicada felicidad de los
sentidos en medio del carácter severo y fuera de lo común
de su destino...

De pronto se puso en pie, tiró lejos el cigarrillo y se plantó frente al armario blanco, en cuyas tres puertas había
enormes lunas encastradas. Se aproximó mucho al cuerpo
central, mirándose cara a cara a sí mismo, y se contempló
el rostro. Examinó minuciosamente y con curiosidad cada
uno de sus rasgos, abrió las dos alas del armario y, de pie
entre tres espejos, se contempló también de perfil. Pasó
mucho rato así, escudriñando las marcas de su sangre, la
nariz un poco hundida, los labios plenos y que se cerraban
sin apretarse, los pómulos salientes, la cabellera espesa y de
rizos negros violentamente peinada a un lado y que casi le
cubría las sienes, y sus mismos ojos bajo las cejas espesas y
muy juntas... Esos ojos grandes, negros y resplandeciente-
mente húmedos, a los que toleró que miraran con expresión sufriente y de fatigado pesar.

En el espejo, por detrás de él, vio la piel de oso que
extendía las garras frente a la cama. Se dio la vuelta, fue
hasta allí con pasos que se arrastraban trágicamente y, tras
un instante de vacilación, se dejó caer poco a poco cuan
largo era sobre la piel, apoyando la cabeza en el brazo.

Durante un rato permaneció completamente inmóvil.
Entonces hincó el codo, apoyó la mejilla en su mano del-

gada y enrojecida y se quedó así, sumido en la contemplación de su propia imagen en el espejo del armario. Alguien llamó a la puerta. Se sobresaltó, se ruborizó, quiso incorporarse de nuevo... Pero entonces decidió tumbarse otra vez, dejó caer nuevamente la cabeza sobre el brazo extendido y guardó silencio.

Entró Sieglinde. Sus ojos lo buscaron en la habitación, aunque sin encontrarlo de inmediato. Finalmente lo vio sobre la piel de oso y se asustó.

–Gigi... ¿Qué haces? ¿Estás enfermo? –Corrió hacia él, se inclinó sobre su cuerpo tendido y, pasándole la mano por la frente y acariciándole el pelo, repitió–: ¿No estarás enfermo?

Él negó con la cabeza y la miró, desde abajo, apoyado en el brazo y dejándose acariciar por ella.

Sieglinde había salido de su dormitorio, situado frente al de él al otro lado del pasillo, calzada con unas diminutas zapatillas y ya casi preparada para la noche. El cabello suelto le cayó sobre el peinador blanco. Bajo la puntilla de su corsé Siegmund vio sus pequeños pechos, cuya piel era del color de la espuma de mar ahumada.

–Has estado muy desagradable –dijo ella–. Te has ido de muy malos modos. Ya casi no quería venir. Pero al final sí que he venido, porque eso de antes no han sido unas buenas noches...

–Te estaba esperando –dijo él.

Sieglinde, todavía incómodamente agachada, deformó la cara de dolor, haciendo destacar extraordinariamente las características fisonómicas de su estirpe.

–Lo cual no impide –dijo ella en el tono de siempre–
que mi postura actual me ocasione un malestar bastante
considerable en la espalda...

Él repitió varias veces un gesto de rechazo.

–Deja, deja... Así no, Sieglinde, no debes hablar así,
¿entiendes...?

Se expresaba de una forma extraña, él mismo se estaba
dando cuenta. La cabeza le ardía secamente y tenía los
miembros fríos y húmedos. Ella ya estaba arrodillada a su
lado, sobre la piel, con la mano en su cabello. Él, incorporado a medias, le había pasado un brazo por la nuca y la
miraba, contemplándola como instantes antes se había contemplado a sí mismo, examinando sus ojos y sus sienes, su
frente y sus mejillas...

–Eres exactamente igual que yo –dijo con los labios paralizados y tragando saliva, pues sentía un ardor en la garganta–. Todo es... como conmigo... y por eso... por eso de la
vivencia..., en mi caso, tú tienes lo de Beckerath..., así queda
compensado... Sieglinde... y en el fondo es... lo mismo,
sobre todo por lo que respecta a... vengarse, Sieglinde...

Lo que estaba diciendo trataba de revestirse de lógica, y
sin embargo brotó singular y prodigioso de sus labios, como
en un sueño confuso.

A ella no le sonó extraño, ni singular. No sintió vergüenza por oírlo hablar de forma tan poco pulida, tan turbia y confusa. Las palabras de su hermano se posaron como
una niebla en torno a su conciencia y la empujaron hacia
abajo, hacia el lugar de donde procedían, hacia un reino
profundo que ella no había visitado nunca, pero a cuyas

fronteras, desde que estaba comprometida, la habían conducido a veces unos sueños llenos de esperanzas.

Ella le besó los ojos cerrados. Él la besó en el cuello y bajo la puntilla del corsé. Los dos se besaron las manos. Imbuidos por una dulce sensualidad, cada uno de ellos amaba al otro por el cuidado malcriado y exquisito de su cuerpo y por el aroma que desprendía. Absorbieron ese aroma con una entrega voluptuosa y negligente, se cuidaron mutuamente con él como enfermos egoístas, se embriagaron como desesperados, se perdieron en caricias que se fueron superponiendo, se convirtieron en un precipitado tumulto y al final no eran más que un sollozo...

Sieglinde seguía sentada en la piel, los labios abiertos, apoyándose en una mano, y se apartó el pelo de la cara. Siegmund, las manos a la espalda, se reclinó contra la cómoda blanca, balanceando las caderas y mirando al aire.

–Pero Beckerath... –dijo ella, tratando de poner orden en sus pensamientos–. Beckerath, Gigi... ¿Qué va a pasar con él...?

–Pues bien –dijo él, y por un instante las características de su estirpe destacaron fuertemente en su rostro–, debería estarnos agradecido. A partir de ahora va a llevar una existencia menos trivial.

ANÉCDOTA

(1908)

Habíamos cenado juntos, entre amigos, y proseguimos la velada hasta tarde charlando en el despacho del anfitrión. Fumábamos, sumidos en una conversación contemplativa y un tanto sentimental. Hablábamos del velo de Maya y de su resplandeciente ilusión, de eso que Buda llama «estar sediento», de las dulzuras del deseo y de la amargura del conocimiento, de la gran seducción y del gran engaño. Se habló del «chasco del deseo». Alguien planteó la tesis filosófica según la cual la meta de todo deseo es la superación del mundo. Y, estimulado por estas consideraciones, uno de los presentes relató la siguiente anécdota que, según nos aseguró, había tenido lugar en la alta sociedad de su ciudad natal, exactamente tal como él nos la contaba.

–Si hubierais conocido a Ángela, la esposa del director Becker, la pequeña y celestial Ángela Becker, si hubierais visto sus ojos azules y sonrientes, su dulce boca, su delicioso hoyuelo en la mejilla, los rubios rizos de sus sienes, si hubierais podido ser partícipes por una sola vez del arrebatador encanto de su ser, os habríais vuelto locos por ella, igual que me volví yo y se volvieron todos. ¿Qué es un ideal? ¿No es por encima de todo un poder *vivificador*, una promesa de felicidad, una fuente de entusiasmo y de fuerza y, en consecuencia, un acicate y estímulo de todas las energías del alma ofrecido por la vida misma? Si esto es así, Ángela Becker era el ideal de nuestra sociedad, su estrella, la viva encarnación de sus deseos. Por lo menos, creo que nadie de su entorno podía imaginarse un mundo sin ella, nadie podía plantearse su pérdida sin sentir al mismo tiempo una merma en sus ganas y en su voluntad de vivir, sin percibir un inmediato menoscabo de su dinamismo. ¡Os juro que así era!

Se la había traído de fuera Ernst Becker, un hombre callado, cortés y, por cierto, bastante insignificante, de barba castaña. Sólo Dios sabía cómo había logrado ganarse a Ángela. Pero, en definitiva, el caso es que era suya. Jurista y funcionario de Estado en su origen, a los treinta años se había pasado a la rama bancaria, a todas luces para poderle ofrecer bienestar y una rica administración doméstica a la joven que pretendía llevar a su casa, ya que contrajo matrimonio poco después.

Como codirector del Banco Hipotecario, ganaba entre treinta mil y treinta y cinco mil marcos, y los Becker –que, por cierto, no tenían hijos– participaban activamente en la vida social de la ciudad. Ángela era la reina de la temporada, la triunfadora de los cotillones, el punto central de las reuniones vespertinas. Durante las pausas, su palco en el teatro siempre estaba atestado de hombres que iban a ofrecerle sus respetos, sonrientes y encandilados. En los bazares de beneficencia, su puesto era asediado por compradores que se apremiaban unos a otros con el fin de aligerar sus bolsas en él y, a cambio, poder besar la pequeña mano de Ángela o ganarse una sonrisa de sus dulces labios. ¿De qué serviría calificarla de resplandeciente y maravillosa? Sólo describiendo el efecto que causaba en los demás se puede expresar el dulce encanto de su persona. Había cautivado con lazos de amor a jóvenes y viejos. La adoraban tanto muchachas como mujeres casadas. Los adolescentes le enviaban versos entre flores. Un subteniente le disparó en el hombro a un funcionario administrativo en un duelo motivado por una discusión que los dos habían tenido en un baile a causa de un vals con Ángela. A continuación se volvieron amigos inseparables al unirlos la veneración que sentían por ella. Ancianos caballeros la rodeaban después de las cenas para regodearse con su gracioso parloteo, con su gestualidad de divina picardía. La sangre volvía a fluir a las mejillas de los ancianos, que de este modo sentían deseos de vivir y eran felices. En una ocasión, un general —en broma, naturalmente, aunque no sin la plena expresión de su sentimiento— llegó a arrodillarse ante ella en el salón.

Con todo, en realidad nadie, ni hombre ni mujer, podía presumir de tener verdadera confianza o amistad con ella, a excepción de Ernst Becker, naturalmente, y éste era demasiado callado y modesto, y quizá también demasiado inexpresivo, para hacer alarde de su felicidad. Entre ella y nosotros siempre había una bella distancia, a la que también debió de contribuir la circunstancia de que resultaba difícil encontrarla fuera de un salón o de una sala de baile.

Es más, pensándolo bien, a esta festiva criatura apenas se la podía ver a la luz del día, sino sólo por las noches, sonada la hora de la luz artificial y del calor social. Aunque nos tenía a todos como admiradores, carecía de un verdadero amigo o amiga. Y estaba bien así, pues, ¿qué es un ideal con el que puedes tutearte?

Ángela parecía dedicar sus días a la administración de su hogar, al menos a juzgar por el confortable esplendor que caracterizaba sus propias reuniones vespertinas. Estas veladas eran famosas y, de hecho, constituían el punto culminante del invierno: un mérito de la anfitriona, todo hay que decirlo, pues aunque Becker era un anfitrión cortés, no era nada entretenido. En tales ocasiones Ángela se superaba a sí misma. Después de cenar tomaba el arpa y acompañaba el susurrar de las cuerdas con su voz de plata. Resultaba inolvidable. El gusto, la gracia, la vivaz presencia de espíritu con que configuraba tales encuentros eran cautivadores. Su amabilidad, que irradiaba por igual a todas partes, lograba ganarse todos los corazones. Y la fervorosa atención y, seguramente, también la furtiva ternura con que trataba a su esposo nos mostraban la felicidad, la posibilidad de ser feliz, y nos llenaban de una fe refrescante y henchida de nostalgia y de deseo por todo lo bueno, similar a la que nos puede procurar la sublimación de la propia vida a través del arte.

Todo eso era la esposa de Becker, y cabía esperar que éste supiera estimar su posesión en su justa medida. Si había un hombre en la ciudad que constituyera el centro de la envidia general, era él, y resulta fácil imaginar la cantidad de veces en que se veía obligado a escuchar lo afortunado que era. Todo el mundo se lo repetía y él aceptaba los tributos de envidia con cordial aprobación. Los Becker llevaban diez años casados. El director había cumplido los cuarenta y Ángela debía de contar unos treinta años. Entonces sucedió lo siguiente:

Los Becker celebraban una reunión, una de sus veladas ejemplares, una cena con unos veinte comensales. El menú era excelente y la atmósfera, de lo más estimulante. En el momento en que se estaba sirviendo el champán con el helado, se pone en pie un caballero, un soltero entrado en años, y se dispone a pronunciar un brindis. Elogia a los anfitriones y celebra su hospitalidad, esa hospitalidad sincera y rica que procede de un exceso de felicidad y del deseo de que les sea dado a muchos participar de ella. Llegado a este punto, se pone a hablar de Ángela, alabándola de todo corazón.

–Sí, mi querida, maravillosa y respetada señora –dice, dirigiéndose a ella con la copa en la mano–, si yo dejo que pasen mis días como solterón empedernido, es porque no he logrado encontrar a una mujer que fuera como usted, y si algún día llegara a casarme... ¡De una cosa no hay duda, mi mujer tendría que parecerse a usted en todo!

Entonces se dirige a Ernst Becker y pide permiso para decirle una vez más lo que éste ya ha tenido que escuchar tantas veces: lo mucho que todos lo envidiaban, felicitaban y consideraban dichoso. Finalmente invita a todos los presentes a que se unan a él en el viva que va a pronunciar en honor de aquellos anfitriones bendecidos por Dios: en honor del señor y la señora Becker.

El viva resuena con fuerza, la gente abandona sus asientos y se apremia con tal de poder brindar con la celebrada pareja. Entonces, de pronto, se hace el silencio, pues Becker, el director Becker, se ha puesto en pie, pálido como la muerte.

Está verdaderamente pálido y sólo sus ojos destacan enrojecidos. Con temblorosa solemnidad toma la palabra.

Por una vez, espeta desde su pecho, respirando con dificultad, ¡por una vez tenía que decirlo! ¡Por una sola vez descargarse de la verdad que durante tanto tiempo ha tenido que soportar en solitario! ¡Por una sola vez, abrirnos los ojos a todos nosotros, deslumbrados y fascinados como estábamos, sobre ese ídolo cuya posesión tanta envidia nos causaba! Y entonces, mientras nosotros, los invitados, en parte sentados y en parte de pie, helados y paralizados, sin dar crédito a nuestros oídos, rodeábamos con los ojos muy abiertos la decorada mesa, este hombre, en un espantoso arrebato, nos dibujó la imagen de su matrimonio... Del *infierno* que era su matrimonio...

Esa mujer, *ésa* de ahí, qué falsa, hipócrita y terriblemente cruel que era. Qué carente de amor y qué repulsivamente degenerada. Cómo se pasaba el tiempo tumbada en decadente y negligente indolencia, para, sólo por la noche y bajo la luz artificial, despertar a una vida de falsedad. Cómo la única actividad que ejercía durante el día era torturar a su gato con una inventiva estremecedora. Hasta qué extremo lo atormentaba también a él con sus maliciosos caprichos. Cómo lo había engañado desvergonzadamente, poniéndole los cuernos con criados, con obreros e incluso con mendigos que llamaban a su puerta. Cómo había llegado a hundirlo a él en el abismo de su depravación, humillándolo, denigrándolo y emponzoñándolo. Cómo él lo había soportado todo en nombre del amor que había profesado en su día a esta impostora y también porque, en última instancia, no era sino una desgraciada que merecía una enorme compasión. Pero cómo, por fin, se había hartado de toda aquella envidia, vivas y felicitaciones, y cómo por una vez, por una sola vez, había tenido que decirlo.

–¡Y es que ni siquiera se lava! –exclama–. ¡Es demasiado vaga para eso! ¡Está sucia por debajo de sus encajes!

Dos caballeros lo condujeron fuera de la habitación. La reunión se disolvió.

Unos días más tarde el señor Becker, al parecer de común acuerdo con su esposa, se hizo internar en un sanatorio para enfermedades nerviosas. Sin embargo, estaba perfectamente sano; simplemente, había llegado a un límite.

Después los Becker se mudaron a otra ciudad.

EL ACCIDENTE FERROVIARIO
(1909)

¿Contaros algo? Pero si no se me ocurre nada... Está bien, de acuerdo, voy a contaros algo.

En una ocasión, ya hará unos dos años, me vi envuelto en un accidente ferroviario. Todavía me acuerdo muy bien de todos los detalles.

No fue un accidente de primera categoría, nada de quedar hecho un acordeón con «masas irreconocibles» o algo parecido, nada de eso. Pero sí que fue un verdadero accidente ferroviario con todo lo que eso implica, y además en plena noche. No todo el mundo ha vivido algo así, de modo que os lo voy a contar lo mejor que sepa.

Por aquel entonces yo iba de viaje a Dresde, invitado por unos promotores literarios. Por lo tanto, era uno de esos viajes artísticos para virtuosos que no me desagrada hacer de vez en cuando. En ellos uno representa, actúa y se muestra ante la masa jubilosa. No en balde soy un súbdito de Guillermo II*.

---

*Alusión al culto personal y aparato exterior que caracterizó a esta monarquía y, por extensión, a toda la era guillermina.

Además, al fin y al cabo Dresde es una ciudad bonita (sobre todo el Zwinger), y después me había propuesto subir al Weisser Hirsch* por diez o quince días para cuidarme un poco y, si en virtud de las «aplicaciones terapéuticas» me llegara la inspiración, trabajar también algo. Con este propósito había colocado mi manuscrito en el fondo de la maleta junto con todas mis notas, un considerable legajo envuelto en papel marrón de embalar y atado con un cordel resistente con los colores de la bandera bávara.

Me gusta viajar cómodo, sobre todo cuando me lo pagan. Así pues, recurrí al coche-cama, donde el día antes me había reservado un compartimento en primera clase, de modo que podía estar tranquilo. Aun así estaba nervioso, como siempre pasa en tales ocasiones, pues un viaje es como una aventura, y yo nunca lograré acostumbrarme lo suficiente a los medios de transporte. Sé positivamente que el tren nocturno a Dresde parte regularmente de la estación central de Múnich todas las tardes y que llega a Dresde todas las mañanas. Pero cuando yo mismo viajo en él y mi relevante destino queda vinculado con el suyo, eso se convierte en un asunto de vital importancia. No puedo quitarme de la cabeza la idea de que el tren sale única y exclusivamente hoy y solamente por mí, y esa insensata equivocación tiene como consecuencia, naturalmente, una excitación sorda y profunda que no me abandona hasta haber dejado atrás todas las incomodidades de la partida: hacer las maletas, el trayecto hasta

---

* «El ciervo blanco». Sanatorio y balneario situado en Loschwitz, cerca de Dresde.

la estación con el coche de punto cargado, la llegada a la misma, la facturación del equipaje... y hasta haberme acomodado definitivamente y saberme seguro. Entonces, bien es verdad, nos vemos sumidos en una agradable relajación, la mente se centra en nuevos asuntos, el gran espacio desconocido se abre camino frente a nosotros, tras los arcos de la nave acristalada, y felices expectativas nos invaden el ánimo.

Así sucedió también esta vez. Le había dado una buena propina al portador de mi equipaje, de modo que se quitó la gorra y me deseó buen viaje, y yo ya estaba fumándome mi cigarro vespertino mirando por la ventana del pasillo del coche-cama para contemplar el ir y venir que reinaba en el andén. Había silbidos y girar de ruedas, prisas, despedidas y el sonoro canturreo de un vendedor de periódicos y de refrescos, y sobre todas esas cosas las grandes lunas eléctricas resplandecían en la niebla vespertina de octubre. Dos mozos robustos recorrían todo el largo del tren en dirección al vagón de mercancías que estaba en la cabeza, tirando de una carretilla de mano repleta de equipaje. Pude reconocer claramente, a partir de algunas características familiares, mi propia maleta. Ahí estaba, una entre muchas, y en su fondo descansaba el valioso legajo. ¡Pues bien, pensé, nada de preocupaciones, está en buenas manos! Fíjate en ese revisor con bandolera de cuero, imponente mostacho policial y mirada acerba y vigilante. Mira cómo increpa a la anciana de mantilla negra y desgastada sólo porque, por un pelo, ha estado a punto de meterse en segunda clase. Aquí tenemos a nuestro paternal Estado, la viva encarnación de la autoridad y la seguridad. No es agradable tratar con el Estado, pues es severo e incluso rudo, aunque fiable. Uno siempre puede confiar en él, así que en estos momentos tu maleta está tan segura como en el mismísimo regazo de Abraham.

Un señor deambula por el andén, en polainas y con un abrigo amarillo de otoño, y lleva un perro de la correa. Nunca en mi vida he visto un perro tan bonito. Era un dogo robusto, reluciente, musculoso y con manchas negras, y estaba tan bien cuidado y era tan gracioso como esos perritos que se ven a veces en los circos y que divierten al público corriendo alrededor de la pista con todas las fuerzas de su pequeño cuerpo. Este perro lleva un collar plateado y la correa a la que está atado es una trenza de cuero de colores. Pero todo eso no ha de extrañarnos en vistas de su amo, el señor de las polainas, que sin lugar a dudas es de la más noble ascendencia. Lleva un monóculo en el ojo, lo que le acentúa la expresión de la cara sin llegar a deformarla, y tiene el bigote recortado en forma de *u* invertida, lo que le procura una expresión despectiva y enérgica a las comisuras de la boca y a su barbilla. Ahora le está haciendo una pregunta al revisor de aire marcial, y este hombre sencillo, que enseguida sabe con quién se las está viendo, le responde llevándose la mano a la gorra. Entonces el señor continúa caminando, contento por el efecto que suscita su persona. Camina seguro con sus polainas, con expresión glacial, mirando duramente a los hombres y a las cosas. Está muy lejos de sentir nerviosismo de viajero, eso se nota enseguida. Para él una cosa tan habitual como salir de viaje no representa ninguna aventura. Camina por la vida como Pedro por su casa y no teme sus disposiciones ni sus fuerzas;

él mismo es una de ellas. En una palabra: es un señor. Podría pasarme horas observándolo.

Cuando se le antoja que ha llegado el momento, sube al tren (en ese preciso instante el revisor le está dando la espalda). Recorre el pasillo por detrás de mí y, aunque me da un golpe al pasar, no me dice «¡perdón!». ¡Un verdadero señor! Pero eso no es nada comparado con lo que viene a continuación: ¡el señor, sin pestañear, mete a su perro en el compartimento del coche-cama! Sin lugar a dudas, eso está prohibido. ¡Yo nunca me atrevería a meter un perro en mi compartimento! Pero él lo hace en virtud de los derechos que le otorga su carácter de señor en esta vida y cierra la puerta tras de sí.

Suena un silbido, la locomotora responde, y el tren se pone en marcha poco a poco. Yo todavía me quedé mirando un rato por la ventana y vi a las personas que dejábamos atrás y que saludaban con la mano, vi el puente de hierro, vi luces que flotaban y se escabullían... Y entonces me retiré al interior del vagón.

El coche-cama no estaba demasiado ocupado. Un compartimento contiguo al mío estaba vacío y no lo habían preparado para la noche, por lo que decidí instalarme en él y pasar una plácida hora de lectura. Así pues, fui a buscar mi libro y me puse cómodo. El sofá estaba tapizado con tela color salmón, había un cenicero en la mesita plegable y la luz de gas ardía luminosa. Y, fumando, me puse a leer.

El revisor de los coches-cama entra servicialmente en el compartimento, me requiere el billete para la noche y yo se lo confío a sus manos negruzcas. Habla cortésmente, pero con un tono puramente oficial y se ahorra el humano saludo de buenas noches. A continuación se va para llamar a la puerta del gabinete contiguo. Pero no debería haberlo hecho, pues ahí mora el señor de las polainas, y ya fuera porque el señor no quería dejar que nadie viera a su perro o porque a esas horas ya se había acostado, el caso es que se enfureció terriblemente porque alguien tuviera la osadía de molestarlo. Incluso a pesar del traqueteo del tren logré percibir a través del fino tabique el estallido inmediato y elemental de su ira:

—¡¿Qué demonios pasa?! —gritó—. ¡¡Haga el favor de dejarme en paz, rabo de mono!!

Empleó la expresión «rabo de mono»: una expresión señorial, propia de jinetes y de caballeros, y oírla resultaba estimulante. Pero el revisor del coche-cama decidió negociar, pues el billete del señor debía de resultarle una posesión verdaderamente necesaria, y como yo salí al pasillo para seguir el incidente de cerca, fui testigo de cómo finalmente la puerta del señor se abrió un resquicio con un rápido empujón y el cuadernillo con el billete voló hacia el revisor, duro y enérgico, y le dio en pleno rostro. Lo cogió al vuelo con las dos manos, y aunque un extremo del billete le había dado en el ojo hasta el punto de hacerle saltar las lágrimas, juntó las piernas y dio las gracias llevándose la mano a la gorra. Conmocionado, volví a la lectura de mi libro.

Entonces me dispuse a someter a consideración todo lo que pudiera hablar en contra de la decisión de fumarme otro cigarro y constaté que se trataba de argumentos prácticamente insignificantes. Así pues, me fumé otro en pleno traqueteo y en plena lectura, y me sentí a gusto y lleno de ideas. El tiempo transcurre deprisa; se hacen las diez, luego las diez y media o más, los pasajeros del coche-cama se retiran a dormir y finalmente llego conmigo mismo al acuerdo de hacer lo propio.

Así pues, me pongo en pie y me dirijo a mi gabinete. Es un verdadero dormitorio, diminuto y lujoso, con las paredes recubiertas de cuero prensado, ganchos para colgar la ropa y un lavabo niquelado. La cama inferior está preparada con sábanas inmaculadas y la manta ha sido tentadoramente retirada. «¡Oh, maravillosa modernidad!», me digo para mis adentros. Uno se mete en esta cama como si estuviera en casa y se deja sacudir un poco a lo largo de la noche y eso tiene como consecuencia que a la mañana siguiente se encuentra en Dresde. Saqué mi bolsa de mano de la red para asearme un poco, sosteniéndola con los brazos estirados por encima de mi cabeza.

Y en ese mismo instante tuvo lugar el accidente. Lo recuerdo como si fuera hoy.

Hubo un golpe... Pero la palabra «golpe» dice bien poco. Fue un golpe tal que enseguida denotó ser maligno, un golpe terriblemente estruendoso y de tal violencia que la bolsa me salió volando de las manos, no sé hacia dónde, y yo mismo me vi dolorosamente impulsado contra la pared. Hasta aquí no había tiempo para adquirir conciencia. Pero lo que siguió fue un espantoso tambaleo del vagón, y durante el transcurso de este tambaleo sí que se dispuso de tiempo suficiente para sentir miedo. Es verdad que es normal que un vagón de tren se tambalee: en los cambios de vía, en las curvas cerradas... Eso ya se sabe. Pero éste era un tambaleo tal que no permitía estar de pie, el propio cuerpo era lanzado de una pared a otra y se veía zozobrar el vagón. Yo pensé en algo muy sencillo, pero lo pensé concentradamente y en exclusiva. Pensé: «Esto no va bien, esto no va bien, no, esto no va nada bien». Literalmente. Además, también pensé: «¡Alto! ¡Alto! ¡Alto!». Pues yo sabía que sólo con que el tren se parara ya habríamos avanzado mucho. Y mira por donde, a esta orden mía callada y fervorosa el tren se detuvo.

Hasta ese momento en todo el coche-cama había reinado un silencio mortal. Pero ahora empezaba a cundir el pánico. Los agudos gritos de las damas se mezclaron con las sordas exclamaciones de sobresalto de los hombres. Oí a alguien gritar «¡auxilio!» junto a mí y, no había duda, era exactamente la misma voz que horas antes había hecho uso de la expresión «rabo de mono», la voz del señor de las polainas, su voz descompuesta por el miedo. «¡Auxilio!», grita, y en el instante en que salgo al pasillo, donde ya empiezan a reunirse precipitadamente los pasajeros, sale disparado de su compartimento vestido con un pijama de seda y se queda ahí en medio con la mirada extraviada.

−¡Por el amor de Dios! −dice−, ¡Señor Todopoderoso! −Y para acabar de humillarse y tal vez apartar así la aniquilación de su persona, añade todavía en tono suplicante−: ¡Jesusito de mi vida...!

Pero de pronto se lo piensa mejor y decide ayudarse a sí mismo. Se abalanza sobre el armarito de la pared en el que, por lo que pudiera ser, cuelgan un hacha y una sierra y hace añicos el cristal con el puño, pero, como no consigue sacar las herramientas enseguida, decide dejarlas en paz y abrirse camino con salvajes empujones a través de los pasajeros reunidos, de una manera tal que las damas semidesnudas se ven impelidas a chillar de nuevo, y salta al exterior.

Todo fue cosa de un instante. Hasta ese momento no sentí los efectos de mi sobresalto: cierta debilidad en la espalda y una incapacidad transitoria para tragar saliva. Todo el mundo rodea al revisor del coche-cama de manos negruzcas, que también ha acudido con los ojos enrojecidos. Las damas, con brazos y hombros desnudos, se retuercen las manos.

Había sido un descarrilamiento, explicó el hombre, habíamos descarrilado (aunque eso era falso, como se vería después). Pero entonces resulta que bajo aquellas circunstancias el hombre nos sale locuaz: manda a paseo su objetividad oficial, los grandes acontecimientos le sueltan la lengua y nos habla en términos íntimos de su mujer.

–Pues fíjate que hoy mismo le decía a mi mujer: «¡Mujer, a mí me da que hoy va a pasar algo!».

¿Y qué, es que no había pasado nada? Pues sí, claro que sí, en eso todos le dimos la razón. Para entonces el vagón estaba empezando a llenarse de humo, un humo denso que nadie sabía de dónde procedía, y todos preferimos salir a la noche del exterior.

Pero eso sólo era posible dando un salto de considerable altura desde el estribo hasta la caja de la vía, pues no había andén, y además nuestro coche-cama estaba perceptiblemente torcido, inclinándose hacia el lado contrario. Aun

así, las damas, que habían cubierto a toda prisa su desnu-
dez, saltaron desesperadas y pronto nos hallamos todos
entre las vías.

La oscuridad era casi completa, pero se acertaba a vislumbrar que al menos por donde estábamos nosotros, ahí
atrás, a los vagones no les había pasado nada, aunque estuvieran torcidos. Sin embargo, más adelante, ¡unos quince o
veinte pasos más adelante...! No en vano el golpe había causado un estruendo terrible. Allí había un auténtico desierto de escombros. Al acercarse se podían ver las ruedas, y los
haces de luz de las pequeñas linternas de los revisores las
recorrían erráticamente.

Llegaron noticias desde aquella zona, gente excitada que
traía informes sobre la situación. Nos hallábamos en las pro-
ximidades de una pequeña estación, no muy lejos de Ratisbona, y por culpa de una aguja defectuosa nuestro rápido
había ido a parar a una vía equivocada y había chocado a
toda máquina con la cola de un tren de mercancías que estaba estacionado, expulsándolo fuera de la estación y aplastan-
do sus vagones de cola. El propio rápido también se había
visto muy afectado. La gran locomotora de la firma Maffei,
de Múnich, había quedado completamente inservible.
Valor: setenta mil marcos. Pero en los vagones anteriores,
prácticamente tumbados de lado, sólo se habían desplazado
parcialmente los asientos. No, gracias a Dios no había que
lamentar pérdidas humanas. Alguien dijo algo de una anciana a la que habían tenido que «sacar», pero nadie la había
visto. En cualquier caso, la gente había quedado amontona-
da, hubo algunos niños enterrados bajo el equipaje y en

general el pánico había sido grande. El vagón del equipaje había quedado destrozado. ¿Cómo? ¿Qué dice que ha pasado con el vagón del equipaje? Que ha quedado destrozado.

Y ahí me quedé yo...

Un funcionario de ferrocarriles recorre el tren en toda su longitud: es el jefe de estación, y con voz salvaje y suplicante da órdenes a los pasajeros para mantenerlos dentro del tren, instándolos a que salgan de las vías y regresen al vagón. Pero nadie le hace caso, ya que va sin gorra y no tiene el porte adecuado. ¡Pobre hombre! Probablemente le había recaído a él la responsabilidad. A lo mejor su carrera acababa de terminar y su vida había quedado destrozada. No habría sido muy delicado preguntarle por el equipaje.

Entonces pasa otro funcionario... Llega cojeando, y lo reconozco por su mostacho policial. Es el revisor, el revisor de mirada acerba y vigilante de aquella misma tarde, la viva imagen de nuestro paternal Estado. Cojea agachado, apoyando una mano en la rodilla, y no le preocupa nada más.

–¡Ay, ay! –dice–. ¡Ay!

–Pero bueno, ¿qué pasa?

–Ay, señor, si yo estaba en medio, me golpeó en el pecho, me puse a salvo saliendo por el tejado. ¡Ay, ay!

Este «ponerse a salvo saliendo por el tejado» sonaba a reportaje periodístico, pues seguro que aquel hombre no empleaba de ordinario la expresión «ponerse a salvo». Lo que acababa de vivir no había sido su desgracia, sino más bien un reportaje periodístico sobre su desgracia. Sin embargo, ¿de qué me servía eso a mí? Desde luego, no estaba en situación de proporcionarme ninguna información sobre mi manuscrito. Y entonces le pregunté por el equipaje a un joven que venía fresco y haciéndose el importante, estimulado por el desierto de escombros.

–¡Pues mire, señor mío, nadie sabe cómo está el asunto! –Y su tono de voz me estaba dando a entender que podía darme por contento por haber salido entero de ésta–. Todo está revuelto. Zapatos de mujer... –dijo con un salvaje ademán aniquilador, arrugando la nariz–. Los trabajos de desescombro nos lo dirán. Zapatos de mujer...

Y ahí me quedé yo. Completamente solo me quedé ahí, en medio de la noche, en medio de las vías y poniendo a prueba mi corazón. Trabajos de desescombro. Iban a realizarse trabajos de desescombro con mi manuscrito. Así pues, estaba destrozado; seguramente desgarrado y aplastado. Mi colmena, mi artificio, mi astuta madriguera, mi orgullo y mi esfuerzo, lo mejor de mí mismo... ¿Qué iba a hacer si las cosas se quedaban así? No tenía ninguna copia de lo que ya había escrito, de lo que ya estaba definitivamente juntado y soldado, de lo que ya palpitaba y resplandecía... Por no hablar de mis notas y estudios, todo mi tesoro de material acaparado, reunido, adquirido, acechado, capturado y padecido durante años. Así pues, ¿qué iba a hacer? Me ausculté con precisión a mí mismo y me di cuenta de que volvería a empezar desde el principio. Sí, con paciencia animal, con la tenacidad de una criatura primitiva a la que alguien le ha destrozado la obra prodigiosa y complicada fruto de su diminuta inteligencia y aplicación, pasado el primer instante de confusión y de perplejidad volvería a comenzarlo todo de nuevo, y quizá esta vez me resultaría algo más fácil...

Pero entretanto habían llegado los bomberos, provistos de antorchas que despedían una luz rojiza sobre los escombros, y cuando me aproximé a los coches delanteros para ver el vagón de equipajes, resultó que estaba prácticamente intacto, y que a las maletas no les faltaba nada. Los objetos y mercancías que estaban diseminadas por doquier procedían del tren de mercancías: una cantidad innumerable de ovillos de cordel, un auténtico mar de ovillos de cordel que cubría prácticamente todo el suelo.

Entonces me sentí aligerado y me mezclé entre la gente, que estaba ahí de pie, parloteando y entablando amistad con motivo de su infortunio, fanfarroneando y dándose importancia. Una cosa parecía segura: que el maquinista del tren se había comportado valerosamente y prevenido una enorme desgracia al tirar en el último instante del freno de emergencia. De lo contrario, decían, todo el tren habría quedado inevitablemente hecho un acordeón y se habría precipitado por el talud de considerable pendiente que quedaba a mano izquierda. ¡Alabado sea el maquinista! No estaba en ninguna parte, nadie lo había visto. Pero su fama se extendió por todo el tren y todos lo elogiamos en su ausencia.

–Ese hombre –dijo un señor, señalando con el brazo estirado a algún punto impreciso de la noche–, ese hombre nos ha salvado a todos.

Y todos asentimos.

Pero nuestro tren estaba en una vía que no le correspondía, y por eso se trataba de asegurar los vagones de cola para que ningún otro tren chocara con él por detrás. Así, los bomberos con sus antorchas se colocaron en el último vagón, y también el excitado joven que me había asustado tanto hablándome de los zapatos de señora había agarrado una antorcha que balanceaba haciendo señales, a pesar de que no se veían trenes por ninguna parte.

Y poco a poco algo vagamente similar al orden fue apoderándose de aquella situación, y nuestro paternal Estado adquirió un porte y respeto renovados. Ya se había enviado un telegrama y se habían adoptado todas las medidas necesarias; un tren auxiliar de Ratisbona entró resoplando en la estación y se colocaron grandes focos de gas con reflectores en el lugar que ocupaban los escombros. A continuación los pasajeros fuimos desalojados del tren y se nos indicó que aguardáramos en la casita de la estación a ser reexpedidos. Cargados con nuestro equipaje de mano, y algunos con maletas atadas con una cuerda, recorrimos una calle formada por filas de nativos curiosos y entramos en la salita de espera, donde nos amontonamos lo mejor que pudimos. Y al cabo de una hora más, todo el mundo había sido agrupado ya, a la buena de Dios, en un tren especial.

Yo tenía un billete de primera clase (dado que me pagaban el viaje), pero eso no me sirvió de nada, pues la primera clase era la que prefería todo el mundo, de modo que sus compartimentos estaban aún más llenos que los demás. Sin embargo, después de haber conseguido hacerme con un hueco, ¿a quién vi frente a mí, arrinconado en un extremo? Nada más y nada menos que al señor de las polainas y de las expresiones de jinete, a mi héroe. No llevaba consigo a su perrito; se lo habían quitado, y ahora, a pesar de todos los derechos que a su amo le otorgaba su carácter señorial, estaba encerrado en una oscura mazmorra situada justo detrás de la locomotora y no cesaba de aullar. También este señor tiene un billete de color amarillo que no le sirve de nada y está murmurando. Hace un intento por rebelarse contra el comunismo, contra esa gran igualación del ser humano que tiene lugar ante la superioridad de la desgracia. Pero un hombre le responde con probidad:

–¡Dé gracias por estar sentado!

Y, con una sonrisa avinagrada, el señor se resigna a aquella delirante situación.

Y ahora, ¿quién está entrando en el vagón, sostenida por dos bomberos? Una pequeña anciana, una madrecita de mantilla desgastada, la misma que en Múnich, por un pelo, estuvo a punto de meterse en segunda clase.

–¿Esto es primera clase? –pregunta una y otra vez–. ¿De verdad que esto es primera clase?

Y cuando se lo hubimos asegurado y le hicimos sitio, se dejó caer con un «¡Gracias a Dios!» sobre los cojines de felpa como si su salvación no se hubiera producido hasta ese momento.

En Hof eran las cinco y ya había amanecido. Allí nos ofrecieron un desayuno y me recogió un tren rápido que me llevó a mí y a mis cosas a Dresde con tres horas de retraso.

Sí, éste fue el accidente de tren que yo viví. Alguna vez tenía que sucederme. Y aunque los expertos en lógica puedan hacerme alguna objeción al respecto, creo que a partir de ahora sí que cuento con un grado de probabilidad considerable de que, por lo pronto, nunca más volverá a pasarme nada parecido.